大美可追

余秋雨的文化美学

余秋雨 著
江学恭 编

北京联合出版公司
Beijing United Publishing Co.,Ltd.

目　录

源　流

创　造

赏　析

修　行

代序
教师的黑夜

余秋雨

一

在一般人的印象中，教师的生活虽然辛劳却充满阳光，因为永远有那么多青春的笑脸呼喊你、那么多成功的毕业生感谢你。几乎所有的家长都把培养人才、塑造未来的希望寄托给教师，因此，这无疑是人世间最光明的职业。

但是，教师也有黑夜。

多少次长吁短叹、辗转反侧，为了课堂、教材、成绩，那还算是轻的。更伤心的噩梦，是学生专业的堕落、品行的沦丧，甚至是他们身体的危殆、生命的陨灭。

家人遇到麻烦已经使我们寝食难安，而教师的“家”总是很大，而且逐年增大。因此，教师的黑夜总是特别漫长。

二

我曾在海内外很多大学任教，而其中最有趣的，是担任上海戏剧学院院长。为何有趣？因为那个学院天天阳光灿烂。我在台上演讲，台下那么多英俊的男学生和美丽的女学生都满脸表情，又反应敏捷，稍稍一句幽默他们就哄然大笑，微微加重语气他们就热烈鼓掌。这种气氛一年年下来也就宠坏了我，使得我后来到北大、清华等别的学校演讲时，有很长一段时间不适应，因为那儿的前几排学生见我不用讲稿只是盯着他们讲，都不好意思地低下头来，我还以为讲岔了呢。

我多次说：“演讲是台上台下生命能量的交换。”上海戏剧学院给我的“台下能量”，总是那么充沛饱满、准确迅捷。后来总有很多人高度评价我的演讲水平，我说，我拥有一个最有效的训练基地。

身为上海戏剧学院院长，我感到最阳光的事情，是那些毕业生的杰出成就。其他学校当然也有大量优秀的毕业生，但我们的毕业生不同，出演了那么多部人所共知的电影、电视、戏剧，不断地在国际电影节获奖，成为公认的“影帝”或“影后”；更多的是由广大观众颁奖，他们不管在哪里出现，总会有大批“粉丝”尖叫。

这些著名的毕业生已经习惯在公共场合表现得平静而漠然，迈着很有身份的步子，端着不像架子的架子，好像周围的热闹都与他们无关。除非，他们的眼角不小心瞟到了我，那就完全变了一个人，小心而恭敬地快步朝我走来。我怕引起旁人太多注意，总是微笑着摇摇手，轻轻地打一个招呼就躲开。背后，学生还踮着脚在寻找我。当然，在他们还没有毕业的时候，要在校园里见到系主任都很不容易，更别说院长了。

我虽然躲开了，心里还是乐滋滋的。世上那么多重大的艺术之美与我有关，那就逼近了我“一生营造大善大美”的独自信仰。

——说到这里，我都在说自己教师生涯的光明面。但在这篇文章中，这只是反衬，我要说的主题，是教师的黑夜。

三

当然，黑夜也是由白天进入的，而且，最黑的黑夜之前，一定是特别明亮的白天。

一九八一年五月一日，我到湖南长沙招生。到那里并不仅仅是招收湖南学生，而是包括湖南、湖北、福建、江西、广东、广西、云南、贵州一大片，只不过设点在长沙。由于地域太大，我们事先公布了一个条件非常严格的告示，因此前来报名的考生都已经是当地公认的文化英才。和我一起到长沙去招生的，还有一位范民声老师，我们要完成从笔试到口试的一系列复杂程序。当年，我三十五岁，考生都是二十几岁。

那次招了多少学生，我已经忘记，只记得印象最佳、成绩最好的三个：一是湖南的江学恭，二是广西的黎奕强，三是广东的黄见好。前两位是男生，后一位是女生。他们被我看好，都是因为人很正气，有不错的人文基础，有很好的艺术感觉。

入学后上课，他们也是我特别关注的好学生。

那时，“文革”灾难过去不久，人文学科都在重建。在重建过程中我发现，即便在“文革”之前，甚至在一九四九年之前，中国在绝大多数的人文学科上都严重缺少基本教材。即便是少数拿得出手的，也只是从古代和外国的书里摘一点，根据形势需要编一点，加几个浅显的例子，如此而已。因此我们这一代面临的艰巨任务，是为每一门学科从头编写能让国际和历史认可的系统教材。我当时虽然年轻，却已经完成了体量庞大的《世界戏剧学》的编写。这是从“文革”灾难时期勇敢潜入外文书库一点点堆垒起来的，因此每一章每一节对我都具有“生命重建”的意义。我希望在灾难已经过去的日子里让它变成多门课程，逐一讲授。与此同时，我也已经完成了国内第一部《观众心理学》的写作，而这正是“接受美学”的实体试验，也可以在课程中展现。因此，我当时讲授的课程非常多，例如“戏剧美学”、“接受美学”、“艺术创造工程”、“世界戏剧史”，等等。几乎每天的上午和下午都安排了不同的课，讲得既劳累又兴奋。这些课程，因为是在填补历史的缺陷，听的人非常之多，甚至上海戏剧学院附近的一些高校，例如上海交通大学和上海音乐学院的某些班级，每逢我讲课都会把原先的课程停下，教师和学生一起来听。这样，讲课只能改在剧场了，把前三排位置留给本校的教师。好玩的是，学院的一些清洁工看到如此盛况，也都握着扫帚站在后面听。

在这种热闹而混乱的情况下，就需要由我的学生来引导、安排、维持秩序了。因此，江学恭、黎奕强、黄见好他们就特别忙碌。我觉得，这些仅仅比我年轻十来岁的学生，热情洋溢、能力超群，代表着一个生气勃勃的文化新时代。

他们毕业之后，我因为国内一批年长学者的联名推荐，被破格晋升为当时国内最年轻的文科正教授。上海方面为了克服在高级职称评定工作中常常出现的“论资排辈”陋习，决定让最年轻的教授来负责全市的文科教授评审。这下我更忙了，完全没有时间关注学生们毕业后的情况。

终于，还是听到了消息——

毫无背景的黎奕强，完全靠自己出色的才干，被选为广州市文化局副局长，兼粤剧院院长，连大名鼎鼎的艺术家红线女都在他的剧院里。上上下下一致反映，他做得很好。

江学恭更让人瞩目，那么年轻就成了一个文化大省的文化主管，担任了湖南省作协常务副主席、文联副主席、省政协常委兼科教文卫体委副主任。他的这些职务都不是挂名，种种实事都是他在干。

黄见好走了另外一条路，一心写作，文思喷涌，成了南方现代派文学的重要代表。笔名“伊妮”，拥有大量年轻读者。

他们站到了文化建设的第一线，都非常非常繁忙。

虽然很少有机会见面，但他们仍然与我很知心。证据之一是，当时国内有一些“文革余孽”趁人们记忆淡忘，把我在灾难中冒险编写教材的事情进行歪曲，在广州、长沙的报刊上喧闹。但是，身在这些喧闹近旁又具有足够话语权的江学恭、黎奕强、黄见好他们，却完全不予理会，他们太懂得作为老师的我了。如果他们站出来为我说一句话，那就会把“不可理喻”变成“可理喻”的了。他们的这种不屑一顾，为我在全国的学生带了一个好头。对此，我一直心存感念。

四

直到此刻，我还是在写黑夜之前的白天。但是，黑夜终于来了，来得惊心动魄。

一九九七年二月六日凌晨，黎奕强好不容易从百忙中抽身，急匆匆地赶到广西梧州老家过春节。是他自己开的车，车上还有他的儿子。没想到在这条熟路上有一架桥梁正拆卸修理，深更半夜看不清，又没有路障，黎奕强的车子一下子就冲落岸崖，凄惨的后果可想而知。这位年轻有为的局长、院长和他的儿子，顷刻之间离开了世界。

过了两年多，黄见好也奇怪地失踪了。深爱她的丈夫会同公安部门一直在寻找，几乎找遍了全国一切可能的地方，几年下来都毫无结果。朋友们说，她极有可能是因为现代派文学而主动离世了，还设计了让人找不到的方式。太深沉的文学思考让她发现了生命哲学的某种终极指向，便身体力行，国外也有现代派诗人和乐手走这条路。

这一来，三个我最看好的学生，只剩下江学恭了。

谁能想到，几年后传来消息，江学恭因“双肾衰竭”而紧急住院，只能依赖血液透析来维持生命！他面临的，是肾切除并移植，结果会怎么样呢？

连最有经验的医生也频频摇头。

——每一个消息，都让我张口结舌、不知所措。我不断摇头、不断发问，提出各种疑点，但是没有人能回答我。

一切都已经成为事实。天地是多么不公啊，但再不公，也已成为事实。

我的学生，我亲自招收来的学生，听过我很多课的学生，怎么会这样？

如果那一年，我没有把他们招收进来，他们也许不会遇到这些祸殃？……

现在，已经不见了人影的黎奕强，还留下了他亲笔写的“生平”，一上来就标明自己是“余秋雨教授的学生”；已经不见了人影的黄见好，还在自己出版的书籍扉页上，印着自己“师从余秋雨教授”的身份。

人走了，字还在。学生走了，教师还在。

这，实在算得上“教师的黑夜”了，黑得星月全无、片云不见，黑得我喘不过气来。

五

我们学院的毕业生中有一个叫蔡国强的艺术家，因为惊人的焰火技术而名震国际。前两年他向母校提出一个建议：校庆之夜，用激光字幕，把所有校友的名字像流水一样投射在教学大楼的外墙上。

这真是一个好主意。那天夜晚，所有的师生和校友都密密层层地站在黑夜的草坪上，抬头仰望着那一排熠熠闪光的名字安安静静地从三楼窗台下的红墙上流过。很多名字大家都知道，一出来就引起轻轻的欢呼，但出名的人太多，渐渐连欢呼也来不及了。所有的名字都在表达一个同样的意思：是的，这是母校教室的外墙，让我再用心抚摩一遍。

一旦投射在教室外墙上，每一个名字都又回归为学生，因此不再区分是出了名还是没出名，是出了大名还是小名。终于，再也没有欢呼声了，我听到了耳边轻轻的抽泣。

就在这时，我看到了黎奕强、黄见好的名字。

我知道自己立即流泪了。是的，你们哪儿也没有去，只在这里，从来未曾离开，我终于找到了你们！过去，在教室，你们抬头仰望着我；今夜，在这里，我抬头仰望着你们。

黎奕强，你的名字走过教室外墙时好像慢了下来，这外墙也很陡，但绝不是让你坠落的千丈岸崖。黄见好，你的名字也慢了下来，不错，这教室，正是你初次听我讲现代派文学的地方，但是，你心急了，现代派文学对于生命的终极方式，还有另一些答案。

又看到江学恭的名字了。学恭，此刻你还好吗？今天做了血液透析没有？肾的切除手术会在什么时候进行？对于重病的亲友，人们如果没有切实的救治方法，一般不敢太多动问，一是害怕病人不得不做艰难的解释，二是害怕听到不好的消息。那么学恭，我就什么也不打听了，只在这里一遍遍为你祝祈。

六

一天，毫无思想准备，突然听到了江学恭的一个惊人消息。

惊人的程度，不亚于当时听到黎奕强、黄见好事情时的错愕。但这次，却是正面的，正面得让人不敢相信。

江学恭经过几年艰难万分的治疗，身体居然已经好转。在治疗之初他的心情跌入谷底，却又觉得应该重温某些重要的人生阶段，于是又捧起了我的书。他每次血液透析需要费时五个小时，便在这个过程中考虑，能否把我曾经打动过他的一些话变成一本语录？在一次次手术间隙中，他不断读书，不断构思，不断动笔。居然，历时几年，几易其稿，终于成书。成书的时间与他康复的时间，几乎同步。

语录以“文化美学”为选择重点，书名为《大美可追》。

但是，这算是我的语录吗？那些话似乎真是我说过、写过的，但是，却被一个坚强的生命在最艰难的时分选择了、淬砺了、萃取了。那么，它的价值属性已经发生了转移。我的话，只不过是素材。把素材打造成器的师傅，是他。而且，他在打造的过程中，倾注了生命的终极力量和最高尊严。

我有幸，让我的语言见证了一次真正的凤凰涅槃。

如果说，我的语言对他的涅槃真有帮助，那就连我也产生了深深的好奇：会是哪些语言呢？

我想，广大读者也会有这样的好奇。那就等着看书吧。

这件事，让我对“教师的黑夜”产生了某种安慰。不管黑得多深，总会有晨曦乍露。

江学恭的晨曦已经证明，人世间能挽救生命的，除了药，还有美；除了医学，还有美学。

“大美可追”，这是一个人在生死关头给自己下达的命令。于是，他去追了，生命也就随之欢快起来。

学恭编的这本语录集即将出版，我将题写书名来表达感激之情。这篇以“黑夜”开头的文章，能不能成为“代序”？敬请学恭审定。

二〇一九年八月一日

编者的话

我是余秋雨先生早年的学生，年轻时曾经亲耳聆听先生讲授的《戏剧美学》、《中国现代文学史》、《艺术概论》、《艺术创造工程》等课程和他在不少地方的讲学、演讲。也是《戏剧理论史稿》(今名《世界戏剧史》)、《中国戏剧文化史述》(今名《中国戏剧史》)的第一批读者。先生诸多的文章和著述我都曾一一拜读并珍藏。

作为一名艺术理论和艺术创作的爱好者、实践者，我认为，余秋雨先生不仅是中国著名的散文作家，世界文化史研究的大家，还是卓有建树的美学大师。先生的美学思考、艺术理论以及精到的审美赏析，贯通中西、纵横古今、新颖独特、精彩纷呈，形成了独创的完整的文化美学体系。

歌德说过，理论是灰色的，生活之树常青。余秋雨先生构筑的美学殿堂一扫灰色沉闷之气，处处青山绿水，生机盎然。那些深刻的思想，除了系统地体现在几部大的学术著作之中，在散文、随笔、游记和论文中也有着大量丰富生动的珍藏。在这个美学体系中，既有对艺术发展的美学鸟瞰，又有对具体作家作品的审美赏析；既有对书法、昆曲、普洱茶以及自然山水和人文山水的倾心品察，又有对美的本质、特征的宏观把握；既有对艺术美创造细致入微的审视，又有对审美公德、生态美化和人格美学的终极关怀。这些思维成果，都是用充满文采的感性语言来表述，如诗如画，读来如饮琼浆、沁人肺腑，对于美化人生、美化人格以及艺术创造和欣赏，具有切实的指导意义。

在重读先生授课稿，本人的听课笔记，阅读时做的读书卡片和珍藏的文章、著作的基础上，不揣冒昧，将先生在文化美学方面的精彩论述撷取出来，以《大美可追》为题，选编成源流、创造、赏析、修行四篇。源流，主要包括美的本质、东方美学、公共审美等方面的内容；创造，主要包括艺术的定义和创造原理、历史剧创作、创作方法和技巧、创造与创新等方面的内容；赏析，主要包括艺术美的历史发展等方面的内容；修行，主要包括人格的修行、境界的升华、人生的美学等方面的内容。

这本书几年前就开始了编写，其间因故搁置了些时日。近期，在余先生、金克林先生的关怀和支持下，再次增删、校勘，终成此稿。在此谨致谢忱。

本书旨在通过先生宏伟著述的一个独特的视角，展现其文化形象中颇具魅力的侧面；亦为广大读者奉上一脉滋养身心的甘泉。囿于学识，难免粗疏、浅陋，不妥之处，敬请先生和读者谅解。

江学恭

二〇一八年一月十五日

源　流

“虚拟美学”到“实体美学”

当今世界经济，有两个常有的概念：“虚拟经济”和“实体经济”。

借用这两个概念，本书的主旨是：从“虚拟美学”到“实体美学”。

与经济不同，“虚拟美学”是西方美学的主流。由于文化强势，它渐渐又成了国际美学的主流。即便我们中国自近代开始研究美学以来，也顺着这条路子在走。

这种美学的主要特点，是从抽象的定义出发，力图打造一个理论框架。这种框架体制宏大，概念丛集，虽然不断提到美和艺术，但是与实际发生的美学现象和艺术创造，相距甚远。因此，即便是理论素养很高的艺术家，也不会去碰这种美学。这种美学，主要出现在大学课堂，以及一些以此谋生的“美学研究者”手上。由于大学课堂很多，这样的研究者更多，“虚拟美学”便大行其道。

但是，这种美学与现实世界对美的需求产生了严重的矛盾。

现在世界上，不管是哪个地区，还是哪个族群，都会以“美”作为追求目标。所以“美学”总让人心旌摇曳，恨不得好好来补课。谁知一进入，遇到的总是虚拟再虚拟，抽象再抽象，空洞再空洞，实在让大批爱美之人深受其累，不知所措。

为了不伤害美学研究者，我只能轻轻说一句：在这类“虚拟美学”

中，很难找到美的踪迹。

说到这里，其实我也已经把“虚拟美学”的对立面“实体美学”呼唤出来了。

“实体”是自成其体的一个结构。“实体美学”，以审美对象为研究标本，一切思考，都必须顺着它推进，而不是早已拼凑的概念。

早在三十年前，我已经是一名资深的美学教授，长年主讲康德、黑格尔美学，还担任过复旦大学美学专业博士论文评审委员会主席。但是，虽然我讲得很开心，学生听得很愉快，却越来越发觉这样的美学对于艺术创作和社会审美，很少有实际助益。这让我不无苦恼，直到我认真捧读了另一位德国美学家莱辛的著作《拉奥孔》，才看到希望。

莱辛的年代，处于康德和黑格尔之间，但与康德和黑格尔不同，他自己是一个重要的剧作家，懂得创作的奥秘，因此，他的美学著作《拉奥孔》就围绕着一座优秀雕塑展开。面对这座雕塑，他以仰望的态度恭敬探索，而不是居高临下地进行评论。在他的美学中，作品和创作才是主角，理论和概念只是随从。他的另一部美学著作《汉堡剧评》也同样把作品和创作放在主位。他深信一切优秀的创作都是前所未有的奇迹，因此，也就没有既定的概念可以评论。美学家只能追随着它们来改变自己的思路，而不能根据自己的理论老套来搓捏它们。

正巧，我也是兼踩美学和创作两头的人，因此能够切身体会到，莱辛的理论态度更符合美学的终极目的。

在这种“虚拟美学”的主流旁侧，一直存在着一些与莱辛呼应的真正懂得艺术创作的全能智者，他们虽然不把自己当作美学家，所发表的美学主张却不离艺术实体而深契真美，例如狄德罗、歌德、雨果、罗丹、布莱希特、彼得·布鲁克，等等。是他们，一直维持着“实体美学”的另类生长。

在现代华文领域，创造了“实体美学”成功标本的，是王国维的《人间词话》。我本人可以近距离见证的，是三位尊敬的文化老友：第一位是以“写意戏剧观”改写了当代世界戏剧美学的黄佐临先生；第二位是凭借着对中外建筑的详尽分析提出了美学上的“建筑母语”的汉宝德先生；第三位是以漂亮文笔最早完整地向世界介绍梅兰芳舞台艺术的历史散文家唐德刚先生。他们三位都有足够的西方学术背景，但是一旦面对中国的美学课题，都不约而同地靠近了“实体美学”。

为什么一旦面对中国的美学课题，都不约而同地靠近了“实体美学”呢？

这是他们的智慧，但也与中国文化的思维特征有关。我在纽约联合国总部发表的《中华文化为何长寿》的演讲中，曾经分析过中华文化“轻装简从”，拒绝复杂学理的传统。我说：“大道至易至简，小道至密至繁，邪道至高至晦。中华文化善择大道，故而轻松，故而得寿。”

同样，中国的美学思维，也很少在“虚拟美学”的抽象概念中绕圈子。也有人绕过，例如刘勰在《文心雕龙》中把文学之美概括为“本乎道，师乎圣，体乎经，酌乎纬，变乎骚”也够虚拟的了。但应该原谅，他生得太早，无缘见到唐宋时代文学艺术的“灿烂大喷发”，缺少顶峰范例可供思考。即便这样，他还作了一个“变乎骚”的总结，对以屈原为代表的楚辞实绩表示了特别尊重。经历唐宋时代文学艺术的“灿烂大喷发”之后，中国人基本不玩“虚拟美学”了，有一些文论，主要也是对具体作品的鉴赏，社会影响不大。

既然有关中华文化的本性，那么，今天如果在论述中国美学时再去刻意营建一个个虚拟或半虚拟的抽象结构，那就太不合适了。我以一位熟悉西方美学传统和现代美学潮流的学者身份判断，要真正呈现中国美学，只有通过实体解析，才能走得下去。

我的企图比较大。既要固守一个个实体，又要概括中国美学的整体，那就必须对实体进行顶峰式的选择。也就是说，只有选取了真正的“极品”，才能代表全局，概括遐迩，让“实体美学”有可能问鼎“整体美学”。

经过这么多筛选，能够全然通过的中国美学极品就很少了。我眼前只剩下了三项：书法、昆曲、普洱茶。

为什么把普洱茶也纳入其中？我在《普洱茶美学》一文的引言中作了说明。

当然还可能有别的选项，我一时还没有想出来。

这三项，既不怪异，也不生僻，却无法让一个远方的外国人充分把握。如果他能把握，那我就会上前搂住他，把他看成是文化上、美学上的“手足同胞”。

任何文化都会有大量外在的宣言和标牌，但在隐秘处，却暗藏着几个美学上的“命穴”和“胎记”。

这三项，就是中国美学的“命穴”和“胎记”。由于地理因素的影响，它们也曾渗透到邻近地区，因此也可以把中国极品称为东方极品。

特别需要说明的是，在美学上，“极品”呈现的是“极端之美”。这种美已经精致到了“钻牛角尖”的地步，再往前走，就过分了。因此，这种美学极品处于一种临界态势，就像悬崖顶处的奇松孤鹤。我把这种美在这本书里集中呈现，也算是一种顶尖的美学示范。顶尖，就具有了概括力。

在《君子之道》一书中，我论述了中国儒家的中庸之道对于极端化的防范，但那主要是指人格结构和思维定式。艺术文化，正是对这种结构定式的突破和补充，因此并不排斥极端性。只不过，中国的传统思想毕竟对艺术文化保持着潜在的掌控，这就使极端之美尤显珍罕。

心理美学的默默指令

心理美学，是一门从审美心理上研究美的学问。这是对传统美学的一种根本性突破。

德国古典主义哲学家黑格尔是传统美学的集大成者。他的美学，是他庞大哲学体系的一部分，基本上与心理学关系不大。他认为，美是“绝对理念”的派生物，或者说，“美是绝对理念的感性形式”。因此他研究美，以“绝对理念”为起点。不管他是不是把“绝对理念”解释清楚了，也不管后人是不是理解了他的“绝对理念”，有一点是可以肯定的，他所建立的，是一种“自上而下”的美学。

自黑格尔以后，绝大多数美学都继承了这种“自上而下”的模式。即使并不赞成“绝对理念”，也会首先寻找一个抽象概念，再层层具体化。几乎一切美学著作，包括大学里的美学教材，总是当头提出一个问题：“美是什么？”这个问题的答案当然是一个定义，定义可长可短，但都因艰辛概括、拼凑概念，似乎什么都包罗了，结果却毫无价值。直到今天，这种“美的定义”不知道出现了多少，但没有一个能被人们记得。更严重的是，这种“自上而下”的理论程序，把人世间大量丰富多彩的美，全都变成了同一源头的概念衍生物，其实是严重脱离了美的存在状态。

我国近代美学，受德国黑格尔美学的影响很深，总是先从抽象的概念、定义出发，力图打造一个理论框架。麻烦的是，把这样的框架挪移到中国美学上来，就很吃力了。翻阅过很多这样的著作，大多是从中国古代各种书籍中挖掘出一些似乎与“美”有关的说法，加上很多当代解释，再勉强拼贴成形。其实，真正的中国美学，完全不走黑格尔的路线，而是着力于对具体作品的选择、品赏、比较，最后成果也不是体系严整的什么“学”。

大学里的艺术理论课，也许是艺术理论最正规的展示处所。多数听课的学生可能毕其一生不再系统地接受另一种艺术理论，于是也就有“一次造型”的性质。然而，可惜的是，这种正规展示，长期处于一种极为简陋、武断、枯竭的状态，使学生不明白人类存在的终极意义如何与艺术沟通，不清楚世界历史上曾出现过哪些真正的艺术奇迹，以及这些奇迹的出现原因。更严重的是，很多大学在这种课程中灌输一种“负面批评心理”，使得学生不会以正常的心态欣赏音乐、舞蹈、绘画、戏剧、文学，还没有进入欣赏状态就生愣愣地在脑海中竖起了一排教条的篱笆，成天既幼稚又嚣张地包围为数极少的创造者，一味地谩骂和诋毁；艺术畏惧他们，他们也畏惧艺术，艺术本会让人们变得更可爱，却使他们失去了可爱。造成这种悲剧的原因多种多样，其中之一是大学里的艺术理论课，或曰艺术诋毁课，给了他们最初的误会。

要把狂风暴雨中的惊魂夜海、古代美女的秋波一闪、百岁夫妻的临终握手、大漠莽原的孤狼长嚎、宋词格律的平仄调整、歌剧女腔的故意停顿、现代画家的实物引入、万众聚集的默然悼念……这一些美，全都概括成同一个定义、揭示出同一种理念，有可能吗？有必要吗？有意义吗？

如果硬要概括，那么，美学从一开始就走向了不美。

当然，也可以用一种聪明的方法来定义："不丑即美"。但问题仍然来了：丑是什么？丑和美之间往往只有一点点最微妙的界限，这个界限怎么划定？世上有辽阔的"不丑不美"的灰色地带，这个地带与美和丑的界限又怎么划定？……

由此可见，"自上而下"的美学，一开步就会撞墙。

在学术上，完全可以容忍少数哲学家通过形而上的途径继续研究人世间一些终极命题的内涵和外延，但是这并不是普遍社会对美学的要求。普遍社会时时、处处都在发现美、接受美、享用美、创造美，人们希望获得这方面的理论指引。

正是在这样的渴求和这样的困境中，人们发现，如果把问题的重心从"什么是美"转移到"为什么让人感到美"，整个学术框架立即就出现了生机。

"为什么让人感到美"，这个问题，把美的接受者当作了主体。随之而来，"美"也就转化为"美感"。产生"美感"的过程，称作"审美"，因此，这种美学也可以称为"审美学"。

一个人如何产生美感，这是心理学课题。由此，美学也就从哲学的门庭转向了心理学的门庭。所不同的是，在哲学的门庭中，美学的地位不高，分量不重；而到了心理学的门庭，美学便取得了特殊地位。心理学的归结点是美学而不是心理学。当然，这种美学与传统美学有着根本的差异。

从心理学的方位来研究美，摆脱了抽象概念的云中游戏，产生了一种脚踏实地的学术凭依。但是，既然脚踏实地了，地上也有多条路可走。

对美的心理学研究，至少有以下三条路可走——

第一条路，研究美的创造者的心理活动过程，也可以称为“艺术家心理研究”。例如，艺术家的童年记忆，艺术家的精神创伤，艺术家的特殊气质，艺术家的思维异常，等等。

第二条路，研究艺术作品中的心理逻辑。例如，经典小说中主人公的情感程序，著名绘画中各种眼神所包含的心理内涵，戏曲的唱腔所刻画的情绪逆反，等等。

第三条路，研究接收者（即观众、听众、读者）的心理反应，并由此推断艺术的创作要遵循的心理规则。

心理美学的立足点，不是第一、第二条路，而是第三条路。

因此，心理美学也就是“接受美学”，又可以称为“观众审美学”、“观众心理学”。

神学家手捧先验法则宣道，化学家埋首作细致分析。在艺术领域，“神学家”以几条通则来框范各种艺术现象，“化学家”则具体解析着具体的审美心理活动。

观众心理学，是研究观众在接受状态下心理活动的程序和规则的学问。在创作学上，它揭示了各种艺术手段的“潜在原理”。

传统艺术理论习惯于“高台教化”，从上而下地宣布艺术应该怎么样，不应该怎么样。大量的规则和条文，都以空泛的框范抑制了丰富多彩的艺术现象，阻碍了无限可能的艺术创造。

艺术和美没有那么多规则。我们应该反过来，不再从上而下，而是从下而上，先从根子上探测观众接受时的心理反应，并在这种心理反应中建立新的美学。例如，不必抽象地争论喜剧的理论定位、滑稽的美学本质，而应该细细考察观众“发笑”的各种心理机制。因此，从二十世纪中期开始，在欧洲，心理美学已经取代了概念美学。

所有的艺术措施其实都来自观众接受时的心理元素。这样的书，本来应该由心理学家来写，我却为心理学家们提供了另一个方位，那就是艺术家的审美立场。“审美”，其实已经属于心理学范畴。“美学”更合适的内涵，应该是“审美学”。

心理美学的主要部分，是对审美心理机制的具体分析。这种分析，能让我们了解自己作为一个审美中人，会调动哪些心理机制，产生什么样的心理反应。有了这个基础，艺术家也能更清楚地知道什么样的创造能够有效地打动人心。

接受美学认为，未被接受的任何文学文本和艺术文本都不可能是独立自足的，因为它们还远没有完成。不仅远没有完成，而且这样的文本提供的只是潜在因素，只有通过被接受，潜在因素才得以实现。

因此，一部艺术史，就是一部被接受史、被消费史；或者说，是一部与不同时代接受者的对话史。

不管是一部作品，还是一部历史，接受者也是创造者，因此只有在接受中才能完成，这就是它们真正的“存在方式”。

按照这个思路，接受心理的重要性并不低于创作心理，而且正是创作心理的一部分。创作心理前进的每一步，都离不开接受心理的推动和校正。

一般认为，接受者参与创作，一定是顺向创作，即按照创作者的意图和文本发挥主动，填漏添彩。但接受美学认为，更多的是误读、岔读、抱有成见之读。由于接受者的误读是由他们的文化背景、特殊履历和时代风尚所造成的，因此即便误读，也是一种深刻的文化现象。

也会出现作品展现与期待视域比较接近的情况，这就会使接受者进入一种快速、轻便的接受过程，但这样的过程未必能产生深刻的审美愉悦。只有当作品展现与期待视域产生大大小小的抵牾、摩擦时，才会因陌生感、冲击感、对峙感而产生审美兴奋和创作兴奋。

从这个意义上说，接受美学支持在创作心理和接受心理之间所产生的落差，不认为创作者有权利要求接受者在评论作品时有必要贴近创作意图。

当艺术家把自己所从事的门类行当与人们的审美心理需要接通了关系，每一个艺术样式也就找到了自己产生和存在的心理学依据和人类学依据。戏剧、电影、电视作为综合性艺术的“综合”二字，不是来自自身艺术成分的组成，而是来自人们的综合心理需要。这似乎让它们失去了自足性的尊严，其实它们却因为找到了安身立命之本而真正自足。艺术和艺术家的自觉自明，由此而生。正是在这个意义上，观众心理学的研究也就成了艺术本质论的研究。

对于具有时间延续性的艺术，审美注意的保持，依靠结构。如果这种结构是以故事的方式出现的，那么，保持注意的有效秘方就是情节安排。情节，是观众延续审美注意的河床。

遗憾的是，现在有越来越多的艺术家不善于讲述故事，不擅长设计情节，造成观众在审美接受时的游离。因此，只能依靠其他浮表的方式来吸引观众的浅层注意，使艺术降低了等级。

故事不仅是故事，情节不仅是情节，还是维持观众注意的缆绳和纽带。一旦无力，全盘皆失。

按照心理美学的默默指令，悲剧美缩短了仰视的高度，喜剧美维持着俯视的距离，但又各有所失。悲剧美损失了必要的庄严，喜剧美损失了寻常的情理。结果，心理感受就会渐次淡化、钝化。

疗救这些弊病的方案，是使两者融合。

当悲剧美和喜剧美都不再纯粹，就有了向对方伸手的可能。先是小融合，再是大融合，最后就变得不分彼此。并不是喜后即悲，悲后即喜，而是喜即是悲，悲即是喜。

中国古典悲剧常以大团圆结尾，使观众的审美心理过程有一个安慰性的归结，这是戏剧家对观众意愿的一种满足。观众的这种意愿是那样强烈，以致常常生硬地把悲剧性事件扳转过来。这种意愿，既有爱憎分明的善良成分，又有不愿正视黑暗的怯懦成分和伪饰成分，是一种庞大的民族心理定式的产物。

审美心理定式是一种巨大的惯性力量，不断地“同化”着观众、艺术家、作品。但是，完全的“同化”又是不可能的，因为观众成分复杂，而艺术家中总不乏开拓者。在正常情况下，审美心理定式都会顺着社会的变化和其他诸多原因而不断获得调节。

审美心理定式的调节，可分顺势和逆势两大类。顺势靠潜移默化之功，逆势靠强行拗转之力。无论顺势、逆势，都可能是积极的，也可能是消极的。

顺势的调节天天在发生，良莠并存、多方牵扯，很难构成一个明确的趋向。有意思的是逆势调节，因为这是对观众已有心理定式的挑战，趋向明确，效果明显，不管这种调节是出于艺术家还是别的力量，都表现了人们在审美领域的可塑程度，也展示了群体心理的强韧和脆弱。

观众的审美心理定式，是长期审美经验、审美惯性的内化和泛化。所谓内化，是指审美经验、审美惯性的内向沉淀，成为心理结构，进而成为今后在审美上接受、排斥、错位、误读的基点，期待视域，就是这种内向沉淀的结果。所谓泛化，是指这种心理结构的普遍化。第一普遍于同类观众，由个人期待视域，甚至成为民族性、地域性的审美心理定式；第二普遍于其他审美对象，即由单向习惯伸展为整体审美态度，例如由欣赏戏剧的偏好伸展为对音乐、舞蹈、绘画的近似选择。

内化和泛化，使得观众与作品的一次次偶然相遇，沉积为长期的审美倾向，既造就了一部艺术史，又造就了一部心灵史，而且使两部历史互相蕴含。

东方美学：人和自然的默契

当代的研究者大多是把东方美学作为一种观照对象来看待的，很少把它当作一种立身之本或思维工具，东方美学虽然为现代孕育出了不少美的实迹和创造者，却不能在理论上构建起自身的现代形态。它在现代学者中能够找到不少眺望者、理解者和赞赏者，却很难真正找到魂魄与共的代言人。

一经追寻便可发现，东方美学内部的共同性并不像人们想象的那么多，而东西两方美学的差异也并不像人们论述的那么壁垒森严。只有软化了几世纪前设定的心理疆界，以平允通达的心态来审视地球上品类繁多的美学现象，才能从人类学的高度来阐释各种“同中之异”和“异中之同”，从而佑护着东西方艺术相扶持地走向新世纪。

东方美学是一种各行其是的自然生态。

东方美学之所以不能以一个统一的实体与西方美学对比，是因为它实际上一直处于完全无法进行统一规范的多元状态之中，这与西方美学的发展有根本的区别。

东方美学自由散漫的多元状况主要表现在以下几个方面：

其一，东方辽阔的地理范围内所包含的众多国家和民族之间虽然也会有美学和艺术上的交流和渗透，但并未产生大规模的趋同倾向，更未获得过共用的美学概念。

其二，东方各国内部在历史发展的过程中也不大讲究美学范畴的稳定和延续，在随机性上远远超过西方美学。

其三，东方美学大抵缺少理论上的统制力和归纳力，因此使美学理论与审美实践不具备严格的逻辑对应关系，至少比西方美学松软灵动得多。

我们对东方美学的注意不能仅仅停留在理论形态上，因为这并不能准确反映或时或地人们的审美意识和审美实践，而应该更多地关注大量非理论形态的美学信息。这种非理论形态的美学一般被称为广义的美学，很难严格界定。范畴的稳定和延续，在随机性上远远超过西方美学。

初一看，东方美学这种多元、随机、模糊、松软的生存方式比之于规整而强大的西方美学显得相当落后，其实未必如此。

诚然我们应该赞叹西方学者为建立一门科学化的美学所做的长期努力。记得唐君毅先生曾经说过，西方以科学精神对待艺术，中国则以艺术精神对待科学，这种有趣的说法深可玩味。

东方美学从根子上就是精神性的，因此它不必以冲撞的方式来实现，也不像西方精神那样融入太多客观尘世的制约和喧闹。东方的绘画在对客观物象的准确描摹和科学把握上大多比不上西方绘画，但它的立足点本来就不在这里，只是用笔墨安安静静地表现着人们的主观意态。当然也要面对客观物象，但这种物象经与审美主体交互感应后也就蜕变为一种精神态度的物化方式，绝不再拘泥于客观真实性的度量标准。

东方绘画不讲焦点透视而只讲散点透视，不讲三度空间而讲二度空间，不讲块面刻画而只讲轮廓勾勒，不讲物理重心而只讲感受结果，在水墨画中甚至故意要使表现物完全失重，只描绘一点意味性的姿态。更引人注目的是，东方绘画大多以线条为魂魄，使描绘对象挣脱物理形象而获得提炼。东方式的线条是精神的轨迹、生命的经纬、情感的缆索，在创作过程中又是主体力量盈缩收纵的网络。即便是寄寓于物态形体之中也发挥着远远超越物态形体的精神效应。书画艺术的发达更是线条的精神效应在东方的最佳呈示。

东方的舞蹈一般也不强调描摹各种情绪和表情，也不执着于对生理肢体的炫示，更多的是表现一种节奏和精神向往。西方舞蹈包括西方音乐中的上乘之作，也会有深挚的精神蕴含，但总是明显地显现出“激发”什么或“抒发”什么的努力，不像东方艺术那样只在一片几乎虚静的境界中以十分内敛的方式酝酿精神气氛。有时甚至几个素朴的动作和物象也成了精神吞吐的载体，构建起一种诱发禅宗式顿悟的精神磁场。中国绘画和戏曲中的写意风致也是凭借着这种精神气氛得以成立的。有了这种精神气氛，印度舞蹈以生命肢体为轴心的内向圆弧动作才有包罗万象的韵味，日本能乐演出中小幅度的简约动作才有巨大的震撼力。

与西方艺术擅长准确的局部呈现不同，东方美学擅长整体把握。中国古代美学的重要原则是“气韵生动”，这里的“气”指的是宇宙生命，是一种流荡广远而又包含广远的整体性存在，容不得分割和阻断。这种“气”化解着主、客体的界限，也模糊了人与自然的鸿沟，是“天人合一”哲学的派生概念。这样的概念要一位纯粹的西方艺术家来理解就相当困难了，西方也有人领悟到了“艺术以整体拥抱世界”的道理，但这主要是指反映生活、刻画人物上的整体性，而并不像东方美学那样把天地宇宙和生命感应完全融成了一体。这本是人类初始状态的一种感受，被西方文明逐渐裁割了，却在东方得以保留和阐扬，并指向着人类与客观外界关系的终极状态。不妨说，无论是人类与自然的关系还是人类本身的互相关系，都是从混沌整体出发，经过分解、冲突、个别化，然后又进入整体。西方文明的优势在中间阶段，而东方文明则维系着起始和未来的梦。

东方美学的至高境界是人和自然的默契。人不是对抗自然、索取自然、凌驾自然，而是虔诚地把自然当作最高法则，结果自然也就人情化、人格化，中国山水画中人很少或很小，但整个儿人味沛然。这样的山水画也就因描绘了人化的自然而充满了整体意识，包容之大远超于西方的风景画和人物画。

由于人与自然和谐统一，人们也就有可能在研究自身的过程中领悟世间一切，因此完全可以给每个艺术创造者的各行其是提供积极许诺。东方美学强调整体性而竟然未曾规定整体规范，反而助长了灵性各异的流散状态，即与此有关。既然人人都是整体的一员而且人人都是整体，为什么还要通过什么强制力量来通达整体呢？

东方美学因淡化了模仿功能而不再把真实与否当作主要标尺，结果却激发了美的标尺的强化；客观物象经过精神性提炼而达到了一定的抽象度，又为装饰美的构建提供了可能。

凡是装饰性越大的艺术作品往往越能显现出创作者俏皮、泼辣，甚至匪夷所思的游戏心态。早期东西方有的图腾、图案包含鲜明的原始宗教意义，虽有装饰性却不自觉，只有在一种特殊文明的许诺下进入“逍遥游”的状态并“游于艺”，才会把人生的潇洒蜕化成对形式美的张扬。西方生活中也处处有装饰，但让整个艺术都具有装饰性质来笑视模仿和写实，这样的事主要发生在东方。

东方艺术的装饰性在很大程度上表现为程式化。东方传统戏剧从面具、脸谱到身段、唱腔都有一套程式，与西方戏剧判然有别，这是世人皆知的。在绘画领域，中国文人画在内容上的“梅兰松菊”、“枯木竹石”，笔墨技法上的所谓“皴法”、“点法”（如“披麻皴”、“斧劈皴”、“米点”、“介字点”）之类也都是程式。程式虽与客观物象有一点远期联系但大都已不同程度地符号化了，成为一种“审美语汇”和“审美语法”。它与客观物象已没有具体的对应关系，却可以对应着一种审美情绪和欣赏节奏，而且是比较稳定的对应，供艺术家随意调动和取用。

既然已在一定程度上走向符号化和抽象化，已经失去了重量感和质感，因而可以按照美的规律自由构建，但这种自由需要被人们轻便地识别和接受，又必须进入某种凝固的规范。结果，摆脱客观真实性束缚的那种自由被定格了，大自由又有可能变成了不自由。当程式化的规范逐渐失落了象征意味而僵化的时候，装饰性的代价可能使艺术失去生机，成为一览无余的热闹图案。波斯和东南亚的艺术中便常常会出现这种情景，东方美学在许多方面呈凝固态，也与此有关。

世界上任何一地的任何一种艺术都有过自己的原始阶段，因而我们所说的东方美学的原始性不是从时间概念而是就艺术风范而言的。这种艺术风范使早期人类的天真的朴拙有较多的留存，而没有让代代更新的西方文明所扫荡。西方也有原始形态的艺术遗迹，但遗迹终究是遗迹，而东方艺术的原始性则是一种活活泼泼、生生不息的遗传机制。

东方美学的原始性表现为多重特征，例如——

天真。像一个童真未泯的孩子一样，那些带有原始性的东方艺术常常显示出一种不加遮盖的率直任性，对繁复的理智世界和文明规程表现出漫不经心式的无知或无视。

混沌。承袭着早期人类的混沌、直觉思维，在审美感觉系统各成分内随心所欲地借代、互渗、交错乃至涡旋，从根本上抵拒精细解析和职能分工，从而酿发出神秘感。

钝拙。守护着一种故意木讷内敛的心理状态，展示着天人交合中尽可能的低调关系，结果却渗透出一种被灵巧伶俐的美学方式所排除了的厚味。

苦涩。也许是先民艰难生态的审美凝结，有些东方艺术追求着一种与通畅、朗润相反的格调，洪荒中的玄黄，激烈中的狞厉，野朴、粗悍、破残，苍凉感，风霜态，组成一种不愿获得现代安慰的天然性悲苦……

这些物征即便在东方也大多淹落于民间，因此所谓原始性在很大程度上已是东方社会的民间性，广阔的民间沉淀着悠远的时间，结果又让时间证明了这种原始性美学风范超历史的生命力。

精神性、整体性、装饰性、原始性四项并不是东方美学的稳固规范，而是在与西方传统美学的整体比照中所浮现出来的某种侧重，本身就带有很大的模糊性和可变性。但无论如何，这种侧重是存在的。

东方美学与西方美学自成道理，因而长期自足存在，但从现代文化人类学的角度看，它们都面临着接受选择、互撞互耗、互补互融的问题。一个在审美领域真正健全的现代人不能只是固守着西方美学而排拒东方，或者倒过来只是固守着东方美学而排拒西方。但是，鉴于长久以来西方美学凭借着强大的文明进程背景和自身的理论力度在现代文化界获得了先人一步的普及和占领，因而呼吁东方美学风范便成为一项近似于补课的工作，否则现代世界的审美结构会失去宏观上的平衡。

在艺术实践领域，东西方美学的交融互补早就点点滴滴地存在了，例如古代印度的犍陀罗艺术就吸收过希腊的明暗光影表现三度空间的手法，在色彩和透视上也呈现出绚丽的写实感，这种艺术又通过佛教僧人传入中国，早在魏晋南北朝时期就被称为“天竺遗法”，又如阿拉伯伊斯兰国家的穆斯林美学就在更大程度上接受过亚里士多德美学，至于十八世纪以来“西学东渐”之后西方艺术技法对东方的渗透更是普遍了。

西方人以冒险家和猎奇者的心态对东方艺术的发现、把玩和赞叹也是很早就有的事，但系统认真地通过生命感受来发现东方艺术则是在十九世纪后期至二十世纪，仅在美术界，亨利・卢梭、惠斯勒、高更、莫奈、凡・高、米罗、马蒂斯、毕加索、马奈等都惊喜地发现和追慕过东方艺术。其中不少人先对日本的浮世绘发生兴趣，然后兼及东方其他艺术，同时又扩大到世界各地的原始民间艺术。这些画家终其一生当然还是以西方为生命立足点的，但却比西方传统画家有了更开阔的视野，他们内心的冲撞也更为激烈，因为东方艺术诱发了他们生命素质中本应沉睡的那一部分，使他们的审美心理结构对内对外都具有了强烈的挑战性，他们由此成了西方艺术史上转折性的人物，也开创了人类艺术的新时代。

歌德的伟大正在于他始终保持着一种全人类的观念，这使他能在不同地区的不同艺术形态背后找到人性的共同点，既不自我保守也不随意趋附，而他认为这便是真正的现代风范。在歌德之后，世界各地的联系更密切了，他的观念也就显得更正确、更必要了。

在歌德式的宏观目光下，东方美学绝不能因为别人青睐而摆出一副待价而沽的姿态。它也要接受现代的选择，以使自己真正成为现代人类精神疆域中生气勃勃的一个组成部分。

东方美学对这类西方现代艺术家来说可以产生多层次的诱惑，他们既可以因厌倦陈陈相因的表现习惯而对陌生、醒目、有特殊魅力的技法产生狂热，也可以因在思索的困顿中发现了完全属于另一条思路的人生宇宙哲理而陡然兴奋，但其中最深刻的一个层次乃是引发了他们对艺术和美的一系列终极性反思。

自从东方美学激发了西方艺术家对美与艺术的终极性反思之后，西方现代艺术的发展步伐便与东方艺术有了影影绰绰的呼应。除了阿尔托那样寻找人和艺术的本性回归外，整个西方现代艺术又重新思考了人与自然的关系，人与自然的对峙到谋求与自然的对话，争取人对自然的渗透和自然对人的渗透。在具体的创作方法上，对各种象征的重视，对意象叠加的追求，对突破表层逻辑的自由联想的探索，都可以从东方以往的艺术遗迹中找到有趣的参证。甚至，西方现代非常热衷的那种消融艺术和生活的界限的所谓“大地艺术”，也能在本来就不太固守这一界限的东方艺术中找到远年的鼓励。

西方现代艺术从东方美学中所吸取的最重要内容，实际上是可以不分东西方界限的属于全人类的本原性精神方式和审美方式。阿尔托说明了这样一个逻辑，他们面向东方也就是面向本原，面向终极。并不是说他们的精神故园在东方，而是东方美学的存在使他们领悟了自身的失落，因而产生寻找意识，哪怕最后寻找来的未必是东方的东西。

不少理论家认为，这一切可以说明东方艺术比西方艺术高明，“他们的全部新创造我们祖先全有了”！一些东方艺术家更是沾沾自喜。这是一种可笑而浅薄的愚昧心态，在这种心态下不可能真正理解东方艺术和西方艺术，更无法促成两者在现代的正确选择和互相沟通。我说过，美学在东西方的差异只不过是人类精神在不同的方位展现出不同的侧面罢了，那么，现代交融的无数动人实例则进一步证明这不同的侧面毕竟依附于同一机体之上，在深层本性上有许多相通之处，因此艺术和美学的现代选择，既不是让西方来选择东方，也不是让东方来选择西方，而是两方在碰撞、交汇、比较中一起强化全人类的意识。一起来选择艺术和人类的本性，也就是一起来选择现代。

对中国艺术传统的优劣品评，没有绝对意义。作为一种历史过程来看待，几乎每一点，都功过相咬，优劣互补。中国艺术的柔性精神、中和之美、和谐追求、写意风致，比之于西方，处处都有令我们骄傲的理由，但也处处都有使我们羞愧的根据。因此，不必由谁来论定中国艺术何处为瑕，何处为瑜；何处该取，何处该舍。这样做，既把简单的问题复杂化，又把复杂的问题简单化，对创作实践并无补益。投入创造，许多难定的标尺自会明朗；投入创造，许多看似简单的问题又并不简单。

有人说，不辨优劣，何言创造？我们说，离开创造，无所谓优劣。不难看到，因为疲于创造，许多被反复论证的民族艺术的优良品性，也已渐趋黯淡、令人厌倦了。

由于东方美学注重精神性，创作状态也就随之偏重于自省、自娱、自我调节，但是，作为艺术产品必须被人领受，作为精神活动必须产生社会效应，越到现代越是如此。而东方艺术无论是艺术家还是艺术品在这方面都显得过于柔弱，在一种随意性很大的精神舒卷中，它从本身的度量到社会感召力都比较狭小。它过于自足而不在意于把自己的审美强波向外发射，这在信息密集的现代难免会成为一种消极性的存在，容易被掩埋。

东方美学的整体性所带来的负面是缺乏对局部的分解力，而没有分解力也就很难有艺术肢体的强健。混沌朦胧中流淌着气韵，也可能掩盖着许多疲软部位。这种情况到了现代也会面临麻烦，因为混沌整体的美学格局只有在混沌整体的社会格局中才会安然自适，而现代社会多层复杂结构的精细展开必然会对东方艺术的每一部分都提出严格要求，要求它焕发出多方位的生命力，这是传统的东方美学所难以满足的。

精神性和整体性的特征使东方美学在内部结构中处于一种多方汇聚的状况，使美和艺术很难从精神的其他项目和整体的其他部位中凸显出来。既然大千世界的一切都可以交融一体而成为一种精神存在，那么美的课题也极易被善、德、道、史等政治、伦理、心理、生理、科学等命题所吞食、所杂交，这使东方的艺术家和艺术作品总是很难卓然独立于社会之上，也缺少质地纯粹的艺术构建，这种情况使东方无论是过去、今天还是将来都不能傲视西方。

东方美学的程式化、装饰性虽在形成之初显露过活跃的生命力，但在形成之后却在很大程度上成为一种惰性存在，长久缺少变化或变化速度迟缓，于是，再美的象征，再大胆的变形也均成为远古的化石。这早已使东方美学在很长时间内活力不足，更难应付琳琅满目的现代。在这方面，东方艺术不能老是以古董式的历史遗迹身份出现在人们眼前，它如何既有奔放的现代生命又不失程式化特征呢？这个难题早已躲避不开。

东方美学所沉淀的原始性可以启示人类对本性的回归，但在实际呈现方式上却失去了时代性的诚恳。当东方人的大多数在生活形态上都已进入现代之后，再模拟原始之态毕竟夹杂着不小的造作感，而造作恰恰与原始的天真和拙朴南辕北辙。因此，东方美学的原始性必须获得新的提炼和升华，逐渐扬弃那些由于社会生活的落后所带来的外层特征，而去把握那种能够贯通人类起始状态和终极状态的隐秘。东方美学就整体而言还有待于一次不失本性的大幅度更新。

东方美学的现代生命，也只有在接受和回答这些拷问中才能逐步建立起来。我不知道它能不能经受得住这种拷问，如果经受不住，它将风干僵化；如果经受得住，它将从根本上改变一种形态。总之，都是失落。失落了东方美学，我们将怎么办呢？因为那里有我们生命的审美形态的遗传因子。拾捡它并使它成为一种积极的现实存在，等于是拾捡我们自己生命的一部分，拾捡一个民族的本来形象，拾捡一个真正意义上的东方。让我们一起用心用力。

美：人间尊严的关键形态

人间尊严的一个关键形态，是美。

美有可能被迫失去尊严，但尊严总会转化为美。

美之于人，集中了自信、教养、风度、见识，最终凝结成一种外化形态，举手投足气象非凡。这种气象，使尊严获得塑造，从此不再涣散。

当尊严释放成一种活泼的生态，美也走向诗化。

诗化的尊严是动态的天真，自由的率性。一切都充满着好奇，处处洋溢着幻想。这样的天地呈现出一种无邪，看似浑不设防，却完全无法侵犯。

诗人比美人更加自我，他们用诗情筑造了又一堵尊严的城墙。

美，不是外在点缀，而是人性、人情的精选形式。在社会上，政治和经济是在争取生命的强大和自尊；而美，则在争取生命的品质和等级。

美永不凝固。即使是处于凝固状态的雕塑，也会在变动的社会生活中缓缓地变易着它们的美学内涵，与不同时代的观赏者互通声息。许多希腊雕塑如维纳斯在近代世界上所焕发的美学内涵，与它们刚刚脱胎成形之时已有很大的不同。

我反复说明的一个道理，就是政治问题和美学问题之间的一般关系和终极关系。如果把这个道理放回到从前的历史中去，即便是当事人也未必明白。屈原不明白，他写的楚辞比他与楚怀王的关系重要；李白不明白，他写的唐诗比他成为李璘的幕僚重要；李清照不明白，她写的宋词比她追随流亡朝廷表明亡夫的政治态度重要。

连这些文化巨人自己都不知轻重，更不要说普通民众了。但是，我终究要告诉民众，他们有权利享受比政治口号更美的诗句，比政治争斗更美的赛事，比政治派别更美的友谊，比政治人物更美的容貌。

长期以来，国内外历史学家总是把物质进步、思想进步看成是一个时代的归结。其实，最终具有归结意义的是审美结构。也就是说，真、善、美这三元组合，以美为归结。这是我们所主张的“审美历史学”。美不是历史的点缀，而是历史的概括。商代历史的归结是青铜器和玉器，就像唐代历史的归结是唐诗，或者说，欧洲好几个历史阶段的归结是希腊神话，是达·芬奇和莎士比亚，而不是那些军事政治强人。

每一种文化都有自己的重心归向，有的归向于宗教，有的归向于征战，有的归向于科学，有的归向于政治，有的归向于自然，而中国文化，则归向于艺术。孔子在《论语》中对于这个问题有两度概括。第一度概括为：“志于道，据于德，依于仁，游于艺。”第二度概括为：“兴于诗，立于礼，成于乐。”这就是通过修身的方式获得人格享受。李泽厚先生把“游于艺”、“成于乐”说成是“人格的完成”，我很赞同。

在诗意上，人类有一种共同失落。几个伟大文明的开端都有一个史诗阶段，都以诗的语言来奠基一个民族的基础话语。遗憾的是，就像法国哲学家狄德罗所说的，大家越到后来越没有诗意了。中国的史诗传统与其他古文明有一点差别，那就是，中国的《诗经》主要是散篇抒情诗，特别在乎脚下的现实悲欢，在乎散散落落的亮点，而不太在乎叙事的整体结构。这也决定了中华民族的审美习惯和别的民族不一样。在我看来，西方民族诗情的宏伟性和整体性也许与游牧文明和海洋文明的生态方式有关，而中国的农耕文明则决定了诗情的真切、散落、随性。

在生产力极端低下的时候，我们的先人已经“以诗为经”，把诗当作族群精神的经典，这实在是一个了不起的文明开端；发展了几千年之后，我们现在重新向往一种诗化的生活，希望在繁杂忙碌的尘嚣中升起袅袅诗意，使精神不再苦涩，使生活不再窘迫。这也就是连现代西方人也十分迷醉的所谓“诗意地栖居”。

我的《世界戏剧学》这本书虽然标着“戏剧学”的书名，但内容却广及艺术和美学。

原因是，世界各国的智者在很长时间内，把戏剧当作“最高艺术”来论述。他们的其他艺术观念也都汇集到了戏剧学。更多与戏剧关系不大的哲学家、宗教家、政论家、法学家也都挤到这里来高谈阔论，精彩勃发。因此，如果把《世界戏剧学》的书名改为《世界经典艺术学》或《世界感性美学》，也未尝不可。

以我自己为例，我写作此书那么多年，获得的精神成果就远远超出戏剧专业，使自己完全成了另外一个人。从那个时候起到现在，我被广泛认知的身份是中华文化的阐释者，但我的精神基座上，却牢牢地烙刻着亚里士多德、狄德罗、莱辛、歌德、黑格尔、席勒、雨果、尼采这些大名，都与这部书有关。从这个精神基座出发，通达对我更重要的康德、荣格、罗素、萨特，也不难了。

一个人，如果能够尽早获得全人类最高星座的审美默契，然后返视自己立足的土地，投入全新的创造，那就是真正的生命尊严。

人类早已跨越了纯实利的审美阶段，不仅早已能够欣赏一棵苍老斑驳、藤萝垂垂而没有多少实用价值的古松，而且还能把玩一截虬曲的树根。与此相应，在文艺创作上，人们也不愿意把一切创造活动都与现实需求直接挂钩，这是人类进入文明阶段的一个重要标志。今天，我们还会兴致勃勃地吟诵几首唐诗、宋词，观赏几出杂剧、昆曲，也正体现着我们在审美领域所取得的自由。

即便如此，美的领域却也不应该主要由遗产组成，哪怕这些遗产确实是无价之宝。人类的文明需要不断前进，人类在审美领域所取得的自由需要不断开拓。因此，在美的领域里，应该流荡着生命的绿色、青春的气息。即使是那些极有保存价值的古松，也只有置身在遍是野花、苔藓、青草的山坡间，才能构成生命的比照，才能显现它们在年岁上的优势而分外威严。没有生机勃勃的氛围，也就没有古松之美。

艺术：人类健全的梦

艺术是人类殷切企盼健全的梦，它以不断战胜狭隘性作为自己存在的基点。艺术的灵魂，首先体现为一种充分释放、自由创造、积极赋型的人格素质。这种素质或多或少在每个人心底潜藏，因而每个正常人都能成为各种艺术深浅不同的接受者。

我国画家罗中立的油画《父亲》刚刚展出时，许多观众徘徊不去，他们被一种赤裸的真实所惊动，而且，或多或少地感到了自己的浅薄与忘本。那么，看这幅画应该采取一个特殊的角度：半是画幅，半是观众。

在整个艺术创造过程中，最终，也是最重要的一道工序便是疏通作品与接受者之间的关系，以开放，而不是以封闭的方式，完成创造。

接受美学标志着很多艺术家对于输出道口的重视，以致愿意反过来把它作为整体创造活动的基准。接受美学认为全部创造活动都应把接受者的接受状态包括在内。接受，参与了创造，延续了创造，完成了创造。

艺术的狭义本体只是成了一种诱发剂，一种推动力。这样，它的地位降低了；但从另一个角度来看，它要发挥那么大的组织功能和调动功能，它的职能提高了。它的自身形态也要随着职能的变化而变化，出现了各种召唤接受者参与其间的特殊结构。

我们可以写出长长一串艺术大师的名单，是他们，使人类适应了可以构成层累的各种美的气度、美的神貌、美的心绪、美的情境。他们以自己的作品创造了一部使人类渐渐适应由低到高的文明的历史，即使是我们，身心之上也深深地留着他们塑捏我们的指印。我们短暂的一生，可看成是人类历史的缩影：从幼到长，一步步适应了各种层次的艺术作品，艺术的宝库在我们眼前横亘成一个有机系列，随着我们年岁增长，不断帮助我们创造适应，又突破适应。终于，我们成了一个比较健全的人。这也是人类的总体情景。

“屈原放逐，乃赋《离骚》。”然而，当屈原有心绪吟咏《离骚》的时候，他的内心已经获得了艺术化的自由心境。他的吟咏，使一代又一代的中国人适应了华美的楚辞，也适应了审美的忧郁。他在一定程度上创建了中国人的某些心理素质。这一点，远远超过他现实的政治功绩。

就大范畴论，旧时代的中国文人，是逐次适应了屈原、司马迁、陶渊明、李白、杜甫、苏东坡、曹雪芹之后才总体缔造成的；就小范畴论，各种不同的文人又有自己具体的重点适应对象，例如在某些现代女作家身上，我们仍能依稀发现她们对李清照的远年适应。

从这个意义上说，艺术创造，实在是在创造人。

我历来非常注意文学作品中隐藏的那股气，似乎不可捉摸，却又扑面而来。文章是生命的直接外化，这股生命气息是文学作品的灵魂，时时刻刻在诱导着我们自己的生命气息。就像我们见一个人，直接感受的并不是他的档案资料和他的学术观点，而是从眉眼姿态中洋溢出来的那种气场。

艺术，是人之为人的一种素质，是人们在误会与烦躁中进行美好的沟通的一种可能，是人类为使自身免于陷入浅薄功利而发出的一次次提醒。在远古，艺术使我们的祖先在难以想象的苦难中进入游戏，在游戏中融入群体、融入造型、融入宗教；在现代，艺术使我们从熙攘纷扰中超拔出来，领略宇宙，开掘生命，回归本真。艺术是贯通人类始终的缆索，是维系人类不坠的缰绳。

当第二次世界大战刚刚结束，欧洲很多地方还是一片废墟的时候，还没有修复的音乐厅开始演出了。大量衣衫不整、家破人亡的幸存者聚集在一起，让音乐把自己拔离灾难。他们听的是贝多芬的音乐，他们没想到贝多芬其实和希特勒是来自同一个民族。一个民族的艺术让他们恢复了心理的健康。从这些废墟音乐会，人们已可看到欧洲的今天。

到欧洲，主要是看他们城市的建筑。从文艺复兴时期开始，就有高水准的专业人员投入到公共空间的审美设计和审定中，其中就有米开朗琪罗这样的杰出大师，做了各种各样的公共雕塑和设计。当时是由贵族聘请他们的，其他人不一定懂得他们，但会模仿贵族，一模仿贵族就等于模仿了大艺术家所设计的房屋的样子。所以现在去看他们运用的色彩，他们的建筑形体，他们街道上各种各样的装潢，都符合规格，原因就在这儿。这种建筑本身变成了一个大学校，这个学校促进了一代又一代人审美意识的提高。

艺术欣赏中的思考，不是学术思维论文，不是智力游戏，不是强制领会，也没有预定答案。其结果，是意会，是神交，是顿悟，是心有所感而不必道之的那种境界。

最有意义的旅游，不是寻找文化，而是冶炼生命。我们要明白，人类的所作所为，比之于茫茫自然界，是小而又小的；人类的几千年文明史，比之于地球的形成、生命的出现，是短而又短的；人类对于自身生存环境的理解能力，是弱而又弱的。因此，我们理应更谦虚、更收敛一点。在群峰插天、洪涛卷地的伟大景象前，我们如果不知惊惧、不知沉默，只是一味叽叽喳喳地谈文化，实在有点要不得。如果这算是什么“大散文”，那宁肯不要。

旅途中的文化感受，不必如此拥挤、如此密集、如此迫不及待地表达出来。让自己的笔多描述一点自然景物本身，就会更大气，走在这样一条奇异的路上，我们的合适身份应该是惊讶而疲倦的跋涉者，而不宜是心思很重的读书人。

爱因斯坦是二十世纪最伟大的物理学家，他年老的时候有记者问他：“爱因斯坦先生，你已经很老，死亡对你意味着什么？”爱因斯坦回答：“死亡对我意味着我再也不能听到莫扎特。”他讲出来的并不是广义相对论、狭义相对论，他讲出来的是一个艺术命题莫扎特。这就是一个人的程度。蒋介石去世的时候，宋美龄在他灵柩内放的是《唐诗三百首》，让他在另外一个世界里看。

一个人的艺术素养，主要体现于他对审美形式的直觉敏感。人类要获得的艺术训练，也应该集中在这个方面。

到艺术博物馆去看看就知道，一般的参观者在认真地阅读说明、听着讲解，而真正高水平的艺术欣赏者和创造者却不会这样，他们只是打开自己的直觉之门，在各个展厅里寻找震撼自己的形式。找不到，就快步走过；找到了，就流连多时。塞尚说，一幅画，只是眼睛的节日、色彩的逻辑，其他逻辑也许包藏在里边，但艺术家不会去依顺，一依顺，他就完了。

文化：前人对后代的遗嘱

任何文化，都是前人对后代的遗嘱。最好的遗嘱，莫过于理想的预示。后代应该成为什么样的人？中国文化由儒家做了理想性的回答：做个君子。

做个君子，也就是做个最合格、最理想的中国人。

我一直认为，中国文化没有沦丧的最终原因，是君子未死，人格未溃。

中国文化的延续，是君子人格的延续；中国文化的刚健，是君子人格的刚健；中国文化的缺憾，是君子人格的缺憾；中国文化的更新，是君子人格的更新。

如果说，文化的最初踪影，是人的痕迹，那么，文化的最后结晶，是人的归属。

时间的筛选会使原本重要的人和事渐渐变得不重要，又会使原本不重要的反而显得重要起来。一层层筛选，一次次过滤，最终凸显于历史的那批人中，居然有很大一部分是艺术家。想当初，满朝权贵豪强哪里看得起这些乐师、画匠、诗人、文士呢？但在千百年后人们的心目中，那个时代往往是以艺术家的名字命名的，权贵豪强们再有名，最多也只是艺术家大名下的“同时代人”罢了。

为什么历史的笔墨特别垂青于艺术呢？这里透露了人类的一些终极性追求。

在李白的时代，中华民族还不太沉闷，这些诗人在这块土地上来来去去，并不像今天这样让人觉得是件怪事。他们的身上并不带有政务和商情，只带着一双锐眼、一腔诗情，在山水间周旋，与大地结亲。写出了一排排毫无实用价值的诗句，在朋友间传观吟唱，已是心满意足。他们把这种行端当作一件正事，为之而不怕风餐露宿，长途苦旅。结果，站在盛唐的中心地位的，不是帝王，不是贵妃，不是将军，而是这些诗人。

这些在生命的边界线上艰难跋涉的人物，似乎为整部中国文化史做了某种悲剧性的人格奠基。他们追慕宁静而浑身焦灼，他们力求圆通而处处分裂，他们以昂贵的生命代价，第一次标志出一种自觉的文化人格。在他们的血统系列上，未必有直接的传代者，但中国的审美文化从他们的精神酷刑中开始屹然自立。

即便是隐藏在心灵深处的美丑，也会在他们的气度、势态、神色、谈吐中呈现出来。艺术主要靠这一途径来把握人，而不是靠那种叙述出身、经历、背景、籍贯等外在方法。诚然，也有人会伪善地遮盖自己的真相，但在高明的艺术家手上，伪善本身也可以体现为直觉。

中国传统文学中最大的抒情主题，不是爱，不是死，而是怀古之情、兴亡之叹。某个地方，如果曾经留下过王侯钟鼎、将军营寨或名士茶席，此刻却只剩颓垣碎瓦、荒草冷月，中国文人一旦知道大多会找去，而且产生着魔般的感动。这种感动常常连心理程序、凭借词汇也完全相同，可见是一种集体症候。

怀古之情、兴亡之叹表明，中国文人在整体上倾向于历史体验，既迷醉于感同身受的历史幻想，又迷醉于匹夫有责的历史责任，只可惜历史太长，步子太慢，循环太多，经常同义反复，不能不满心徒叹无奈，满嘴陈词滥调。

文化知识不等于文化素质，文化技能更不等于文化人格。离开了关爱人类的人格基座，文化人便是无可无不可的一群，哪怕他们浑身书卷气，满头博士衔。

一代艺术不能没有最高代表，但最高代表往往是孤独的，违逆常规的。因此，顶峰很可能是它巨大基座的叛逆者，那就请注意了，某个时刻，当一个庞大的群体都在对一个人口诛笔伐，而且毫无理由地不断延续，那么，一个希望出现了，这个庞大的群体，正在用这种方法推举自己的领袖人物。

艺术文化人才出现往往带有偶然性和奇迹性，因此他们的失去也往往留下难以弥补的空缺。这与科技领域梯队递进结构是有很大不同的。既然艺术文化最终晕化为一种感觉系统，这种感觉系统又与特定个人的生命构架紧紧相连，那么，要追慕效仿是极其困难的。

人类要进化，就一定要对过去的历史文化产生一种超越，超越是一定程度上的否定，一定程度上的抛弃。但又不能全然抛弃，因为历史出现在我们的脚下，出现在我们生活的地盘上，而且时间越长，人们也越愿意温习我们祖先的脚步。于是，这种不得不被我们抛弃，又不得不让我们流连忘返、深深铭记的地方就叫废墟。废墟的特殊含义很深：它从反面证明着我们的前时，同时它又非常温和地从正面证明着我们祖先的辛劳和脚步。所以废墟的意义就很大。我非常希望多保留一点文化废墟。

在中国的词汇里面，“废墟”的意思好像不太好，我们就不喜欢它。其实保留一点这样的东西看上去是占了一点地方，而且它们看上去比不上高楼大厦那么漂亮，但它们却可以让后人知道我们这个国家、民族是怎样走过来的，非常非常有价值。

后代学人经常会片面地激赞远去的文化现象，鲁莽地把那些文化现象所承受过的衰败、伤痕、羞辱抹去。其实这种做法是不对的，只能使九天之上的文化祖先们在一连串“美丽的起哄”中老泪纵横。

不少人认为，“文化史”的任务，无非是按时间顺序阐释一系列固有的文化成品。这种观点，把文化看死了，也把历史看死了。文化是一种精神价值和集体人格，既可能逐一萎谢，也可能保留余温，又可能异时复活。因此，即便是既往的文化，也有机会被重新创造。这就像唐代重新创造了华夏文明的主体结构，文艺复兴重新创造了古希腊文明和古罗马文明。我们今天研究中国文化史，也是我们对历史文化的重新选择、重新发现、重新创造，并在这个过程中重新构建自己。这么一来，文化史也就成了文化哲学和文化宣言。

城市文化与公共审美

中国当代城市文化是我近来着重思考的若干课题中的一部分。较之其他任何方式，文化思考最明显的优势在于它更善于进行时空上的整体把握。正如当我们置身于一千多年前已经人烟全无的新疆古城的遗迹时，其间巨大的震撼必然促使我们对城市文化的命运做出追索与探究。遗憾的是，直到今天我们还很少从城市文明的角度来论证自身的生态环境，而事实上城市文明已经无可争议地成为当今中国在文化上所面临的时代性的重大命题。

文化争论极有可能将最终归结到城市文明的争论上，文化将被视作城市魅力最集中的发散点而受到强有力的关注。

如今，当我们走在各座城市中的时候，最大的困惑可能莫过于这些城市正在以极其相似的面目在我们面前不断地重复，致使我们无法把握到对城市的历史进行判断的依据。“我是谁？我从哪里来？我将要到哪里去？”这个哲理性的诘问同样适用于都市的文化，它逼迫着文化人必须怀着深切的热情为城市重新寻找、确认严重流失的自我性格。

连城市的普通生活形态也受到如此的抗拒和谴责，当然更谈不上对城市心理规则的弘扬了。中国历史上很难举得出一批真正的城市思想家。

读古希腊、罗马文献，看到那些政治家、思想家一开口就朗声朗气地呼唤：“雅典城的公民们！”“罗马城的公民们！”在中国古代就缺少这种呼唤声。第一个真正具备城市意识的思想家，我觉得是龚自珍，那就出现得太晚了，而且他也未能让自己的声音占领任何一座城市。

中国也拥有过高水平的思想文化大师，但他们为了逃避无秩序的拥挤，大多藏身于草堂、茅庵、精舍，大不了躲在深山里讲学，主持着岳麓书院或白鹿洞书院，与城市关系不大。这个传统，致使我们直到今天还无法对城市文明做出高层面的把持和阐扬，而多数成功的艺术作品更是以农村或小镇为表现基点。

因此，突然热闹起来的中国城市，还没有从根本上摆脱它们天生的脆弱性。因此，我们还不能说，今天的中国城市已经完成了对数千年的封建观念和小农意识的战胜。

城市，还有被销蚀的可能。

在城市历史性的问题上，许多城市在走向现代化的进程中表现得相当漫不经心。当人们用推土机轻而易举地推倒一座已经不再具有使用价值的井台时，几乎忽视了就是这座留下历史印痕的破落井台或许正值得后人驻足深思良久；当人们在一座经历了数百年乃至数千年的古迹前突兀地平添某些现代化的娱乐设施时，完全没有设想到就是这看似能招来顾客的一举将深藏的历史性扭曲得面目全非。历史性格意识的稀薄使我们付出的代价便是越来越多的城市正在变成没有年龄、没有后盾、没有根基的城市！

从某种意义上说，历史并非只简单地以其长短来衡量。只有当我们真正珍惜历史时，我们才能充分地拥有自己的历史。散漫漠然的心态终究将使历史悄悄地流失。这使我不由又想到了关于城市魅力的话题。新加坡一家最豪华的旅馆大门前有一个特制的玻璃柜，其间放置着一本旅客登记本，上面记录了美国著名作家海明威曾经在一九三六年的某一天在这家旅馆住宿过一个晚上。仅仅是短暂的一个晚上，所有光临这家旅馆的人却因为这位文化名人的逗留而油然生出一种难以名状的敬畏感和崇高感。海明威也曾经到达过上海，爱因斯坦亦光临沪上。据说，当年爱因斯坦还是在上海获悉他被授予诺贝尔物理学奖的消息的。可是，关于这两位为人类文明做出过杰出贡献的人物在上海的行踪，我们今天已所知寥寥。同新加坡郑重其事的做法相比较，由于缺乏必要的留存和梳理，我们同样拥有甚至远为辉煌的一段历史便这样悄然无踪了。

城市文化的哲学本质，是一种密集空间里的心理共享。

城市的密集空间，在政治上促成了市民民主，在经济上促成了都市金融，而在文化上，则促成了公共审美。

欧洲的文化复兴，并没有出现什么思想家、哲学家，而只是几位公共艺术家，如达·芬奇、米开朗琪罗、拉斐尔等人在城市的公共空间进行创作，造就了可以进行集体评判的广大市民，从而使城市走向文化自觉。

保护重大古迹，其实也在建立一种公共审美，使众多市民找到与古人“隔时共居”、与今人“同时共居”的时间造型和历史造型。由此，增加共同居住的理由和自尊。

公共审美的要求，使城市文化肩负了很多艰巨的具体任务。

在这儿不妨做一个比较：在今天，我们可以不必理会那些自己不喜欢的作品，但对于建筑和街道来说就不一样了。那是一种强制性的公共审美，所谓“抬头不见低头见”，眼睛怎么也躲不过。因此，它们构成了一个庞大的审美课堂，市民天天都在上课。如果“课本”优秀，那么全城的市民也就获得了一种正面的审美共识；相反，如果“课本”拙劣，那么一代代市民也就接受了丑的熏陶，一起蒙污，造成文化上的沦落。

欧洲有的城市曾经判定丑陋建筑的设计师应负法律责任，就是考虑到这种躲不开的祸害。

很多市长常常把哪个画家、哪个诗人得了奖当作城市文化的大事。其实，那些得奖的作品未必是公共审美，而建筑、街道却是。因此，在城市文化中孰轻孰重，不言而喻。尤其是建筑，一楼既立，百年不倒，它的设计等级，也就成了一个城市文化等级的代表，成了全城民众荣辱文野的标志。

改革开放之后，大批中国旅游者曾经由衷赞叹巴黎、罗马、佛罗伦萨、海德堡的建筑之美和街道之美，那就是在欣赏城市文化各项审美元素的高等级和谐。要做到“高等级和谐”很不容易，需要一些全方位的艺术家执掌。我们知道欧洲曾有不少大艺术家参与其事，其实中国唐代的长安、日本的京都也是如此。在当代中国，我的好友陈逸飞先生生前曾参与上海浦东世纪大道巨细靡遗的规划和设计，国内有几所美术学院的师生也做了类似的事情，都为城市文化的建设做出了切实贡献。

作为一种公共审美，城市文化的主要方面应该是可视的。城市里各所大学、研究所里的学术成果，严格说来并不是城市文化，至多只能说是“城市里的文化”。城市文化以密集而稳固的全民共享性作为基础，因此也必须遵守其他文化不必遵守的规矩。

公共审美必须遵守的一条重要规矩就是“免惊扰”。“惊扰”分两类，一类是内容上的惊扰，一类是形式上的惊扰。

何谓内容上的惊扰？由于是公共审美，审美者包括老人、小孩、病人，以及带有各种精神倾向的人。因此必须把暴力、色情、恐怖、恶心的图像删除。上海一个现代派艺术家曾把一具仿造的骷髅悬挂在窗下，直对街道，这就对很多市民造成惊扰。同样，巨蟒、软虫、蜥蜴的巨幅视频也不能出现在闹市。过于暴露的性爱镜头出现在公共场所，也会使很多领着孩子的家长、扶着老人的晚辈尴尬。

何谓形式上的惊扰？那就是艳色灼目、厉声刺耳、广告堵眼、标语破景。有人说，这一切是“现代自由”。其实，现代社会人人平等，任何人都不能享有惊扰他人自由的自由。这就像在一个安静的住宅社区，半夜里突然响起了意大利男高音，虽然唱得很美却违反了现代公共空间的规矩。

现在中国城市间最常见的艳色、彩灯、大字、广告和标语，人们可能已经习以为常。但是，只要多多游历就会懂得，这是低级社区的基本图像。就像一个男人穿着花格子西装，戴着未除商标的墨镜，又挂着粗亮的项链，很难让人尊敬。

公共审美的“免惊扰”原则，必然会使一座城市在图像上删除烦冗，删除缤纷，删除怪异，走向简约，走向朴素，走向本真。到那时，我们又可以在白墙长巷里打伞听雨声了，又可以在深秋江堤边静坐数远帆了。优秀的建筑设计也可以不受干扰、不被拥塞地呈现它们完整的线条了。

公共审美的最后标准，是融入自然。城市里如果有山有水，人们必须虔诚礼让，即所谓“显山露水”。这还不够，应该进一步让自然景物成为城市的主角和灵魂。不是让城市来装饰它们，而是让它们以野朴的本相楔入城市精神。柏林的城中森林，伯尔尼不失土腥气的阿勒河，京都如海如潮的枫叶，都表现了人类对自然的谦恭。这样，前面所说的“免惊扰”原则，有了更重要的含义，那就是，既不惊扰市民，也不惊扰自然。现在全球都在努力地节能、减排，就是对两种“免惊扰”的共同遵守。

只要是公共审美，再小也不可轻视。例如我很看重街道间各种招牌上的书法，并把它看成是中国千年书法艺术在当代最普及的实现方式，比开办书法展、出版书法集更为重要。我在很多城市的街道上闲逛时曾一再生出疑问：这些城市的书法家协会，为什么不在公共书法这样的大事上多做一点事呢?

除此之外，街道上的路灯、长椅、花坛、栏杆、垃圾桶等，全都是公共审美的载体，也是城市文化的重要元素。想想吧，我们花费不少经费举办的演唱晚会一夜即过，而这些元素却年年月月都安静地存在，与市民在构建着一种长久的相互适应。

这种相互适应一旦建立，市民们也就拥有了共同的审美基石。如果适应的是高等级，那么，对于低等级的街道就会产生不适应。这种适应和不适应，也就是城市美学的升级过程。

一切美丽都是和谐的，因此总是浑然天成、典雅含蓄。反之，一切丑陋都是狞厉的，因此总是耀武扬威、嚣张霸道。如果没有审美公德的佑护，美永远战胜不了丑。

正像美好是一所学校，丑陋也是一所学校；正像美好会传染，丑陋也会传染。这就雄辩地说明，审美是一种公德。

城市文化上层结构的代表者从某种意义上说体现着整个城市的灵魂。普林斯顿的邻居们有多少人能理解爱因斯坦的学说？据爱因斯坦说，包括他本人在内，在当时整个美国了解相对论的不会超过四个人。令人欣慰的是，学术上的隔膜并不妨碍普林斯顿市民将爱因斯坦视作自己城市的骄傲。对于他们来说，只须明白爱因斯坦的贡献对于人类具有深远的意义，此便足矣。现在的广州时常怀有被认作“文化沙漠”的忧虑。倘若把历史倒回到三十多年前，广州城却大可不必为此担忧。一位老先生在此地的活动决定了任何人都不可能小觑广州。这位老先生便是中山大学历史系教授陈寅恪。郭沫若曾称要用十五年左右的时间赶上陈老先生的学问，大多数人自然更是难以企及。一座城市便是由于容纳了这样的人类文化精英而获得了自身存在的分量。

城市文化中层结构的代表者向普通市民走近了一步。人们在能够面对他们的前提下，对他们倾注了极为热情的关注，我们的艺术家多数可以属于此类。当我们回顾新中国成立初期戏剧比较繁荣的那段时期时，我们首先引以为豪的未必是某些剧目，而是从广东的红线女、上海的袁雪芬到安徽的严凤英，更无须说梅兰芳、周信芳等一大批代表偶像的辉煌组合。人们对这一层次文化代表者的关注几乎达到了关爱的程度。他们的饮食起居、一举一动无不引起人们浓厚的兴趣，甚至有许多事情希望要求他们做出表态。对于文化代表者个人来说，这种防不胜防的麻烦和失去个人空间的困扰确实相当不幸。然而，从一座城市的角度进行判断，这又何尝不失为一种幸运？我们今天的城市文化为何显得寂寞，这与我们目前缺乏人们普遍关注的生命体是密切相关的。

在城市文化的整体构造中，流行艺术作为完整范畴占据着它的下层结构。流行艺术偶像在少男少女中所受到的痴迷，往往被视为不可思议的现象。其实，这种崇拜并非完全没有合理性。年轻的一代刚刚开始离开父母的怀抱，他们迫切需要在社会生活中寻觅所能信任崇拜的对象。这个对象必然高于他们，但又必须在他们所能企及的范畴内，同时不带有任何涉及切身利益的功利色彩。在这些综合平衡中，流行艺术代表者成为青少年崇拜最理想的承担者。对此，我们不必有过多的指责。事实已经证明，真正能够立足的流行艺术必然是以传播真善美为主体的。以平心静气的眼光来看，这个层次并非某些人想象的那样肮脏，它同样存在许多令人感动的生命关怀。

一个生命能够将几万个生命聚合起来，其间必然有艺术的理由，崇高的理由，这也提醒着我们对这个层次不妨采取更加宽裕与认同的态度。

城市文化的活体呈现，是市民身上的礼仪。

我曾不止一次阐释过荣格的一个观点：一切文化都沉淀为人格，重要的不是个体人格而是集体人格。荣格所说的集体人格带有“原型”的意思，是文化人类学中的一个关键课题。我们在这里借用他的这个概念，并把这个概念缩小，说明一个城市的文化，也就是这个城市的集体人格。

优化一个城市的集体人格，是城市文化建设的目标。

礼仪的消失，初一看与兵荒马乱的时局有关，但这并不是主要原因。在兵荒马乱之中，人们越来越企盼和平秩序的重建，而和平秩序的重要因素就是礼仪。因此，战后人们往往比战前更讲究礼仪。第二次世界大战之后，很多家破人亡的欧洲人走进了还没有来得及完全修复的音乐厅，用贝多芬、巴赫、莫扎特来修复心灵。这些人中的大多数，成了当代社会的礼仪载体。连我们熟悉的日本，在第二次世界大战中践踏了多少亚洲国家，自己也挨了两颗原子弹，精神面貌和城市面貌都是一片废墟。但很快，他们在废墟上建立起了让别国民众吃惊的礼仪。

须知，孔子心中的“君子世界”，是一个礼仪世界，而未必是一个觉悟世界。或者说，礼仪在前，觉悟在后，已是君子。

根据上述理由，我希望我们的城市，减少空洞的宣教，投入礼仪设计，试行推广步骤。

在集体人格上，谁也不会听从号召，谁也不会听从批判。

我们的祖先早就明白这个道理，不信任“空对空”的说教，而是设计一套行为规范，以半强制的方式在社会上推行。这种行为规范，就叫礼仪。孔子一生最看重的事，就是寻找周朝的礼仪，并力图恢复。我们现在企盼的集体礼仪，应该具有新的内容和形式。

正是礼仪，使文化变成行动，使无形变为有形，使精神可触可摸，使道德可依可循。教育，先教“做什么”，再说“为什么”。

文化代表者，其通俗化的表达方式即为文化偶像，只是“偶像”这个词汇往往容易引来人们微妙的反应。事实上，城市文明与乡村文明根本性的差异在于前者是一种高浓度化的组合，这样的组合方式在其代表层次上的表现必然要求以可感的生命体来完成。在一个都市中，某个文化代表者的生命成为人们共同关心的焦点，这种关心中包含着文化聚合的意味，其本身是令人感到温暖的。

长期以来，由于文化机制上的大锅饭体制和观念上的某些偏差，我们目前的都市文化正处在基本上没有代表者的尴尬境地中。当某个文化代表者的萌芽刚刚出现时，一些不健全的社会心理就在强有力的作用下轻而易举地将其消解殆尽。如此循环往复，我们所听到的只剩下无数明星梦的麻烦事。于是，能够凝聚无数人关注的生命体没有了，文化陷入一种难言的寂寞中。必须指出，任何一位文化偶像所承受的关爱都可能超过它本身的现实价值。我们对此不必过多地计较纠缠。文化偶像作为生命体的存在本身是真实的。缺陷部分的存在并不能否认关爱的价值。因为人们对其倾注关爱的部分亦同样是真实的，有价值的。我们完全可以对文化偶像的两个部分加以人性的区分。从这个意义上说，我们确实到了建立起捍卫自己文化代表人物机制的时候了，这样才能避免和制止某种整体上的失落。

我们同样需要这种文化意义上的崇拜。崇拜本身不可避免地带有盲目性。然而，文化仰望在更大的程度上则包含着崇高的意味。因此，重建城市文化的生命体，并使其在一个和谐包容的环境中进行活动，已成为我们的当务之急。一个城市如果没有这样一种生命力作为支撑城市文明的主干，其文化必然是散落的，缺乏凝聚力的，城市的魅力也由此而大为减损。可以设想，德国倘若没有造就贝多芬，这样的损失究竟属于贝多芬，还是属于德国？我以为艺术家个人的失落终究是有限的，最终承担这种遗憾的还将是文化的整体。

文化无界，流荡天下，因此一座城市的文化浓度，主要取决于它的吸引力，而不是生产力。文化吸引力的产生，未必大师云集，学派丛生。一时不具备这种条件的城市，万不可在这方面拔苗助长，只须认真打理环境。适合文化人居住，又适合文化流通的环境，其实也就是健康、宁静的人情环境。

在真正的大文化落脚生根之前，虚张声势地夸张自己城市已有的一些文化牌号，反而会对流荡无驻的文化实力产生排斥。因此，好心的市长们在向可能进入的文化人介绍本市“文化优势”的时候，其实正是在推拒他们。这并非文人相轻，同行相斥，而是任何成气候的文化人都有自身独立性，不愿沦为已有牌号的附庸。古本江先生选中里斯本，至少一半，是由于这座城市在文化上的“空灵”。

就一座城市而言，最好的文化建设是机制，是气氛，是吐纳关系，而不是一堆已有的名字和作品。

几年前，我曾对急于清理家中旧物的人们发出一个倡议：大家在动手烧自己旧照片的时候，请千万手下留情，三思而后行。这些在一瞬间就可以被彻底毁灭的东西恰恰是永远不可能复制的。城市文化的历史亦是如此。一个城市历史厚度的显现，在于它善于留存值得纪念的一切人物和一切东西，现代都市文化的构建也由此而具备了基点。对此，我很赞赏新疆石河子市的做法。这个在沙漠上建造起来的年轻城市至今仍保留着当年建设大军们挖下第一犁的地方。因此，尽管这座城市的历史很短，它却能凭借自我历史性格的确认而在文化上矗立起来，发散自身独特的魅力。

在城市魅力的发掘中，我们无须过多地纠缠于历史的判断。我曾向合肥市人民政府提议，李鸿章的旧居最好不要轻易拆除。李鸿章在中国历史上是一位颇有争议的人物，但历史厚度的留存毕竟不能等同于一般意义上的纪念。当然，任何物质形态的文化遗迹所提供的只可能是某种表象。我们最终所关注的还是表象背后所凝注的东西，这便是一大群原本相互没有联系的人，由于共同拥有某种历史而被聚合起来，寻觅到共同的归属。城市历史性格确认的意义正在于此。

创　造

艺术的生命在于创造

艺术的生命，在于创造。而且，只在于创造。

艺术的创造，从狭义而言创造了艺术作品，从广义而言则创造了新的精神天地，构建了新的人格质素。

很多人都说，艺术要适应社会，适应民众。无数艺术家还以此作为自己的目标。其实，真正自由的艺术，并不会消极地适应周际，它总会一再地突破老的适应关系，由自己来建立新的适度。

艺术的创造当然会受到不同人种、地域、文化传统和社会思潮的制约，但就其终极性的意义而言，却是人类的共同事业。

艺术家有国籍，但艺术无国界。

世上很多艺术问题的争论其实是不能成立的，艺术必须多元并存，那又何必争论？说到底，不同的艺术只是对应着不同的观众，因此一切艺术分歧其实是观众成分的分歧，一切艺术对峙其实是观众族群的对峙。分歧、对峙的双方，常常把一部分特殊观众看成正常观众，因而徒生口舌。观众心理学和心理美学是不参与争论的，因为它们首先把两方的特殊观众暂时搁置了，先在正常观众的基础上进行学理建设。待到学理建设有成，那些特殊观众才能成为边缘性的研究对象。

我们的艺术领域，必须以各守片面的互补关系来代替各自完满的互斥关系。这里有一个奇怪的历史现象：充分呈示个性的艺术家因为深知自己的片面和狭隘，在总体上会产生一种多元意向，相反，看似不分彼此的大一统，因人人争做典范，最容易滋生互贬、互斥纠纷。

艺术的本性，不应该仅仅是对民族心理的对应。只有创造，才是它的希望所在，包括中国传统艺术也是这样。我们历来过于寻求完满，包括寻求对民族心理的完满对应，而在今天，所有的前途就在于寻找不完满的所在，因为只有不完满的所在才是创造的空间。

延续传统，只能靠现代艺术家的个人创造。文化的梳理、堆垒、普及，都不能直接酿发创造。创造，只能倚仗天才。

任何时代的任何民众，都有可能汇成涌向某个现代艺术家的欢呼激潮。现代艺术家在哪里？请从琐碎的笔墨趣味中再往前迈一步吧，人民和历史最终接受的，是坦诚而透彻的生命。

在一个历史悠久而又渴望现代化的国度里，拥抱传统和反叛传统这两种完全对立的欲望各自都能找到一系列理由，因此我们周围一再地出现情绪性的对峙：或者把传统文化和古典艺术看成是永恒的瑰宝，主张弘扬和振兴；或者把它们看成是旧时代的遗形，反对沉溺与把玩。后来这种对峙中间又出现了不少中介形态和暧昧形态，琳琅满目，然而遗憾的是，一直难以看到有人去做这样一项艰苦而重要的工作：为古典艺术提供切实的现代阐释。

对于中国传统文化的态度，我并不保守，一直主张创新和突破。但这主要是针对至今仍然控制着我们行为的惯性和惰性而言，相反，对于自先秦到汉唐的高贵之气，浩然之风，我们想要寻找和呼唤都极其艰难，哪里谈得上突破？这是一种未必完全失落却已严重破碎的韵致，这是炎黄子孙在美学上的最佳表现，这是中华民族曾经有过的千古绝唱，我们现在能够给予的态度，唯有虔诚，当然也应该有一些天赋异禀者去勇敢闯荡新路，但是更需要有一批人去寻幽索古，用自己的生命点点滴滴地开掘华夏文明的秘密，然后再用自己的生命去合成。

这是一条老实之路，又是一条深厚之路。在这条路上，再耗下去多少年月都值得，都不会濒临绝境。就艺术家本人而言，这是一条最便捷的扩充生命之路，由扩充了的生命来创新，当然要比原先偏窄的生命的创新更成气象。据我所知，古今中外的一切成功艺术创新者并不是时时都把生命搁置在创新前沿的，他们平日大多把最多的时间和精力放在丰富和充实自己的辛劳中，结果稍稍突破便不同凡响。

我们文化学术界的主流思维是继承既成传统，认为那就是“国情”。但是，百家争鸣的景象确确实实地出现过，而且正是出现在这片国土上，这难道不是国情吗？

相比之下，对传统文化和古典艺术，无论是做一般意义上的批判或颂扬，做就事论事的考证和研究，还是做大而无当的空论和概括，都不是我们所说的现代阐释。现代阐释是一种生命对生命的贴近，是代表现代人对古典艺术家提供的一种诚恳的理解，一种小心翼翼的选择，一种高屋建瓴的文化判断，结果使古典艺术有可能真正楔入现代，也使现代有可能从那些经得住时间冲刷的远年风姿中领悟自身的渊源和未来。

历史上，一切最出色地创造了传统的艺术家，都不会着力地论证和呼吁传统，而只是依凭着自己的天性素质自由流泻。一个能够自由流泻自己天性的艺术家是不可能没有传统意识的，因为他要寻找自由就必须先要寻找到自己，要寻找到自己就必须寻找到自己的时空立足点，他比周围所有的人都更懂得脚下的大地。一个能够自由流泻自己天性而又能引起广泛社会感应的艺术家更不可能没有传统意识，因为他的厚重广纳，他的备受欢迎，都是心理层累的结果。从这个意义上来说，激扬艺术自由，扶持艺术天才，其实也就自然而然地激扬和培植了传统。

正因为艺术的历史是一个层层累积型的动态过程，所以，一切有价值的创造都是传统的延承，都是对传统的再创造。

传统，不是已逝的梦影，不是风干的遗产。传统是一种有能力向前流淌，而且正在流淌，将要继续流淌的跨时间的文化流程。

寻根，是当代艺术家自觉的文化认同。但是寻根不应构成对文化渊源的静态迷恋，不应把渊源的态势奉为标尺，来度量流程中的一切阶段。根只是根，渊源只是渊源。以后的发展对于它们，既有遗传性又有变异性，而变异则是一种广义的遗传。

传统和现代并不严格对峙，寻根意识和当代意识并不你死我活。一条在丛山间蜿蜒曲折而终于流到了开阔平原的江流，仍然是这条江流，一个接纳、承载了这条江流的开阔平原，仍然还是开阔平原。我们看到的是在平原上流淌的江流和流淌着江流的平原，这里并不存在“要么江流，要么平原”这种非此即彼式的选择。在我们有些理论家心目中，江流只能被平原湮灭，或者，平原只能被江流淹没。

但是，在这不息的过程中，确实也存在相对意义上的适应。这主要是指艺术作品与接受者进行对话的可能性、顺畅性和有效性。这种追求，既需要艺术家对接受者进行了解和体谅，又需要艺术家对接受者进行训练和濡养。追随接受者，是为了超越接受者，从而取得引导他们的权利。如果在这不息的过程中截取一个环节来解剖，那么，这里有两种适应：

前一个是为了创造而采取的手段性适应，后一个是在创造之后所达到的目的性适应。后一个适应，是创造了接受者新的感官、新的观念、新的审美心理定式所达到的适应，因此是一种创造的适应。

富有创造意识的艺术家每创造一个作品，都会使接受者产生一种或多或少的生疏感，同时又推着接受者从生疏抵达熟习，这便创造了一种适应。相比之下，创造适应，比创造作品艰难得多，也伟大得多。一切艺术家都在创造作品，但只有开风气之先的独创性艺术家，才能创造适应。

一种新的适应，既是创造的产物，又是更新的创造的突破对象。因此，创造适应，本身也是层累不息的动态过程。与创造结缘的适应，只能承受一种永远变动的命运，只能无休无止地伴随着遗憾和不满。

适应，并不永远是一个积极的概念。如果黑海夜航的船长的眼睛，完全适应了航标灯的光，那么，航标灯就大大降低了刺激他、提醒他的信号功能，很容易发生事故。于是，航标灯以一明一暗的节律，来打破眼睛的适应。同样，对于美的对象，欣赏者如果完全陷入适应，两者的审美关系就趋于疲顿。惊喜感失去了，发现的乐趣失去了，主体对于对象的趋求意向失去了，美的价值，自然也随之而锐减。

适应是一种惯性，一种惰力。在艺术创造的过程中，适应只是对审美关系的和谐性所作的停滞式的设想。正如世间的平衡都是相对的一样，适应也至多是对某些瞬间的粗浅描述。创造，从根本意义上说，就是对适应的打破，改变和谐而又停滞的黏着状态，把动态过程往前推进。

创造适应，也就是创造人的审美感知系统和人格系统。这种认识，极大地提高了艺术在与生活的比照关系中的地位。

在许多艺术家一再申言艺术对生活的模仿之后，有的艺术家一语惊人，提出了生活对于艺术的模仿的主张，很快遭到众多的贬议。其实，这个问题若要引向深刻，并不是谁模仿谁，而是两者互相塑造的问题。我们历来听熟的所谓艺术的教化功能，只是把艺术作为传达某种社会意图的工具。艺术，失去了目的性的意义，也会在很大程度上失去自身。工具论的症结不在于"误找主人"，而在于取消艺术，取消艺术的本体力量。

艺术的主要职责不是讴歌创造者，它本身更是创造者。

艺术的首要任务不是塑造拓建英雄，它本身更是拓建英雄。

艺术，固然不能与世隔绝，固然熔铸着大量社会历史内容，但它的立身之本却是超功利的。大量的社会历史内容一旦进入艺术的领域，便凝聚成审美的语言来呼唤人的精神世界，而不是要解决什么具体的社会问题。在特殊的社会历史条件下有的艺术作品也会正面参与某些社会问题，但是，如果这些作品出自大艺术家之手，它们的内在骨干一定是远比社会问题深远的课题，那就是艺术之所以是艺术的本题。

艺术是自由的象征，是理想人生的先期直观，是人的精神优势的感性吐露，是世俗情感的审美净化。艺术对生活的塑造，都以此为目标。

不断地创造适应，是艺术归向自己目标的阶梯。艺术在自己的目标前铺展了一条创造长途，使所有的接受者和欣赏者都因被塑造、被创造而趋向自由和健全。

我们今天能为艺术的未来所做的最好准备，是多元催发。

多元催发的最大阻力，是大一统的艺术思想。

大一统，可以是简陋的、原始性的，也可能是精雅的、理想化的。

在我们艺术界，简陋的、原始性的大一统与精雅的、理想化的大一统同时并存，因此，多元催发就更其繁难了。

破除大一统，关键在于要容纳"异端"，鼓励艺术家有执持，甚至有所偏激。每个艺术家，每个艺术团体，都应以完全不同旁人的形态出现在艺术界，而不是永远在左顾右盼，不自信地寻求典范和规程。

在面向未来的艺术家看来，什么样的内外度量都应允许存在。评论家所说的“既能”这样，“又能”那样的作品也可能产生，但多半不会是好作品。

据一种理想化的设计，在一个营养学医生家里，老人显得年轻，青年更显娇嫩，原来他们家吃饭根本没有菜肴，人们在餐桌上吞咽的只是一颗颗营养胶丸。一个记者看了这种设计之后说：“这样过日子，如果答应我活到一百岁，我也不情愿！”

无疑，这位医生所制的丸药是有益而高效的，但这毕竟不是美食，毕竟离逸了美的人生。

还是让我们的桌上出现丰富的菜肴吧。每个菜，营养都是片面的；整桌菜，营养也仍然可能是片面的，但比之于精确估算，这种“片面性”实在可爱。只有片面才有个性，只有片面才有多元。处处整齐划一的天地中没有“生态平衡”，因为那里固然不愁不平衡，却没有“生态”。

以各守片面的互补关系来代替各自完满的互斥关系。多元组合因互补而成，大一统则因互斥所致。

互补意向和宽容心态，是很多艺术家的珍贵内质。无意称霸争雄，有意争先称胜；深知艺术世界之大，自安一隅之踞，却又尽心尽力，发挥自我。

于是，再美的鸟鸣也不要独占林野，独占了就失去了春天；哪一种鸟鸣也不要被扑灭，扑灭了就少了一分春色。

这里的豪情不表现为吞并，这里的谦逊不表现为退让。这里的热闹不表现为争吵，这里的和谐不表现为同调。

培根定义中所说的“人”无限，所说的“自然”也无限。

中国文论中所说的“人心”无限，“天心”也无限。

我们的艺术定义中的“人类生态”无限，“直觉形式”也无限。

那么——艺术的创造也无限。

艺术创造是人类精神活动中随意性最大的一种行为。作家写出这一句，画家画出那一笔，都没有什么必然性。只有写出来、画出来之后，才成为事实。在整个艺术领域里，哪个艺术家与哪种题材、哪种情感发生了偶然的冲撞，既不可预知，也无法追索。哪个艺术家什么时候产生了什么灵感，更是神不知鬼不觉的千古秘事。

根本无法预料，明年，下个月，甚至明天，中国艺术界是否会冒出一个万人瞩目的天才。

艺术创造永远需要向人们已经习惯了的审美感知系统挑战，而不应仅仅在同一系统之内作数量上的加添。艺术创造，应该向人们提供从“语法”到“词汇”都是新鲜的艺术语言，而不是只做在既定“语法”框架下增补“词汇”的工作。

这是艺术大师与普通艺术家的分水岭，甚至是艺术家与艺匠的分界线。在前人已经提供了的审美适应范围内，再增补一些技巧性的产品，那么，技巧再高，也不会成为大家。

历史证明，艺术的创新者承受着无数的艰难，但也享受着特殊的荣耀。他们很可能失败，但最大的成功只能属于他们。艺术的接受者既有惰性心理，又有求异意向。他们从根本上来说是愿意被艺术的手掌所塑造的。他们希求着一种被塑造的快感。无疑，这是艺术快感的重要组成部分。这种要求被塑造的欲求，正是人类的高贵之处，也是那些愿意创造适应的勇敢艺术家每每受到欢迎的重要保证。

创新者的幸运更体现为这样一个事实：在人类文明史上留下层累性遗存的，永远是创新者的业绩。历史，只记载首先创造了一种新的心理适应的人。

我将创造一个星体，
预备着地球的坠毁。

艺术家，应该是这样的气概。

伟大作品的隐秘结构

中外多数美学理论和文艺理论，都在研究常规。虽然它们也会频频举出一些伟大作品的例子，但也只是借用它们的名声来说明常规。

常规，对于科学、医学、法学、社会学来说都非常重要，但对艺术创造来说，这是平庸的另一种说法。

现代派文艺一旦被概括成理论，也就产生了差不多的毛病。那些理论话语初听起来很新鲜，但通过几十年的空洞重复，也就变成了一种表层概念。结果，模拟多而创造少，即便有创造，也已无涉伟大。

大学者弗兰西斯·培根曾用拉丁文为艺术下过一个定义：艺术是人与自然相乘。

陆机和刘勰把艺术家天人合一的创作状态写得淋漓尽致，尽管从概念到表述完全是东方古典形态，却能与培根的定义遥相呼应。他们的表述传达了一个明确的信息：那座能够让“人与自然相乘”的“炼丹炉”就在艺术家心间，而艺术家抵达的这个创造境界又是一个极神秘的所在，外部力量很难介入。按照罗曼·罗兰的说法，这是一个“单房”。他说任何作家不管在什么情况下都“应该为自己保留一间单房，离开人群，单独幽居”。陆机和刘勰所说的一切，只能发生在这样的“单房”里。

在人类的一切创造活动中，唯有艺术的创造最为纯粹。美学家苏珊·朗格在《艺术问题》一书中详尽讨论了这种特性。她认为，艺术创造和物质产品的创新有本质的区别。物质产品离不开特定的材料、形状、功能、名称，因此无论如何算不上纯粹意义的创造；而艺术则要构建一种原来并不存在的虚象，它即使与现实相关，也是一种主观经验和情感生活的表现，因此是一种真正的创造。

艺术创造的说服力，是要把培根所说的“人”，通过艺术家个人而抵达人类生态；还要把培根所说的自然，通过原始自然而抵达自觉形式。而这一切，又必须在虚设中实现。

由此，我们可以提出一个新的定义了。

那就是——艺术，是一种把人类生态变成直觉审美形式的创造。

艺术要通过创造，把人类生态变成直觉审美形式，这件事的格局很大。

人类生态奇大无比，直觉形式则具体可感，两者之间距离迢迢。要完成中间的创造必须经过一层层严格的选择。选择的结果，人类的生态仍是人类的生态，不因经过选择而缩小；直觉形式仍然是直觉形式，不因经过选择而空洞。此间繁难，可想而知。

有些诗人、画家、音乐家，凭着自己的天赋把此间繁难轻捷消解，这是人类艺术史上的奇迹，常常使我们不得不再一次温习“人心之通天”的至高境界。

我坚信伟大是有秘密的。对艺术来说，伟大作品成功的秘密，除了人格原因外，也不排除方法上的原因。我花费七年时间仔细钻研了世界上十四个国家在美学、艺术学上的主要著作，并进而研究古今伟大作品，尤其是近一百年来的现当代伟大作品，终于发现，这些作品背后潜藏着两大隐秘结构，并由此建立了我自己的艺术创造论。

我要讲述的两大隐秘结构为：一、无结论的两难结构；二、半透明的双层结构。

人们普遍认为，正确的主题思想加上合适的艺术形式，就有可能成为一个好作品。这种说法勉强也能成立，只不过，那是指常规的好作品，而不是指真正的杰作，更不是指伟大的作品。

伟大的艺术作品，没有清晰的主题思想，也没有简明的结论。现在我们似乎说得出几句它们的主题思想和结论，那是后人强加给它们的。后人为了讲解它们、分析它们、以它们谋生，就找了几条普通人都能理解的拐杖，其实那些拐杖都不属于伟大作品本身。例如，人们常常会说《离骚》的主题思想是“怀才不遇的爱国主义”，说《红楼梦》的主题思想是“歌颂封建家庭叛逆者的爱情”，其实都是不对的。

在西方艺术中，《荷马史诗》，希腊悲剧，莎士比亚几部最好的悲剧，米开朗琪罗、达·芬奇、罗丹、凡·高、毕加索的绘画和雕塑，贝多芬、巴赫、莫扎特的音乐，也都不存在明确的主题和结论。讲得越清楚，就离它们越远。

这并不是说，杰出的艺术家在没有把事情想清楚之前就可以胡乱投入创作。更不是说，人们可以容忍艺术作品最后呈现出一团混乱和迷糊。恰恰相反，伟大作品不清晰、不简明的意涵，正是艺术家想得最多却怎么也想不出答案的所在。世上想不出答案的问题有很多，但其中却有那么几个，一想就会搅动身心，卷入巨大的人生疑问。伟大的艺术家只要发现这样的地方，就会倾注自己最大的精力开始创作。创作的起点是两难或几难并存，此耶？彼耶？是耶？非耶？十分为难。创作的结果也是两难或几难并存，此耶？彼耶？是耶？非耶？继续为难。

两难结构有一个巨大的陷阱，让大量有可能问鼎伟大的作品失足其间，结果只能保持杰出，却与伟大无缘。这个巨大的陷阱，可称之为“两难的调解方案”。这种调解方案，是出于世俗心理而在万丈深渊上勉强勾画的安慰之桥。

勾画这种安慰之桥的，首先是评论家。他们首先要安慰的不是民众，而是自己，因为他们的天赋和心力理解不了万丈深渊。由于他们长年的连篇累牍，创造者也渐渐上当了。

有的时候，人们又试图用文艺作品来表现“真理”。在真理受到玷污的时代，艺术家和理论家呼吁让艺术皈附真理，是一种正义行动，是人类艺术史上反复出现的一个悲壮课题。但是，以现代艺术观念来看，真理不是一种僵死的条文，而是一条生生不息的长河。艺术不应追随在早已发现的真理后面一味进行重复阐述，而应该置身于发现生活中一切奥秘的前沿，不管这种奥秘算不算真理。

艺术作品的诞生，并不是仅仅为了替公认正确的道理增添一个例子，而应该用艺术自身的方式，在公认正确的道理的外面、反面，或边缘地带，发现新的道理。

一切向着未知领域开发的艺术作品，都会在展现现场构成一种诱人的气氛，吸引你与它一起向着生活的深层探掘。相比之下，像小学老师引导学生一样来向观众转述一种既定常理，则失去了共同研讨的气氛。

我们对这个世界，知道得还实在太少。无数的未知包围着我们，才使人生保留进发的乐趣。当哪一天，世界上的一切都能明确解释了，这个世界也就变得十分无聊。

人生，就会成为一种简单的轨迹，一种沉闷的重复。

现代艺术向未知领域的探索精神，与那种以验证常识为乐的文艺追求形成了明显的对照。常识，是人们普遍掌握的道理。不管到什么时候，艺术总难免要承担普及某些社会常识的任务，因为社会上总会出现大量违背常识的现象，人们需要通过谴责和纠正来获得作为一个正常的社会角色的自我确认。因此，那种以情节和形象来验证某种社会常识的文艺作品，如果写得好，也可以获得某种正面评价。但是，无可否认，这种作品的精神能量极其有限。一切精神能量的大发挥，总是产生在裂变和爆炸之中，总是产生在对常规空间的伸拓和突破之中，总是产生在对未曾知晓的领域的挺进之中。

艺术大师们的“直闯‘不可知’的禁地”总带着大量的超体验性质。这种超体验常常使艺术家和读者都或多或少地陷入慌乱的境地，但是，这不应该使我们退缩，而应该看成是无限对于有限的擢拔，永恒对于即时的擢拔，哲理对于庸常的擢拔。

海明威的作品确实饱蕴着这种强烈的探索精神。《老人与海》就是他对现代精神、美国精神、男子汉精神的一种探索。那位孤独的老人置身在茫茫大海中，与浪、与鱼、与自己的体力和意志进行着搏斗。但是，一个最基本的问题却找不到答案，这个老人，最后他到底胜利了没有？一个“未知数”。

海明威以《老人与海》等作品获得诺贝尔文学奖，但他没有亲临颁奖现场，而是请美国大使代读了他的获奖感言。他的获奖感言中有一句很重要的话：“对于一个真正的作家来说，每一本书都应该成为他继续探索那些尚未到达的领域的一个新起点。”

给未知以起点——这是海明威对创作的基本观点。

现代艺术家特别重视探察未知，大半是由于现代生活的发展速率使以往规则的朽逝频率大为提高，未知天地比以往任何时候都大。不研究、不探察，只会使心头留存的幻影与生活本身越来越远。

有人会问：把自己还没有解决的问题拿出来交给观众，不是太不负责了吗？现代艺术家回答：把生活中并未解决的问题在艺术上轻便地解决了，不是太不负责了吗？有人会问：还找不到答案的问题，有什么表现的必要呢？现代艺术家回答：已经找到了答案的问题，有什么表现的必要呢？

在这些现代艺术家看来，世界的意义，人生的意义，都不是某种事先的强加，而只能产生在探索的过程中。探索有结果吗？可能有，也可能没有。最大的那些未知课题与人类相始终，因此肯定不会找到答案，但却又永远充满着吸引力。于是，探索、开发、发现、创造，这就是二十世纪艺术的主旋律。

两难结构也是一种不知前途的结构，因此也可称之为“未知结构”。有的评论家生气了，说：“你自己还未知呢，为什么要写成作品？”那些艺术家回答说：“如果我已经搞清楚了，为什么还要投身创作？”

艺术创作之所要，就是曹雪芹所说的那种“痴”的其中深味，那种不仅自己不能“解”，连别人也不能“解”的状态，就是我所说的未知结构。《三国演义》有“解”，因此是优秀作品而不是伟大作品；《红楼梦》无“解”，因此不仅是优秀作品还是伟大作品。我们很多“红学家”试图给《红楼梦》提供各种各样的“解”，如果提供得非常非常好，那就是把伟大作品降格为优秀作品。可怕的是，他们提供的“解”常常不好，那就不知道把它折腾成什么作品了。

这就像评论《伽利略传》，评论家最常规的说法是，布莱希特创造了一个“既伟大又渺小的科学家”，伽利略是“科学上的巨人，人格上的矮子”，等等，硬是让一个人的“自身矛盾”来解释世间人生的共同难题。同样的道理，《红楼梦》所呈示的那种谁也无可逃遁的恢宏困境，也不能缩小为贾宝玉、林黛玉的“性格困境”。迪伦马特为什么故意要把罗慕洛放在罗马文明和中世纪的历史大拐点上？他正是要表明，所发生的一切都非常宏大，不是个人原因。

既然不是个人原因，那么，不少评论家就会寻找政治原因、历史原因，这是我们以前的教科书、学术著作的主流思路。例如，把《阿Q正传》试图解析“国民性”的努力，缩小为“辛亥革命前后浙东农村雇农阶层的生态和心态”，把《红楼梦》研究演变成清史研究。这种分析比“调解方案”更加糟糕，因为一旦把伟大的作品“锁定”在历史过程和政治事件上，它就成了一种已逝的陈迹，而且是一种“寄生的陈迹”，这就被抽去了那种穿越时间的生命力。不仅如此，历史过程和政治事件迟早可以由后人做出结论，从而体现后人居高临下的骄傲。因此，如果把伟大的作品曲解为历史和政治的寄生物，那后人对它们也可以倾泻居高临下的骄傲了。读这样的教科书和学术著作，产生的心理效果，是王国维先生所说的“隔”。也就是说，把作品与读者、观众隔开，让读者、观众取得一种浅薄的“安全”。

其实，在真正伟大的作品前，一切读者、观众都是无法“安全”的，因为它们与所有的人相关，又永远也解决不了。

记住了，朋友们，伟大作品的一个重大秘诀，在于它的不封闭。不封闭于某段历史、某些典型，而是直通一切人；也不封闭于各种“伪解决状态”，而是让巨大的两难直通今天和未来。一般说来，不封闭程度越高，也就越伟大。再遥远的作品，例如古希腊悲剧、《离骚》、《浮士德》，至今仍处于一种没有答案、无法解决的不封闭状态，而且把我们每个人都裹卷在里边。这就是伟大。

诸子百家是思想家而不是艺术家，因此他们的言论大多是一种结论式的宣讲。站得高，姿态也高。但是，这种格局到了大艺术家屈原那里就不同了。屈原没有结论，也不作宣讲。他只有没完没了的担忧、气恼、自问，而且永远找不到答案。他甚至还专门写了《天问》，问出一大堆最天真、最质朴、最终极的问题，也不企图获得解答。他完全像一个孩子一样睁着惶恐而好奇的眼睛问天问地；相比之下，诸子百家专门回答别人的提问，而且总是回答得斩钉截铁。这便典型地说明了大艺术家与总是给出结论的大思想家不同，他们所探询的总是那些无“解”的命题。

在艺术创作中，最怕“洞察一切”、“看透一切”的“宣教方位”。即便是好作品，一有宣教便降下三个等级。《三国演义》开宗明义，从“滚滚长江东逝水”到“古今多少事，都付笑谈中”，把书中的故事全都高屋建瓴地看透了，当然也不错，但一比《红楼梦》的“满纸荒唐言，一把辛酸泪，都云作者痴，谁解其中味”，高下立见。表面上，一个是俯视历史，把酒笑谈；另一个是连自己也觉得荒唐、辛酸、痴傻。但在艺术创作中，前者之“高”即是低，后者之“低”即是高。

在艺术领域里，凡是真正面对未知世界，在一些没有结论的问题上进行创作的作品往往是比较好的作品。而得出结论的作品往往不是好作品，因为逻辑战胜了感性，结论战胜了探求，这反而是一种封闭性的存在。我发现中华文化中的大量的未知其实只有放到更大的背景当中才会更有威力，我在不断的寻找过程中，找到了中华文化中那种最大的未知，她本身已经解决不了，观察不了，表述不了，必须要超越这个边缘，在更大的范围内分析她。

世界的大部分是未知的，人生的大部分是未知的。但是，人类出于群体生存的惯性，不愿承认这一点，因此就用科学、教育、传媒、网络来掩饰，装扮成对世界和人生的充分“已知”，并把这种装扮打造成一副副坚硬的胄甲。实际上，大科学家会告诉我们，事情不是这样；宗教也会告诉我们，事情不是这样；各种突如其来的自然灾害也会告诉我们，事情不是这样。装扮“已知”，使人类自以为是，颐指气使，并由此产生没完没了的争斗；承认未知，却能使人类回归诚实和诚恳。即使在发现太多的未知后人们会受到惊吓，变得疯疯癫癫，我们也不能否认这个领域的存在，更不能无视在这个领域中有着人性最慌张、最自省、最终极的部位。说到底，这就是伟大艺术的关键领域，也就是人类天天想掩盖又在内心不想掩盖的那方秘土。

艺术的秘土也就是人性的秘土，它比科学更贴近真实。

伟大作品的深刻追求，未必让多数读者和观众看"懂"。但对此我必须立即说明，艺术的伟大不同于哲学的伟大，在于即使不"懂"，也要尽可能地吸引人们的注意力。很多伟大艺术的覆盖面，远远大于能够真正欣赏它们的群落，就因为它们都具有一种正面的"泛化误读功能"。

我们经常可以看到，不少民众喜爱欧洲古典主义音乐，只觉得好听，而完全没有领会其中的宗教精神。同样，他们也会把凡·高的油画当作一种色彩亮丽的装饰画，而完全没有领会其中的生命挣扎。这种现象常常受到某些具有"伪贵族"气息的文化人嘲笑，而我却觉得很正常。这就像，即便文化层次很低的人也会觉得晚霞很美，尽管他们完全不知道光学原理和气象构成。在美的领域，"泛化感受"的天地很大，其中也包括"泛化误解"。而且，越是伟大，越容易泛化。

很多伟人的艺术作品有意无意间，构成了不同的泛化层次，和不同的接受者自由。甚至，有时也会故意提供"泛化误读"的层次，让接受者即使误读也没有脱离美的控制。

只有鼓励泛化感受，包容泛化程度，才能问鼎伟大。

伟大的作者总是在通俗层面和潜藏层面之间挖出一系列通道，树起一块块路碑，做出一次次暗示。从通俗层面看来，这也是一条条门缝、一道道豁口、一孔孔光洞，让一些有灵性的观众产生疑惑，急于窥探。当然，对多数通俗观众来说，这是一些情节之外的角落，难于理解的部件，也就不去注意了。这类艺术，照顾的是多数通俗观众，关注的是少数灵性观众。这些灵性观众，是伟大作者的精神知音，也是人类艺术的真正觉者。

这两个层面，前后并立，但前面一层又隐隐约约、影影绰绰地透露着后面一层的信息。我把这种艺术方式称为“半透明的双层结构”。

“半透明的双层结构”是造就杰出观众的秘径。每个时代都有一些这样的观众，在年轻时发现了伟大作品表层的“门缝”，引起巨大好奇，在朦胧混沌中留下一个不断延伸的梦，结果提升了人格等级。

象征：美通向无限

一个可触可摸的直觉形式构建出了一种宏大而深刻的意蕴，艺术的这种追求，使它无可避免地踏进了象征的天地。

象征，就是有限形式对于无限内容的直观显示。按照谢林的说法，美就是从有限通向无限，因此，任何美学现象和艺术现象都或多或少地带有象征的色彩。

艺术象征大体上可以分为部件性象征和整体性象征两大类别。

符号是象征的部件和语汇。因此，符号象征是一种部件性象征。

苏珊·朗格说，艺术是人类感情的符号形式的创造。这一命题，很好地突出了艺术的象征性和感情的符号化本性。

显然，这是现代人对黑格尔论述的“象征型艺术”的重新唤醒。

在一定程度上可以说，一个艺术家是否擅长运用艺术符号，标志着他艺术本能的强弱。

我曾在一部电视作品中看到过一个小小的细节，倒可以借来说明问题。已经到了该做完手术的时间了，等待的人群神色惶恐。突然，非常巧合地从附近产科病房里传来一个新生婴儿的啼哭声，现场气氛一下涣释了。

在这里，碰巧传来的婴儿啼哭声成了一个艺术符号，它已失去了婴儿本身的姓名和归属，升腾为一种抽象。但这种抽象让人一听就懂，立即领会艺术家所递送的信息内涵。

艺术表现上许多成功的曲笔，常常就是对艺术符号的机智采用。从心理学上说，艺术的符号象征是对“异质同构”关系的一种调动。这种调动，比许多单质单构、异质异构关系远为深刻。

画家克尔希奈说：“我的画幅是比喻，不是模仿品。形式与色彩不是自身美，而那些通过心灵的意志创造出来的才是美。那是某种神秘的东西，它存在于人与物、色彩与画框的背后，它把一切重新的生命和感性的形象联结起来，这才是美——我所寻找的美。”他所说的比喻，是通过艺术符号来完成的。他把比喻提到如此的高位之上，实际上也就是从更超然的角度重申了艺术的本质，呈示了艺术与符号的自然联系。

有的艺术符号挣脱了比喻格局，以自身的提纯和抽象见长。中国戏曲脸谱对于色彩的运用，汉斯力克主张的音乐对于乐音的运动形式的提炼，都是突出的例子。把一切寻常俗态提炼为色彩的组合、乐音的形式、动作的程式，这是一种艺术抽象。艺术抽象不同于理论抽象，亦在于此。

艺术符号最容易凝固，也最怕凝固。抽象性和通用性使艺术符号在本性上已趋向于凝固，但一旦凝固，符号本应激发的审美跳跃就不存在了，它可能刺激想象的力度也急速消失，本来饶有兴味的审美门径成了不需破译的明码信号。到了这种地步，艺术符号本身的必要性也就不明显了。它们甚至因索然无味而又转弯抹角，招致人们的厌腻。比如，“人生如梦”、“时光如流水”、“花一样的女孩”等比喻，刚发明出来时，是很漂亮的比喻，但随着人们的长时间沿用，已经趋于固化，不再能引起人们的联想，成了很俗气的话。

艺术符号既要抽象而通用，又要常换常新，使欣赏者永远保持审美愉悦，确是一件难事。一般符号以凝固为好，交通标记、物品标记、职业标记，都追求着通用和固定，但艺术符号却因本身形态和喻指精神的新鲜多变要求而不可凝固。

真正的艺术家，应该是艺术符号的制定者，而不应仅仅是艺术符号的沿用者。

许多艺术用符号进行象征，也有一些艺术则在整体上变成了一个符号，那就是整体性象征。

塞尚认为，模仿宇宙的最高方式，不在于描述细节，而是“象征式”地重新创造那个结构。

整体性象征可分为寓言象征和实体象征。

寓言象征的主要特征是以一个不避怪诞的外部故事直指哲理内涵，而这个哲理内涵就是作品的主旨。之所以采用“寓言象征”这个名称，是因为历史上广为流传的寓言已展示了这种象征的力量和特色，只不过一般的寓言篇幅较小，所寄寓的道理大多带有简易的劝诫性质罢了。

寓言象征在寓言上汲取了几方面的营养：

一、把此比喻彼、以表喻里的半透明结构锤炼成一个整体，而不仅仅是一些部件；

二、在此与彼、表和里的关系上，明确地偏侧于彼，偏侧于里，即清楚地承担着阐释内在意蕴的任务；

三、为了服从内在意蕴，外部层面突破了生活实态，无拘无束地虚构，自由自在地拼接，生物和无生物都有了人的灵魂，而一切人则成了某种品格类型的符号。

寓言的兴盛，无论考之于古希腊的《伊索寓言》，还是考之于中国春秋时期诸子百家著作中的寓言，都是人类智能勃发和审美自由度上升的一个表征。在寓言中，人类的智能，既表现在它要表述的道理上，也表现在它的表述方式上。它的表述方式，是根据意蕴需要锻铸一个怪诞而又可感知的故事，既让人们能轻易进入，又让人们保持住符号意识（这正是怪诞的重要功用，如果没有怪诞，读者极有可能把寓言故事当作真实故事）；利用这种符号意识，作者不难把人们带入一种预设的哲理企图中。哲学家们利用寓言方式把艰深的奥义播扬到大众之间，但正因为这已是一种感知化了的奥义，所以又具备了足够的美学价值。

从卡夫卡到贝克特、尤涅斯库，无一不是运用寓言象征的大师。可以举出一连串长长的例子证明，二十世纪以来许多闻名遐迩的杰作都在或多或少地向着寓言象征靠近。这些故事，听起来似乎不近情理，却是一批举世名作的骨架。这些作品或长或短，或小说或剧本，都存在着一个寓言象征的结构。这里的地点都是随意的，事情发生在哪里都可以，正像卡夫卡没有去过美国而写《美国》一样，布莱希特也没有去过四川而写了《四川好人》。大家都变成了犀牛的小城在何处？女富翁的故乡在哪里？这不仅是无关紧要的，而且是断断推定不得的。在这些作品中，这个小城，那个小城，往往都被看成是世界和人生的缩影。

在中国的文化传统中，寓言象征的成分也不少。在上古神话、先秦寓言、民间故事的基础上，很多古典小说如《聊斋志异》、《西游记》、《镜花缘》，甚至《老残游记》，都包含着大量寓言象征的元素，即使最以写实名世的《红楼梦》，我们只要想一想“太虚幻境”，想一想宝、黛的来历及缘分，再想一想江南还有一个分裂体——甄宝玉的存在，就不能不承认寓言构架的存在了。没有这个寓言构架，《红楼梦》不会如此超凡脱俗、奇伟挺拔。

我在撰写中国戏剧史时曾指出过中国戏曲的寓言化传统。剧中的地点、时间、史实，大多不可深究，随取随用，大胆搭配，编成了一批批情理性寓言，且唱且演，通古达今，披盖十分广泛。中国戏曲的类型化、公式化毛病当然应该得到清理，但不能因此丢失了极为珍贵的寓言传统。

这些作品的情节，鲜亮生辣，富于刺激性，以出人意料来发人深思。现实生活中会不会发生这种事？当然不会。但是十分奇怪，它们又让你处处看到踪影。正因为无法寄身于一隅，所以它们便属于生活整体；正因为无法取信于一种具体的真实性，所以它们便走向了更宏大的真实；正因为它们要避免我们在眼熟耳熟中厌倦，所以振聋发聩。

寓言象征是艺术创造的正路。不理解寓言象征，就会不理解百分之五十以上的世纪佳作。

现代寓言大多洗去了讽诫目的，着力于体现人类的整体生存状态和集体深层心理。寓言所提挈的，是一种原型，一种神话，因此这样的寓言也可伸拓为蛮荒之美。

生活中我们可以看到很多东西，但不一定真正看懂，当真正看懂之后，我们的目光、它们的面貌就会发生很大的变化。因此，看懂，又使我们看到很多东西。这里所说的看懂，显然是指发现事物的底蕴，以及它与生活整体的内在联系。

海明威的作品外象，是在他看懂生活之后才看到的形象。因此，作品外象是果，而不是因。他是在真正懂得人生底蕴之后，才在眼前浮现出一幅打鱼的图景。海明威觉得，在老人与海的搏斗中，他对人生的感觉能够体现得最为淋漓尽致。这就把现象世界和意蕴世界有机地统一起来了。

这种追求内外统一的象征，是一种更深刻、更复杂、更难驾驭的象征。它不仅不同于隐喻式的符号象征，而且也不同于以怪异故事为外象的寓言象征。它以艺术家自己发现、构建的一个平实的世界，来与世界整体对应。由于它固守着现象实体，因此被称作“实体象征”。

简单说来，寓言象征的现象表现，无法让人安驻，它以怪异的指向使人们向深层进发；而实体象征的现象表层，却可以让人安驻，只不过在安驻之时产生超越本身的精神领悟。

与寓言象征和实体象征不同，氛围象征是一种部件象征。但它又与符号象征有别，不是通过符号化的具体象征语汇，而是通过具有象征意义的意境烘托，片断性地指向诗情和哲理。

如果说，符号象征是一种近距离的具体象征，寓言象征和实体象征是一种远距离的宽泛象征，那么，氛围象征则是一种近距离的宽泛象征。氛围象征灵便随和，能够妙手偶得，随意敷用，在艺术创造中有较高的利用频率。

其实，不仅是氛围象征，其他几种象征都具有很大的模糊性，即便是相比之下比较具体的符号象征也是如此。我们在上文把象征的双重结构称为半透明结构，已经涉及了象征的模糊性问题。

既然一切象征都具有模糊性，而艺术领域在很大程度上就是一个象征的天地，那么，可以说，艺术在本性上就具有模糊性。

驱除艺术领域的模糊，就是驱除艺术领域的象征，否定艺术感知表层与精神理想的距离，其结果，必然导致艺术作品的单面直露。历史，从来未曾保留过这样的作品。

只有模糊，才能既保全感官直觉，又保全精神理想。这是连康德也觉得难于两相保全的二律背反，只能在模糊中获得最好的解决。它们两极的统一性正在于，无论是感官直觉还是精神理想，都无法用精确的标尺来度量。

嵇康用“目送归鸿，手挥五弦”的表层形态，来指向一种难于言表的太玄之道；王维用“行到水穷处，坐看云起时”的境界，来喻指超然物外、静待良机的心境。这种外象层与精神层所产生的优美对应关系，其实也就是一种氛围象征。

在美学上，人需要在他所创造的世界中直观他自身。如果没有一个被创造出来而称之为“人生”的流动的时空世界，就不可能产生这种观照。因此，人生意识，是审美意识中最基本的内容。

当艺术家对人生作了总体概括，并把它与自然和历史相对的时候，人生也就摆脱浅表层次而趋向了哲理化。对现代艺术家来说，人生意识与哲理追求是相依为命的。

艺术进入哲理的领域，也是人类在审美领域的一种整体性超越。这种超越驱使艺术家与无数读者、观众一起观照人类整体，从而提高人之为人的精神自觉。

艺术的哲理追求，也就是用艺术手段燃起人们探索未知领域的欲求。艺术家自己也未必知道最终答案，他们只是诚恳地与读者和观众一起研究。

艺术哲理的整体性，必然同时包含着吊诡重重、未知重重的开发性。艺术要求整体把握的欲望太强烈了，但是，要求整体把握的欲望必然会带来对那些不能把握的部位的迷惘。

艺术哲理的本质，是在审美意义上对人生意蕴的整体性开发。

苏珊·朗格在《艺术问题》这本著作中指出：“艺术家表现的绝不是他自己的真实情感，而是他认识到的人类情感。”这种人类情感，既可以称之为哲理化的情感，也可以称之为情感化的哲理，是构成现代艺术的重要质素。

它不表现为对某种悲欢而流出的眼泪，对某种不幸而产生的激动，而常常只是变成一种淡然漠然而又宏大无比的情绪性体验。

立意的精神等级

篇幅巨大的情节性艺术，首先遇到的，是立意的精神等级问题，没有一定高度的立意，就控制不了很大篇幅。

正是立意的精神等级，决定了这个作品有没有可能成为人类生态的直觉形式，然后获得在人间存在、被人们关注的价值。

要提高精神等级，首先要用苛刻的艺术眼光摆脱种种实用层次的吸引力。

由于种种历史原因，艺术眼光常常被历史眼光、政治眼光、道德眼光所替代，事情就变得更加混乱。

艺术眼光首先不是历史眼光。这个问题最容易混淆，因为历史有堂皇的外貌，常常被视为天然的“高古浑厚”而高于艺术，结果连很多艺术家也常常愿意接受这种混淆。

最早把艺术和历史区别开来，并论述艺术有可能比历史更真实的，是古希腊哲学家亚里士多德。他的《诗学》在很大程度上是让诗摆脱历史阴影的一门学问。

在欧洲，把这个问题说得最透彻的，还是黑格尔。他认为，要长时间地留存于世，必须摆脱速朽性因素，其中最常见的速朽性因素便是“历史的外在现象的个别定性”。在他看来，相对于美，历史常常只是一种“外在现象”，它的发展大多不具备必然性，只是一种“个别定性”。

最能证明亚里士多德和黑格尔理论的，是莎士比亚的作品。他的早期剧作，过于执着英国的历史事件，现在很难被观众广泛理解，因此极少上演。他的那些成熟作品，突破时空限制，不受历史牵掣，则永远受到欢迎。

艺术眼光敏感于具体的生命状态。

因具体的生命状态，艺术眼光提出自己的态度。这种态度，多数与历史眼光不合。历史过于追求功业，过于漠视生灵，因此，眼光太硬太冷。

如果既要保持艺术的眼光，又要留存历史的气韵，那么艺术家必须裁断主次。

政治眼光也有善、恶之分，但不管哪一种，都不是艺术眼光。

艺术眼光，只敏感于具体的生命状态。这种敏感，远远超越政治敏感。

政治与众人有关，但从眼光而论，真正专业的政治眼光永远只属于少数职业政治家，而且也只应属于他们。在艺术眼光看来，“泛政治化”的眼光是最短浅的眼光。那只是一种出自政治概念的假定，一种来自宣传需要的伪饰，一种不经过个人头脑的呼喊。用“泛政治化”的眼光来从事艺术创造，不仅是对艺术和创造的双重玷污，而且，还玷污了有可能清明的政治，因为任何清明的政治不可能为了自己而剥夺艺术。

艺术眼光也不是道德眼光。道德有新旧之分，旧道德中那些割股疗亲、夫死尽节之类的行为固然因为刺痛了艺术眼光对具体生命状态的敏感而早已与艺术无缘，新道德否定这一切，却也因为成了一种笼而统之的新概念而离开了具体生命，同样与艺术眼光擦肩而过。艺术眼光并不关心道德本身，而是关心在各种道德规范下蠕动的生灵。它因生灵，才返观道德。

这也是艺术学既不成为历史学、政治学奴仆，也不成为伦理学奴仆的立场。

更重要的是，人世间最重大的生命悲欢，任何道德规范都管辖不了，也解释不了。

对道德评判的超越，更多地出现在变革时期。在那样的时期，艺术家总是更多地留心社会现实与以往的道德标准相离逸的地方。他们发现，一群在道德上无可厚非之人，竟然组合成了一个可怕的悲剧，倒过来，处处不避邪恶的行动，却构建成了一个前进的流向。在宏阔严峻的客观必然性面前，天若有情天亦老；在无可阻遏的社会潮流之中，你别无选择。

我们的定义是：艺术眼光，是一种在关注人类生态的大前提下不在乎各种权力结构，不在乎各种行业规程，不在乎各种流行是非，也不在乎各种学术逻辑，只敏感于具体生命状态，并为这种生命状态寻找直觉形式的视角。

根据这个定义，艺术眼光要为“人类生态”、“生命状态”这些流动的大命题捕捉一个便于安驻的直觉形式。广大观众正是通过这种直觉形式，使自己与艺术相融。

这种直觉形式，小而言之，是艺术方式；大而言之，是艺术中的人生方式。

所有长篇幅的情节性作品只有通过“人生”这个载体，才能找到与广大素昧平生的读者的共鸣处，同时找到艺术作品通过“人生”与“人类生态”直接接通的途径。

在过去受机械唯物史观的影响只重视客观题材而不重视人的情况下，强调“文学是人学”，呼吁各种艺术对人的皈依，当然是重要的，但在艺术中，人总是呈现为一种感性展开状态。因此，艺术中的人，大多是人生化的。

与培根“艺术是人与自然相乘”的定义相比，“文学是人学”的说法只说了一半。“人”的“自然过程”，就是人生。

其实，时间过程比静态结构更为重要。如果说某个典型人物可以解析成一个有机组合的系统，那么，这个系统的来龙去脉是不能被斩断的。它在不断地自我调节着，甚至不断地破损和修复着。阿 Q 的性格系统已有学者作过细致的解剖，但我们需要记住的是，鲁迅并不是预先精确地设定了这个性格系统再进行写作的，而是把这么一个人投放到社会历史之中，让他走完他的人生历程，然后才完成对他的生存本质的确定。在文艺史上，一切写成功了的人物形象，虽然都有被静态解析的可能，但总是更明显地体现了艺术家的过程意识，亦即人生意识。

即便是不直接呈现过程的造型艺术，也总是以瞬间来展示向往、憧憬和回忆，总是包蕴着时间上的趋向感，总是融解着人生意识。即以达·芬奇的《蒙娜丽莎》来说，人们当然可以静态地解析她的比例、肤色、丰韵、衣衫、发式、姿态、背景，但是，她的更为吸引人的魅力，在于她的神秘的微笑的由来和趋向。大而言之，她的魅力，在于她正处在自己重要的人生过程和历史过程之中。同样，中国古代绘画中无论是萧瑟的荒江、丛山中的行旅，还是春光中的飞鸟、危崖上的雄鹰，只要是传世佳品，都会包藏着深厚的人生意识。

当历史一旦变得人生化，常常会产生滑稽的效果。历史，只有当人们认真地沉湎于它的具体环节的时候，它才显得宏大而崇高，而一旦腾凌半空来俯察它的时候，它就被浓缩、被提纯、被嘲谑；艺术家进一步用人人都能经历的人生形态来比拟它，它只能是滑稽的了。滑稽，从观察对象而论，是历史本身怪异灵魂的暴露；从观察主体来说，是人们轻松自嘲的情怀的表现。

自然，早就被很多艺术家取来映照人生，而它本身也因此而获得人生化的处理。本来，在传统艺术中，自然物也只有染上了人生价值才有审美意义，在艺术实践中，许多艺术家则把自然看成了体认人生底蕴的一种借鉴。

人类原始艺术的神秘感，大多也出自自然与人生的初次遭遇。时代的发展使这种神秘感大为减损，但是，只要让自然与人生真切相对，这种神秘感又会出现。自然的奥秘穷尽不了，人生与自然的复杂关系也穷尽不了。

把自然、历史、人生融于一体的佳作中，特别耀眼的是美国导演科波拉的影片《现代启示录》。

在越南战争中，一位叫威拉德的美国军官奉命去访察另一位美国军官库尔兹在湄公河上游丛莽地区的所作所为，因为有消息证明，库尔兹在那里杀人如麻、嗜血成性，建立了野蛮的原始统治。威拉德一行溯江而上，遍地战火，触目凶残，自身的兽性潜能也渐渐被激发起来。因此，等到最后找到库尔兹，这一行人实质上自己也已成了库尔兹。威拉德遵照预定计划杀了库尔兹，其实也就是杀了自身的另一面。

值得注意的是他们这一行程的多层次含义。第一层，自然意义上的逆流而上；第二层，人生意义上的逆流而上，即人们因诱发了恶而走向兽性人生；第三层，历史意义上的逆流而上，即人类的集体倒退造成了历史的倒退。

在这些层次中，最有艺术感染力的还是第二层次，因为有了它，自然才有了人性，历史才有了感性。

现代艺术家一方面努力把作品中的人和事纳入人生的轨道；另一方面，更重要的，他们又从这些人事中超越而出，乐于在总体上品尝一下人生况味。

不再是分头表现某个人命运悲惨，某件事结局凄苦；不再是远远地欣赏英雄豪气或儿女柔情；不再是谨慎地划分人性的光明面和黑暗面。在现代艺术家看来，每一个人在自己的人生履历中都会与这些不同的滋味相遇，它们全都来自人生。人生的险峻在此，人生的美好也在此；人生的无常在此，人生的魅力也在此。正因为人人都有可能遭遇，这才是艺术家把欣赏者拉入共同体验的聪明手段。

有的作品，让我们品尝了人生的苦涩之味，又立即告诉我们，这在所有的人生中都无可逃遁。这不是人生的偏门，而是人生的本味。

显然，看这样的作品，如果只是去欣赏某一地区某一类人的生活现实和精神风貌，实在是违背了艺术家们的初衷，也离开了作品本身所传达的实质性内容。它要让我们品尝的是人生的一种整体况味：极有魅力的苦涩。

有的作品，让我们品尝了人生中更为常见的一种况味——世态炎凉、人情冷暖。

中国传统的文艺作品中，颇有一些篇什涉及这种人生况味，但多数有着更为浓重的道德说教和消极感慨，结果，人生本体被湮埋、被耗损了。这样的作品流传于世，人们感动的仍然是它们触及活生生的人生的部分，但艺术家往往要让它们依附于一个政治事件，或者归咎于主人公们的立场品质。这就造成了艺术从未离开人生而又很少专门品味人生的常见局面。对此，现代艺术家渐渐醒悟，他们更愿意在人生历程和人情冷暖上多做一些文章，让其他背景性内容随之而转移，而不要产生本末倒置的现象。

西方现代不少艺术作品，从品味人生的伤感、寂寞、灭绝，到品味出其中的荒诞意味和滑稽意味。对此，不少受传统艺术观念熏陶时间较长的人感到很不习惯。

其实这样的作品更具有人生的深度。从根本上说，它们是在浓烈地传达一种作者感受到的人生况味。是人生而不是社会，是况味而不是思想。荒诞派作品中的主角，不是纯客观的观赏对象，往往包括作者自身；但又绝不仅仅是作者的自我形象，往往又包括着观众，包括着更广的人群。简言之，这些角色，大多是艺术家心目中包括他自身在内的人类总体生态的浓缩；怪异的剧情，则大多是人生过程的象征。它们以具体微观的展现方式，与人类生态进行着宏观联结。

在实际创作过程中，能否触摸集体深层心理，常常成为一个艺术家和一部作品能否获得广泛社会感应的重要标尺。在现代，这支标尺更为有效。以我国现代作品为例，鲁迅的《阿 Q 正传》的巨大影响，正在于它空前地体现了一种集体深层心理，使许多中国人本能地感受到自身心灵深处的影子。把阿 Q 局限在雇农阶层队伍中，或局限在辛亥革命前后，显然是大大低估了这个作品的价值。就鲁迅本意，也可能是从辛亥革命的教训出发的，但正如荣格所说，作品大于作家，鲁迅在自己的创作目的中不知不觉地融入了自己长期体察、历史郑重交付的近代中国人的集体心理图谱，因而使作品的实际重量大大超过了创作意图。人们可以像荣格说《浮士德》只能出自德国人歌德之手一样，说《阿Q正传》只能出自中国人之手，而且不妨模仿荣格的口气说，不是鲁迅创造了阿Q，而是阿Q创造了鲁迅。

对集体深层心理的开掘使我们懂得，艺术的普遍性意蕴应该在自己和同胞的心灵深处去探测。就像歌德探出个浮士德，就像尼采探出个查拉图斯特拉，我们的心灵只有在地层深处才能发现使千万人一起震撼的似有“天心”下颁的形象图谱。

荣格说得好，不是德国人写不出《浮士德》和《查拉图斯特拉如是说》。同样的道理，不是美国人写不出《老人与海》和《海鸥乔纳森·利文斯顿》。《海鸥乔纳森·利文斯顿》仅仅写了一只海鸥，写它如何超越同类、超越自我、超越物欲、超越公认的生理心理能力而振翅高翔，成为一只不可思议的神鸥。作者理查德·贝奇在扉页上写道：“献给生活在我们大家心中的真正的海鸥乔纳森。”广大美国读者果然就像当年争读《老人与海》一样，在《海鸥乔纳森·利文斯顿》中寻求着一种既是个体的，又是集体的心理体验。

日本作家川端康成在瑞典诺贝尔文学奖授奖仪式上发表讲话，以日本平安时代几位诗僧的作品，集中阐发了日本民族在审美领域的深层心理结构。这是一个再聪明不过的演说词，因为它清楚地说明了川端康成的艺术之道。纵观他的那些作品，确实都是从不同的角度触摸了日本民族的集体深层心理。同样，我们也能从电影导演黑泽明身上看到对日本民族深层心理的成功体现。有人把这一切都说成是“民族风格”，显然是把事情说小了，也说浅了。川端康成和黑泽明大量吸收了现代西方艺术的表现形态，并没有拘泥于表层民族风格，但人们通过这些非民族的形态仍然看到了民族深层心理。有的艺术家相反，外层的“民族风格”搜集了不少，但深层精魂却是浅薄模糊的，与川端康成和黑泽明构成了对照。

在中国古典小说中，有些形象也与集体深层心理有关，例如诸葛亮这个形象对于中国知识分子的概括。三顾茅庐之时，《三国演义》只写刘备求贤若渴之心，实际上真正在经历着心理风暴的却是诸葛亮。就在这几天中，他避而不见，高卧不起，实则是从心理构架的道家出世一侧，在艰难地过渡到儒家入世一侧。这种世代相袭的集体深层心理既有显意识的成分，也有潜意识的成分。例如他在"出世"之时对军事政治局势的深切关注，就未必是出于对哪一天"入世"的期待，而更多的是潜藏着的儒家理想在默默地发挥作用。中国封建时代的许多知识分子，尽管智慧韬略远不及诸葛亮，出世无茅庐静舍，入世无赤壁气概，却也能在无意之中搜寻到深埋心底的种子。这样一个诸葛亮，他的心理感应面和历史概括力就超过了小说中的其他形象。

如果现代艺术家要重新处置《西游记》，就很可能不再仅仅把它当作一个神话故事。唐僧、孙悟空、猪八戒、沙僧，既可能被处理成在人生行程上的四种态度，也可能把这四种态度概括成能够统一在一个生命体上的四个构件、四种素质。当初吴承恩在创造这四个形象的时候，是不是也可能动用了自己潜意识领域的几种组合呢？中国人对《西游记》的莫大兴趣，与这四个神怪形象都具有足够的可体验性有关。在我们的深层心理结构中本来就隐潜着这四种精神素质，吴承恩不自觉地把它们幻化成了四个形象，从而感应了广大中国读者的潜意识。

既然古代作家都有这种可能，那么，现代作家更应该在这个领域探幽索微，创造奇迹。

大匠之门

论述人生很容易沦为庸常。这是艺术创造论最大的担忧。其实，无论是人类生态还是人生方式，都气度高远，只要找到一个合适的直觉形式，便是大匠之门，不容易沦落了。

艺术形式，从一个角度看，是一种以感性直觉为基础的构成形态。因此，在研究艺术形式的时候，首先需要对感性直觉有所了解。

我们心中的艺术本性，在于形式，我们理解的艺术创造，是形式的创造。

一切忽视表现形式的艺术主张，几乎都根源于对艺术直觉的轻视。

我们所追求的艺术的深刻性，也就永远应该是一种可以直觉的深刻性。

艺术欣赏中的直觉可分为两个层次：发现式的直觉和顿悟式的直觉。发现式的直觉也可称为浅层直觉，顿悟式的直觉也可称为深层直觉。这两种直觉都是整体把握，尽管顿悟式的直觉的产生需要有所期待，但一旦产生却也是即时性的爆发，两种直觉都不显现出理性筋脉，而表露为一种震撼状态。

我们在前面已讨论过艺术的哲理追求，那里留下了一个归结性的课题：在艺术中，连哲理追求也应体现在直觉形式上。或者说，艺术凭借着直觉形式来追求哲理。

给哲理以直觉形式——这是历代艺术家经常遇到的艰难课题。

这种能够“教导人们学会观看”的直觉形式，一旦发现就能构成对意蕴和对象本体的超越。在这个意义上，是形式使内容走向普遍，走向长久。不少美学家注意到了这样的审美事实：深层的内容很快被人淡忘，而它的呈现形式却长刻人们心头。

人类艺术文化的发展过程，也就是主客观的意蕴渐渐构成形式，转化成形式的过程。随着社会理性能力的提高，越来越多的深刻意蕴转化到了达·芬奇所说的可供观看的层面，意蕴也就积淀成了形式。因此，艺术形式也就是艺术意蕴的历史纪念碑。

对艺术来说，一切理解都融化在感觉之中。评奖委员们的即时直觉，实际上已经包含着他们的全部理性能力。让评奖委员们搁置直觉而进行反复讨论，实则是要他们搁置生命化、本能化了的理性能力而撤退到浮悬于生命之外的理论分析之中。无疑，这是一种倒逆。

毕加索说：“观念与情感终于在画幅之内成了俘虏。无论怎样，它们不再能逃出画幅了。”如果我们把画幅作广义的理解，那么，这一切确实也都逃不出艺术的直觉形式。

“此身合是诗人未？”这还只是一种茫然的情绪；“细雨骑驴入剑门”，一下子让情绪凝聚为一种直觉造型，于是流传千古。

艺术形式，是对艺术直觉的提炼，也是对艺术直觉的允诺；是对艺术直觉的耗用，也是对艺术直觉的保存。

为此，艺术形式也就是一种直觉形式。种种意蕴、情志，都要以直觉形式呈现出来。我们既可以说它是情感的直觉形式，也可以说它是理念的直觉形式。苏珊·朗格说艺术是情感的形式，黑格尔说美是理念的感性显现，都是把视点归结到直觉形式上的。直觉形式背后所包罗的，几乎是艺术家的整体生命。

在艺术领域，直觉需要整理、凝聚为一种形式。直觉的互相递接，实际上也就是形式间的递接。

艺术作品一旦产生，出现在欣赏者面前的时候，首先产生的也是直觉冲撞。优秀的艺术作品总是“先声夺人”，以自己强烈的感性力量吸引欣赏者。在作品众多的画展里，欣赏者不必多加踌躇，就能较快地发现自己所喜爱的作品。然后，在长时间的谛视中，欣赏者又能直觉地领悟作品的精神蕴含。

对艺术创造者来说，应该理直气壮地尊重自己的艺术直觉，这实际上也是对欣赏者的艺术直觉的尊重。当更多的艺术家认识到这一点的时候，艺术领域才会出现空前的真诚和丰富，以刷新民族的视听。

我们喜欢生活在这样一个世界中：人人都能直觉别人，又被别人直觉。

生活在别处

艺术家本身要早于他人，构建健全的自由心境，奔向审美式的人生。尽管他的这种心境，或许是对世间痛苦的领悟，对人生荒诞的承认。我们不少艺术家，长期承受过太多的束缚和框范、干涉和指令，创作中缺少应有的自由心境；一旦束缚解除、干涉消弭，他们却无所措手足，那是因为他们实际上并没有超越和战胜沉淀在他们心底的许多内化成了生命的限制，没有取得自由，没有获得对自由的心理适应。

伟大不是苦难造就的。这正像说泥潭中也能造起高塔，并不是说泥潭本身就能造就高塔。因此，几乎没有人为了造就一个文学家而强迫他去饱受磨难。再说了，世上饱受磨难的人那么多，而伟大的文学家又那么少，可见两者之间不存在直接转换的关系。那句话“生活在别处”倒是关键。为了“生活在别处”，精神上的“颠沛流离”是少不了的。这个过程其实比生活上的磨难更为痛苦，但这是通向伟大的“必要程序”。

“生活在别处”，是指用主动的分裂方法获得一种精神释放。但是，这种精神释放不像我们寻常理解的那样批判什么、冲破什么、排除什么、征服什么，而是从整体上把自己抽离出来，放逐到陌生之地，面对另一个世界。这等于造就另一个天地，另一个自我。这个自我与原来的自我距离很远，有可能产生冲突，却很少有可能和解。只有真正的大诗人、大作家、大学者才有这样的特殊心理结构。

诗人是一种个体精神的审美自立。诗人的自立与思想家的自立不同，需要有一种自然环境的诱发，或者说，有一种天人之间的互动。你说到他的流放地交通不便，物产匮乏，滋长了个体生存，这说得不错。我可能更看重他流放地的另一种环境，例如树木幽深处的花开花落，奇山怪水处的似梦似幻，巫风浩厚处的神人对话，大江险峻处的力量气势……正是这一切，熏陶着他，塑造了他。结果，像《诗经》那样的黄河流域的“平原小合唱”，也就变成了长江流域的“悬崖独吟曲”。

中国文人中有一批人在入世受挫之后逃于佛、道，但真正投身寺庙道观的并不多，而结庐荒山、独钓寒江毕竟会带来基本生活上的一系列麻烦。“大隐隐于市”，最佳的隐潜方式莫过于躲在江南小镇之中了。

诗人往往多愁善感，遇到生命绝境，在精神上很可能会崩溃。至于其他貌似狂放的文人，不管平日嘴上多么万水千山，一遇到真正的艰辛大多逃之夭夭，然后又转过身来在行路者背后指指点点。文人通病，古今皆然。

文人总未免孤独，愿意找个山水胜处躲避起来；但文化的本性是沟通和被理解，因此又企盼着高层次的文化知音能有一种聚会，哪怕是跨越时空在所不惜。

他们发觉日常生活更容易使人迷路，因此宁肯向着别处出发。别处，初来乍到却不会迷路，举目无亲却不会孤独，因为只有在别处才能摆脱惯性，摆脱平庸，在生存的边界线上领悟自己是什么。

我想，诸般人生况味中非常重要的一项就是异乡体验与故乡意识的深刻交糅，漂泊欲念与回归意识的相辅相成。这一况味，跨国界而越古今，作为一个永远充满魅力的人生悖论而让人品咂不尽。

有的文人为了摆脱依附而远逃山泽，在无数所谓尊严的冷僻角落寻找尊严，在意想不到的物质困境中失去尊严，结果，只在寂寞的诗文间呼唤着尊严。

早就知道萨特、波娃常在这家咖啡馆活动。原以为是约一些朋友聚会和讨论，后来才知道，他们也在这里写作，不少名著就是在咖啡馆写出来的。

既然是萨特写作的地方，咖啡馆里一定有一个比较安静的单间吧？但是法国朋友说，没有，就是一般的咖啡座。

这就让我奇怪了。一般的咖啡座人来人往，很不安静，能写作吗？萨特很早成名，多少人认识他，坐在这样的公共场所，能不打招呼吗？打了招呼能不一起坐坐、聊聊吗？总之，名人、名街、名店撞在一起，能出得来名著吗？

另外，一个连带的问题是，即使在咖啡馆里可以不受干扰，总比不上家里吧？家里有更多的空间和图书资料，不是更便于思考和写作吗？像萨特这样的一代学者、作家，居住环境优裕舒适，为什么每天都要挤到一张小小的咖啡桌上来呢？

重数一遍，不错，一共八人，不仅丝毫没受到我们干扰，甚至我们要干扰也干扰不进。他们的神态是，异香巨臭，无所闻也，山崩河溢，无所见也。但他们不聋不盲，不愚不痴，侍者给他们加咖啡，总是立即敏感，谢得及时。

这种情景，我们太不熟悉。

我们早已习惯，不管站在何处，坐在哪里，首先察看周围形势，注意身边动静，看是否有不良的信息，是否有特殊的眼神。我们时刻准备着老友拍肩，邻座寒暄；我们时刻准备着躲开注意，避过目光；我们甚至准备着观看窗下无赖打斗，廊上明星作态。因此，我们完全无法想象，别人对于拍摄现场如此彻底漠然，视而不见，形若无人。

这里就出现了一种生态悖论：身居闹市而自辟宁静，保持高贵而融入人潮。

这种生态悖论又让我联想到另一种与之完全相反的悖论。中国文人历来主张“宜散不宜聚”，初一看好像最讲独立，但是，虽散，却远远窥探；虽散，却单一趋同。法国文人即便相隔三五步也不互相打量，中国文人即便迢迢千里、素昧平生，也要探隐索微、如数家珍。

至此，萨特和波娃经常来这里的理由已经明白。他们坐在这里时的神态和心情，与这八位客人如出一辙。于是，我悬念落地。

都柏林的乔治北街三十五号是一幢三层老楼，现在是“乔伊斯中心”。

乔伊斯没有在这个屋子住过。他离开都柏林时二十二岁，境况潦落，留不下什么遗迹。祖上有点财产，但父亲酗酒成性，把家喝穷了，不断变卖家产，又成天搬家逃债，家人散住各处，这个地方是其中之一。

中心的负责人是乔伊斯的外甥，从未见过乔伊斯。他妈妈，也就是乔伊斯的亲妹妹，曾一再悄悄叮嘱：不要多提舅舅，以免影响前程。

他反复告诉我的是这样一个事实：爱尔兰不喜欢乔伊斯，乔伊斯也不喜欢爱尔兰；乔伊斯离开都柏林以后很少回来，但所有的作品都以爱尔兰为题材。这几句简单的话让我震动，一个孤独的灵魂与土地的关系竟是那样缠绵。

据我所知，直到晚年，乔伊斯艰难地谋求定居地却故意避开了家乡。有一次叶芝和萧伯纳筹建爱尔兰文学院，诚恳邀请他参加，他也拒绝了。他不想进入与家乡有关的任何派别。

记得我以前在《乡关何处》一文中曾分析过中国文人与家乡的复杂心理关系，相比之下，这位爱尔兰文人显然有着更凄楚的诀别心态。

这幢楼整整装修了十四年，一九九六年才开张，连总统都来参加了开幕式。可见爱尔兰真的想拥抱自己别离多年的游子了，以这幢楼，以那炉炽热的火，以那些好不容易收集到的旧照片。但究竟拥抱到乔伊斯的游魂没有？把握不大。真正可靠的是，拥抱住了世界各国出版的乔伊斯著作的各种版本，以及每年来自近百个国家的参观者。

在二楼阅览室里，埋头工作的研究者坐满了各个角落，使匆忙的参观者有点惶愧。我轻步在那里逡巡，整理着自己心中对《尤利西斯》的印象。记得写的仅仅是一天的时间，一对夫妇的心理遭遇紧凑而肆洋，真实得难以置信，却又与荷马史诗《奥德赛》构成遥远的平行，于是成为一部现代史诗。

它会使习惯于传统小说的读者不习惯，但一旦有了它，人们也就渐渐对传统小说不习惯起来。

爱尔兰一度拒绝他，也是因为不习惯。而现在，谁也不再习惯一个没有乔伊斯的爱尔兰。

吴小莉托人远道带给我英国当代童话《哈利·波特》，还在书的扉页上写了一封信，说不仅供我在旅途中解闷，而且要证明在繁忙的劳务中读点童话好玩极了。

这话，使我在牛津的一家书店里看到《爱丽丝漫游奇境记》时会心而笑。这个童话我小时候就熟悉，后来才知道它的作者居然是牛津大学的数学教师查尔斯·道奇森。

这位数学教师也正是在一次旅行中，给一位小女孩讲了这个自己随口编出来的童话。讲完，无论是小女孩还是他自己都觉得有意思，他便用刘易斯·卡罗尔的笔名写了出来。他当然没有预料到，这将成为一部世界名著。

维多利亚女王也读了这本童话，爱不释手，下令这位作者下次不管出什么书都必须立即呈送给她。于是，她不久就收到了一本作者的新著：《行列式——计算数值的简易方法》。

女王当然很吃惊，但我想她很快就能领悟：越是严肃的人群越是蕴藏着顽皮和天真，否则无法解释她自己为什么政事繁忙、威权隆重还会着迷于童话。

领悟于此，也就领悟了牛津大学一种隐秘的风范。

苦难中的高贵

德国哲学家康德说：“人类总要抬起头来仰望一些高于我们一切的东西，并在那里找到我们的共识。”这东西是什么？就是我们的信仰。信仰的“仰”字非常重要——信仰就是一座高塔，是全人类需要共同抬头仰望的东西，是我们所有人心灵交汇的制高点；信仰不仅高于我们自己，而且高于所有人，信仰的崇高还在于，我们不会想去超越，也不必超越它。有了精神信仰，人心就会坦然，世界就会安宁。人类文明本无力自守自卫，只因为有信仰的存在，才保持着延续，否则早已被野蛮所吞噬。

考古学家在寻找一个个远古“文化”的时候，其实是在寻找人的最初痕迹。文化在发达之后，根子上仍然是生命的痕迹，我写到的那么多古迹，中国的，世界的，也都有无数高贵的生命在支撑。

高贵的生命要创造文化，必然会经历坎坷；因此，我所说的“苦旅”，并不是指旅行之苦，而是指创造之苦。由创造之苦连接成了人生旅途，这便是文化的宿命。

最让人动心的是苦难中的高贵，最让人看出高贵之所以高贵的，也是这种高贵。凭着这种高贵，人们可以在生死存亡的边缘上吟诗作赋，可以用自己的一点温暖去化开别人心头的冰雪，继而，可以用屈辱之身去点燃文明的火种。他们为了文化和文明，可以不顾物欲利益，不顾功利得失，义无反顾，一代又一代。

我们的艺术显然长久地误会了大气磅礴，以为巨大的篇幅、堂皇的排场就是，以为漫长的历史、壮观的场面就是，以为山顶的远眺、海边的沉思就是。其实，艺术的真正大气，产生于绝境。这种绝境倒未必是饥寒交迫、生老病死，而是生命中更为整体的荒漠体验和峭壁体验。放逐、撕裂、灭绝、重生，这才有彻心彻骨的灼热和冰冷，这才会知道人世间最后一滴甘泉是什么，最难越过的障碍在哪里。

于是，开始有了生命的气势。

灾难，对常人来说也就是灾难而已，但对知识分子来说就不一样了。当灾难初临之时，他们比一般人更紧张，更痛苦，更缺少应付的能耐；但是当这一个关口渡过之后，他们中部分人的文化意识又会重新苏醒，开始与灾难周旋，在灾难中洗刷掉那些只有走运时才会追慕的虚浮层面，去寻求生命的底蕴。

某种感人的震撼和深厚的诗意似乎注定要与艰难相伴随，当现代交通工具和营造手段使夜雨完全失去了苦涩味，其间的诗意也就走向浮薄。

在人类与自然周旋的漫漫长途中，有时自然的暴力会把人完全吞没，如地震、海啸、泥石流，我们一时还很难从这些事端中提取出来。人至少要在有可能与自然对峙的时候才会酿造美，在这种对峙中，有时人明确无误地战胜了自然，例如汽车、电灯、柏油路的出现，产生了一种松快愉悦的美；有时人与自然较量得十分吃力，两相憋劲，势均力敌，那就会产生峻厉、庄严、扣人心弦的悲剧美。由于这种美衬托了人类严峻的生存状态，考验了人类终极性的生命力，因此显得格外动人心魄。人类的生活方式可以日新月异，但这种终极性的体验却有永久价值。也许正是这个原因吧，历史上一切真正懂艺术的人总会着迷于这种美学形态，而希腊悲剧乃至种种原始艺术总是成为人类不衰的审美热点。过于整饬、圆熟的审美格局反射了人对自然的战胜状态和凌驾状态，可以让人产生一种方便感和舒坦感，却无法对应出一种生命考验。为此，欧洲启蒙主义的大师们不赞成法国古典主义的大一统，不赞成把人类的社会生活和艺术生活都处理成凡尔赛宫规整无比的园林一般。他们呼唤危崖、怒海、莽林，呼唤与之相对应的生命状态。这便是他们心中的诗意，狄德罗甚至直截地说，人类生活越是精雅文明就越缺少诗意。难道是他们在抵拒现代吗？不，他们是启蒙者，分明启蒙出了一个活生生的现代。现代，本不是一种文质彬彬的搭建，而是人类一种原始创造力的自然发展。

因此，再现代的人也愿意一再地在“蜀山行旅图”中把延绵千年的生命力重温一遍，愿意一再地品味苦涩的夜雨，然后踩着泥泞走向未来。

如果说，《诗经》曾经把温煦的民间礼仪化作数百年和声，慰藉了黄河流域的人伦离乱和世情失落，那么，屈原的使命就完全不同了，他只是个人，没有和声。他一意孤行，拒绝慰藉。他心在九天，不在世情……

如果说，《诗经》首次告诉我们，什么叫诗，那么，屈原则首次告诉我们，什么叫诗人。

于是，我们看到屈原走来了，戴着花冠，佩着长剑，穿着奇特的服装，挂着精致的玉佩，脸色高贵而憔悴，目光迷惘而悠远。这么一个模样出现在诸子百家风尘奔波的黄河流域是不可想象的，但是请注意，这恰恰是中国历史上第一个以个体形象出现的伟大诗人。《诗经》把诗写在万家炊烟间，屈原把诗写在自己的身心上。

自屈原开始，中国文人的内心基调改变了，有了更多的个人话语。

虽然其中也关及朝廷和君主，但全部话语的起点和结局却都是自己。凭自己的心，说自己的话，说给自己听。被别人听到，并非本愿，因此也不可能与别人有丝毫争辩。

这种自我，非常强大又非常脆弱。强大到天地皆是自己，任凭纵横驰骋；脆弱到风露也成敌人，害怕时序更替，甚至无法承受鸟鸣花落、香草老去。

这样的自我一站立，中国文化不再是以前的中国文化。

帝王权谋可以伤害他，却不能控制他；儒家道家可以滋养他，却不能拯救他。一个多愁善感的孤独生命发出的声音似乎无力改易国计民生，却让每一个听到的人都会低头思考自己的生命。

因此，他仍然孤独却又不再孤独，他因唤醒了人们长久被共同话语掩埋的心灵秘窟而产生了强大的震撼效应。他让很多中国人把人生的疆场搬移到内心，渐渐领悟那里才有真正的诗和文学，因此，他也就从文化的边缘走到了中心。

从屈原开始，中国文人的被嫉受诬，将成为一个纵贯两千多年的主题。而且，所有的高贵和美好，也都将从这个主题中产生。

屈原为什么希望太阳不要过于急迫地西沉于崦嵫山？为什么担忧杜鹃啼鸣？为什么宣告要上下而求索？为什么发誓虽九死而无悔？因为一旦被嫉受诬，生命的时间和通道都被剥夺，他要竭尽最后一点力量争取。他的别离和不忍，也都与此有关。屈原的这个精神程序，已被此后的中国文化史千万次地重复，尽管往往重复得很不精彩。

从屈原开始，中国文学摆开了两重意象的近距离对垒。一边是嫉妒、谣诼、党人、群小、犬豕、贪婪、溷浊、流俗、粪壤、萧艾，另一边是美人、幽兰、秋菊、清白、中正、求索、飞腾、修能、昆仑、凤凰。这种对垒，有写实，更是象征，诗人就生存在两边中间，因此总是在磨难中追求，又在追求中磨难。诗人本来当然想置身在美人、幽兰一边，但另一边总是奋力地拉扯他，使他不得不终生处于挣扎之中。

屈原的挣扎启示后代读者，常人都有物质上的挣扎和生理上的挣扎，但诗人的挣扎不在那里。屈原的挣扎更告诉中国文学，何谓挣扎中的高贵，何谓高贵中的挣扎。

既能够牵动中国文化史，又能够牵动我们泪眼的人物在哪里？

还有比墨子和屈原更让我们感动的人物吗？

有。他叫司马迁。

我早就确认他是中国文化史上第一个让我感动的人物，却一直难于表达感动的程度。

我认为司马迁最艰深的感人之处，有以下三个层次：

司马迁让所有的中国人成了“历史中人”。

《史记》以不可超越的“母本”形态一鸣惊人，成为以后两千多年一代代编史者自觉仿效的通例。因此，是他，使中华民族形成了前后一贯的历史兴趣、历史使命和历史规范，成为世界上罕见的始终有史可循、以史立身的文明群体。

从某种意义上说，他本人虽然早已去世，却是“二十五史”的总策划。他使书面上和大地上的两千多年历史变成同一部通史。

他使历朝历代所有的王侯将相、游侠商贾、文人墨客在做每一件大事的时候都会想到悬在他们身后的那支巨大史笔。他给了纷乱的历史一束稳定的有关正义的目光，使这种历史没有在一片嘈杂声中戛然中断。中华文明能够独独地延伸至今，可以潇洒地把千百年前的往事看成自家日历上的昨天和前天，都与他有关。司马迁交给每个中国人一份有形无形的“家谱”，使他们中的绝大多数，不会成为彻底的不肖子孙。

司马迁以人物传记为主干来写史，开启了一部“以人为本”的中国史。

这是又一个惊人的奇迹，因为其他民族留存的历史大多以事件的纪年为线索，各种人物只是一个个事件的参与者，招之即来，挥之即去。司马迁把它扭转了过来，以一个个人物为核心，让各种事件招之即来，挥之即去。

这并不是一种权宜的方法，而是一种大胆的观念。在他看来，所有的事件都是川上逝水，唯有人物的善恶、气度、性格，永远可以被一代代后人体验。真正深刻的历史，不是异代师生对已往事件的死记硬背，而是后人对前人的理解、接受、选择、传扬。司马迁在《史记》中描写的那些著名人物，早已成为中国文化的“原型”，也就是一种精神模式和行为模式，衍生久远，最终组成中国人集体人格的重要部件。

这种轻事而重人的选择，使司马迁这位史学家能够“究天人之际，通古今之变，成一家之言”，因而同时具备了文学家和哲学家的素质。

然而更重要的是，他的这种选择使早已应该冷却的中国历史始终保持着人的体温和呼吸。中国长久的专制集权常常会采取一系列反人性的暴政，但是有了以人为本的历史观念，这种暴政实行的范围和时段都受到了制衡。人伦之常、人情人品，永远实实在在地掌控着千里巷陌、万家灯火。他在为中国文化创建“以史立身”、“以人为本”传统的时候自己正承受着难以启齿的奇耻大辱。

他因几句正常的言论获罪，被处以“宫刑”，又叫“腐刑”，也就是被切割了生殖器。当时他三十八岁，一个年岁已经不轻的大学者，面对如此奇祸，几乎没有例外都会选择赴死。但是，就在这个生死关口，让我产生巨大感动的吊诡出现了——他决定活下来，以自己非人的岁月来磨砺以人为本的历史，以自己残留的日子来梳理中国的千秋万代，以自己沉重的屈辱来换取民族应有的尊严，以自己失性的躯体来呼唤大地刚健的雄风。

而且，他一一做到了，他全部做到了，他真的做到了！

既然历史本是如此，司马迁也就找到了写史的最佳方式。他一径以第三人称的叙述主体从容地说着，却与一般历史著作的冷若冰霜不同。他说得那么富有表情，有时赞赏，有时倾心，有时怀念，有时祭奠，有时愤怒，有时讥讽，有时鄙视。但这一切，都只是隐约在他的眉眼唇齿间，而没有改变叙述基调的连贯性。

有时，他的叙述中出现了较完整的情节，有人物，有性格，有细节，有口气，有环境，像一则则话本小说。但是，他绝不满足于人们对故事情节的世俗期待，绝不沦入说唱文学的眉飞色舞，叙述的步履依然经天纬地，绝无丝毫哗众取宠之嫌。

除了内容，散文的基元是语言。在这一点上，司马迁也称得上是千古一笔。

司马迁的文笔，是对他周围流行文字的艰苦挣脱。在他之前，文坛充斥着浓郁的辞赋之风。以枚乘、司马相如等人为代表，追求文学上的铺张和奢侈。到了司马迁时代，此风愈演愈烈。好像是要呼应汉武帝所开创的大国风范和富裕局面，连散文也都竞相追求工丽、整齐、空洞、恣肆，甚至还要引经据典、磨砺音节。虽然确也不乏文采，却总是华而不实、装腔作态。这种倾向发展到以后，就成了过度讲究藻饰、骈偶、声律、用典的六朝骈文，致使到唐代，韩愈、柳宗元他们还要发起一个运动来反对。

知道了司马迁的文字环境，就可以明白他文笔的干净、朴实、灵动，包含着多大的突破。他尤其像躲避瘟疫一般躲避着整齐的骈偶化句式，力求明白如话、参差错落的自然散句。他又要把这种散句熔炼得似俗而雅、生动活泼，实在是把握住了散文写作的基础诀窍。他还不让古代语文以佶屈聱牙的形态出现在自己的文章中，而必须改得平易流畅，适合当代人阅读。我们如果在他的书中看到某种整齐、对称、排比的句子，基本可以断定不是出于他自己的手笔。例如后世专家们看到某篇文章中有一段以四字为韵的句法，一致肯定为后人羼入。

《史记》，不仅是中国历史的母本，也是中国文学的母本。看上去它只与文学中的诗有较大的差别，但鲁迅说了，与《离骚》相比，它只是“无韵”而已。

两千年前就把文史熔于一炉的这位伟人，其实也就是把真、善、美一起熔炼了，熔炼在那些不真、不善、不美的夜晚。

熔炉就是那盏小油灯。

难道，它真的熄灭了？

正是这个在油灯下天天埋首的“刑余之人”，规定了中国人几千年的历史意识、历史责任、历史规范。他使我们所有的人，都拥有了一个共同的家谱。

曹操的那几首诗，已经足以使他成为中国历史上第一流的文学家，但诸葛亮不是。任何一部《中国文学史》，遗漏了曹操是难于想象的，而加入了诸葛亮也是难于想象的。

那么，曹操在文学上高于诸葛亮的地方在哪里呢？

在于生命格局。

我在抄写曹操的诗句时，不能不一次次惊叹其间的从容大气。一个人可以掩饰和伪装自己的行为动机，却无法掩饰和伪装自己的生命格调。这些诗作传达出一个身陷乱世权谋而心在浩阔时空的强大生命，强大到没有一个不够强大的生命能够模仿。

这些诗作还表明，曹操一心想做军事巨人和政治巨人而十分辛苦，却不太辛苦地成了文化巨人。

但是，这也不是偶然所得。与诸葛亮起草军事文件不同，曹操是把诗当作真正的诗来写的。他又与历来喜欢写诗的政治人物不同，没有丝毫附庸风雅的嫌疑。这也就是说，他具有充分的文学自觉。

他所表述的，都是宏大话语，这很容易流于空洞，但他却融入了强烈的个性特色。这种把宏大话语和个性特色合为一体而酿造浓厚气氛的本事，就来自文学自觉。此外，在《却东西门行》、《苦寒行》、《蒿里行》等诗作中，他又频频使用象征手法，甚至与古代将士和当代将士进行移位体验，进一步证明他在文学上的专业水准。

曹操的诗，干净朴实，简约精悍，与我历来厌烦的侈靡铺陈正好南辕北辙，这就更让我倾心。人的生命格局一大，就不会在琐碎妆饰上沉陷。真正自信的人，总能够简单得铿锵有力。

曹操一拿起笔，眼前出现的是沧海、星汉、生命的盈缩、忧思的排解、天下的归心……都是文学的终极关注点。这种关注点对一般读者来说都太高太大，远不及诸葛亮的关注点容易感应。因此，曹操在文学上也是孤傲的。

文学凭作品讲话。如果就作品论作品，我们不能不承认，曹操在他的作品中所表现出来的生命格调，实在很高。有人说，他可能是在作伪，其实这不可能。曹操是那种做了坏事也不想掩饰的人，他心中没有“舆论”概念，更不必说当时写诗也没有地方“发表”，他只唱给自己的内心听。

另外，在诗歌技巧上他也非同寻常。句式、节奏、用词，全都朴茂而雄浑，简洁而大气。一种深沉的男低音，足以把文坛一震。他的诗中有些句子，已经成为中华文化的“熟语”，例如“老骥伏枥，志在千里。烈士暮年，壮心不已”、“对酒当歌，人生几何”、“山不厌高，海不厌深”，等等。这说明，他参与了中华文化主干话语的创造。

我还想与大家分享两个意象。原因只在于，这种意象非常奇特、难以解释，进入了一种特殊艺术人格的神秘部位，而且贯通古今。

第一个意象是阮籍的哭。他经常坐着牛车往前走，到哪里去也不知道。当时的路，四通八达的不多。走着走着就走不通了，于是牛车停下了，他就号啕大哭。然后再让车子掉转过来，走另外一条路，又走到路的尽头了，又号啕大哭。这是在荒野之间，没有任何人看见他，他是哭给自己听。

这种方式是不是有点后现代的味道?

阮籍一次次在路尽头的哭，并不包含很具体的针对性。既不针对古人，也不针对自己。那是一种宏大的哭，具有整体象征意义的哭，却又说不清象征什么。我看中的正是这一点。好像是在哭人生途穷、世间窘迫，也好像是在哭草树凄迷，长天冷漠。更重要的是，这种哭又与一般意义上的悲伤不同，他一次次地重复寻找这种哭的机会，一次次寻找走不通的路。他追求这种体验，而且是一种隐秘的、纯个人的体验。这是一种极为超越的大人格、大行为，足以凌驾古今中外。

与他有关的第二个意象是“啸”。这是一种发声方法，没有内容，没有言辞，只让一种喉底的声音自然倾吐，婉转悠远。他曾到苏门山去寻找一个叫孙登的高人，两人见到都不说话，他就“啸”了起来。“啸”了一遍之后，孙登从打坐入定的状态中抬起头来看了他一眼，他便再“啸”一遍，“啸”完，发现孙登又已打坐入定。他觉得已完成任务，就下山了。走到山下面，突然听到另有一种“啸”声从山上传来，立即铺盖得漫山遍野。这是孙登在回答他。

我觉得最精彩的还是那“啸”，比多少话都更有味道。正是这种“啸”，与前面所说的哭连在一起，概括了一种难以企及的高迈，让人永久神往。

陶渊明这座高峰，以自然为魂魄。他信仰自然，耕作自然，再以最自然的文笔描写自然。

“大化”——一种无从阻遏也无从更改的自然巨变，一种既造就了人类又不理会人类的生灭过程，一种丝毫未曾留意任何辉煌、低劣咆哮、哀叹的无情天规，一种足以裹卷一切、收罗一切的飓风和烈焰，一种抚摩一切又放弃一切的从容和冷漠——成了陶渊明的思维起点。陶渊明认为我们既然已经跳入其间，那么，就要确认自己的渺小和无奈。而且，一旦确认，我们也就彻底自如了。彻底自如的物态象征就是田园。

然而，田园还不是终点。

陶渊明自耕自食的田园生活虽然远离了尘世恶浊，却也要承担肢体的病衰、人生的艰辛。田园破败了，他日趋穷困，唯一珍贵的财富就是理想的权利。于是，他写下了《桃花源记》。

田园是“此岸理想”，桃花源是“彼岸理想”。终点在彼岸，一个可望而不可即的终点，因此也可以不把它当作终点。

《桃花源记》用娓娓动听的讲述，从时间和空间两度上把理想蓝图与现实生活清晰地隔离开来。这种隔离，初一看是艺术手法，实际上是哲理设计。

就时间论，桃花源中人的祖先为“避秦时乱”而躲进这里，其实也就躲开了世俗年代。“不知有汉，无论魏晋。”时间在这里停止了，历史在这里消失了，这在外人看来是一种可笑的落伍和背时，但刚想笑，表情就会凝冻。人们反躬自问：这里的人们生活得那么怡然自得，外面的改朝换代、纷扰岁月，究竟有多少真正的意义？于是，应该受到嘲笑的不再是桃花源中人，而是时间和历史的外部形式。这种嘲笑，对人们习惯于依附着历史寻找意义的惰性，颠覆得惊心动魄。

就空间论，桃花源更是与人们所熟悉的茫茫尘世切割得非常彻底。这种切割，并没有借用危崖险谷、铁闸石门，而是通过另外三种方式。

第一种方式是美丑切割。这是一个因美丽而独立的空间，在进入之前就已经是岸边数百步的桃花林，没有杂树，“芳草鲜美，落英缤纷”。那位渔人是惊异于这段美景才渐次深入的。这也就是说，即便在门口，它已经与世俗空间在美丑对比上“势不两立”。

第二种方式是和乱世切割。这是一个凭着祥和安适而独立的空间，独立于乱世争逐之外。和平的景象极其平常又极其诱人：良田、美地、桑竹、阡陌、鸡犬相闻、黄发垂髫……这正是历尽离乱的人们心中的天堂。但一切离乱又总与功业有关，而所谓功业，大多是对玉阶、华盖、金杖、龙椅的争夺。人们即便是把这些耀眼的东西全都加在一起，又怎能及得上桃花源中的那些平常景象？因此，平常，反而有了超常的力度，成了人们最奢侈的盼望。很多人说，我们也过着很平常的生活呀。其实，即使是普通民众，也总是与试图摆脱平常状态的功利竞争有着千丝万缕的联系，因此都不是桃花源中人。桃花源之所以成为桃花源，就是在集体心理上不存在对外界的向往和窥探。外界，被这里的人们切除了。没有了外界，也就阻断了天下功利体系。这种自给自足的生态独立和精神独立，才是真正的空间独立。

第三种方式可以说得拗口一点，叫“不可逆切割”。桃花源的独自美好，容不得异质介入。那位渔人的偶尔进入引动传播，而传播又必然导致异质介入。因此，陶渊明选择了一个更具有哲学深度的结局——桃花源永久地消失于被重新寻找的可能性之外。桃花源中人虽不知外界，却严防外界，在渔人离开前叮嘱“不足为外人道也”。渔人背叛了这个叮嘱，出来时一路留下标记，并且终于让执政的太守知道了。但结果是，太守派人跟着他循着标记寻找，全然迷路。更有趣的是，一个品行高尚的隐士闻讯后也来找，同样失败。陶渊明借此划出一条界限，桃花源并不是一般意义上的隐士天地，那些以名声、学识、姿态相标榜的“高人”，也不能触及它。

这个“不可逆切割”，使《桃花源记》表现出一种近似洁癖的冷然。陶渊明告诉一切过于实用主义的中国人，理想的蓝图是不可以随脚出入的。在信仰层面上，它永远在；在实用层面上，它不可逆。

陶渊明的朴素，是对一切色彩的洗涤，因此也是中华文明在当时的一种最佳归结。他吸取了儒家的责任感，但放弃了儒家的虚浮礼仪；他更多地靠近道家，又不追求长生不老；他吸收了佛教的慈悲和看破，却又不陷入轮回迷信……结果，他皈依了一种纯粹的自然哲学：以自然为本，以自然为美，因循自然，欣赏自然，服从自然，投向自然。他本人，也因自然而净化了自我，领悟了生命。

陶渊明毕竟是一个大艺术家，他在完成上述有关生命哲学的实验以后，从自己种地的院子里跳了出来，跳到了桃花源。桃花源是对他实际生存的田园的超越。我曾在一篇文章中说过，田园是陶渊明的“此岸理想”，桃花源则是他的“彼岸理想”。田园很容易被实际生活的艰难所摧毁，因此他要建造一个永恒宁静的世界。这个世界虽然宁静，却对现实世界具有一种批判性，批判改朝换代的历史，批判战乱不断的天地，批判刻意营造的规矩，批判所有违背自然的社会形态。但是，他又把这些批判完成得那么美丽，那么令人神往。

陶渊明所说的“田园”，也就是我们现在所说的“精神家园”，既是有形的，又是无形的。他本人早年为了家里的生计，做过几次小官，但只要能勉强过日子，他就辞职回家了。我们初一听，他家里有菊花，有东篱，又看得到南山，非常舒适，但应该明白，他必须自己耕种，就像嵇康抡起铁锤打铁一样，亲力亲为。

他的一百多首诗里面，有几十处提到老和死，是中国古代诗人当中提到老和死最多的，因此他也成了其中最具有生命意识的一个人。他的生命意识，不像先秦诸子那样空蹈，也不像屈原、嵇康那么奇丽，而是体现为一种平实、恳切的状态，与人人都能接通，因此变得特别浩大。

李白永远让人感到惊讶。我过了很久才发现一个秘密，那就是，我们对他的惊讶，恰恰来自他的惊讶，因此是一种惊讶的传递。他一生都在惊讶山水、惊讶人性、惊讶自己，这使他变得非常天真。正是这种惊讶的天真，或者说天真的惊讶，把大家深深感染了。

我们在他的诗里读到千古蜀道、九曲黄河、瀑布飞流时，还能读到他的眼神，几分惶恐，几分惊叹，几分不解，几分发呆。首先打动读者的，是这种眼神，而不是景物。然后随着他的眼神打量景物，才发现景物果然那么奇特。

李白给人的陌生感是整体性的。例如，他永远说不清楚自己的来处和去处，只让人相信，他一定来自谁也不知道的远处，一定会去谁也不知道的前方；他一定会看到谁也无法想象的景物，一定会产生谁也无法想象的笔墨……

他也写过“举头望明月，低头思故乡”这样可以让任何人产生亲切感的诗句，但紧接着就产生了一个严峻的问题：既然如此思乡，为什么永远地不回家乡？他在时间和空间上都拥有足够的自由，偶尔回乡并不是一件难事。但是，这位写下“中华第一思乡诗”的诗人执意要把自己放逐在异乡，甚至不让任何一个异乡真正亲切起来，稍有亲密就拔脚远行。原来，他的生命需要陌生，他的生命属于陌生。

为此，他如不系之舟，天天在追赶陌生，并在追赶中保持惊讶。但是，诗人毕竟与地理考察者不同，他要把陌生融入身心，把他乡拥入怀抱。帮助他完成这种精神转化的第一要素，是酒。“人分千里外，兴在一杯中”，“但使主人能醉客，不知何处是他乡”，都道出了此间玄机。帮助他完成这种精神转化的第二要素，那就是诗了。

杜甫一生几乎都在颠沛流离中度过，安史之乱之后的中国大地被他看了个够。他与李白很不一样。李白常常意气扬扬地佩剑求仙，一路有人接济；而杜甫则只能为了妻小温饱屈辱奔波，有的时候甚至像难民一样不知夜宿何处。但是，就在这种情况下，他创造了一种稀世的伟大。

那就是，他为苍生大地投注了极大的关爱和同情。再小的村落，再穷的家庭，再苦的场面，都逃不过他的眼睛。他静静观看，细细倾听，长长叹息，默默流泪。他无钱无力，很难给予具体帮助，能给的帮助就是这些眼泪和随之而来的笔墨。

一种被关注的苦难就已经不是最彻底的苦难，一种被描写的苦难更加不再是无望的泥潭。中国从来没有一个文人，像杜甫那样用那么多诗句告诉全社会苦难存在的方位和形态，以及苦难承受者的无辜和无奈。因此，杜甫成了中国文化史上最完整的“同情语法”的创建者。后来中国文人在面对民间疾苦时所产生的心理程序，至少有一半与他有关。

人是可塑的。一种特殊的语法能改变人们的思维，一种特殊的程序能塑造人们的人格。中国文化因为有了杜甫，所以增添了不少善的成分。

在我看来，这是一件真正的大事。

与这件大事相关的另一件大事是，杜甫的善，全部经由美来实现。这是很难做到的，但他做到了。在他笔下，再苦的事、再苦的景、再苦的人、再苦的心，都有美的成分。他尽力把它们挖掘出来，使美成为苦的背景，或者使苦成为美的映衬，甚至干脆把美和苦融为一体，难分难解。

人世对他，那么冷酷、那么吝啬、那么荒凉；而他对人世却完全相反，竟是那么热情、那么慷慨、那么丰美。这就是杜甫。

中国古代，一为文人，便无足观。文官之显赫，在官而不在文，他们作为文人的一面，在官场也是无足观的。但是事情又很怪异，当峨冠博带早已零落成泥之后，一杆竹管笔偶尔涂画的诗文，竟能镌刻山河，雕镂人心，永不漫漶。

文人的魔力，竟能把偌大一个世界的生僻角落，变成人人心中的故乡。他们褪色的青衫里，究竟藏着什么法术呢？

王维实在是温厚到了极点。对于这么一个阳关，他的笔底仍然不露凌厉惊骇之色，而只是缠绵淡雅地写道：“劝君更尽一杯酒，西出阳关无故人。”他瞟了一眼渭城客舍窗外青青的柳色，看了看友人已打点好的行囊，微笑着举起了酒壶。再来一杯吧，阳关之外，就找不到可以这样对饮畅谈的老朋友了。这杯酒，友人一定是毫不推却，一饮而尽的。

这便是唐人风范。他们多半不会洒泪悲叹，执袂劝阻。他们的目光放得很远，他们的人生道路铺展得很广。告别是经常的，步履是放达的。这种风范，在李白、高适、岑参那里，焕发得愈加豪迈。在南北各地的古代造像中，唐人造像一看便可识认，形体那么健美，目光那么平静，神采那么自信。在欧洲看蒙娜丽莎的微笑，你立即就能感受，这种恬然的自信只属于那些真正从中世纪的梦魇中苏醒、对前路挺有把握的艺术家。唐人造像中的微笑，只会更沉着、更安详。在欧洲，这些艺术家翻天覆地地闹腾了好一阵子，固执地要把微笑输送进历史的魂魄。谁都能计算，他们的事情发生在唐代之后多少年。而唐代，却没有把它的属于艺术家的自信延续久远。阳关的风雪，竟越见凄迷。

王维诗画皆称一绝，莱辛等西方哲人反复论述过的诗与画的界线，在他是可以随脚出入的。但是，长安的宫殿，只为艺术家们开了一个狭小的边门，允许他们以卑怯侍从的身份躬身而入，去制造一点娱乐。这里，不需要艺术闹出太大的局面，不需要对美有太深的寄托。

于是，九州的画风随之黯然。阳关，再也难于享用温醇的诗句。西出阳关的文人还是有的，只是大多成了谪官逐臣。

即便是土墩、石城，也受不住这么多叹息的吹拂，阳关坍弛了，坍弛在一个民族的精神疆域中。它终成废墟，终成荒原。身后，沙坟如潮；身前，寒峰如浪。谁也不能想象，这儿，一千多年之前，曾经验证过人生的壮美，艺术情怀的宏广。

王维像陶渊明一样，使世间一切华丽、嘈杂的文字无地自容。他们像明月一样安静，不想惊动谁，却实实在在地惊动了方圆一大片，这真可谓“月出惊山鸟”了。

与陶渊明的安静相比，王维的安静更有一点贵族气息、更有一点精致设计。他的高明，在于贵族得比平民还平民、设计得比自然还自然。

这儿的雪没有化，当然不会化。所谓古址，已经没有什么故迹，只有近处的烽火台还在，这就是刚才在下面看到的土墩。土墩已坍了大半，可以看见一层层泥沙，拌和着一层层苇草。苇草飘扬出来，在千年之后的寒风中抖动。

向前俯视，是西北的群山，都积着雪，直伸天际。我突然觉得自己是站在大海边的礁石上，那些山全是冰海冻浪。

这儿应该有几声胡笳和羌笛的，如壮汉啸吟，与自然混和，却夺人心魄。可惜它们后来都不再欢跃，成了兵士们心头的哀音。既然一个民族都不忍听闻，它们也就消失在朔风之中。

中国历史充斥着金戈铁马，但细细听去，也回荡着胡笳长笛。

只是，后一种声音太柔太轻，常常被人们遗忘。

遗忘了，历史就变得狞厉、粗糙。

历史上，很多君子都有监狱履历，例如司马迁之狱。

我又写到过嵇康之狱。这是一宗冤案，但嵇康入狱和赴死的过程，都表现得非常漂亮，已被历史永远铭记。那个时代，极其混乱，又极其美丽。嵇康之狱，既充分地展示了它的混乱，又精彩地展示了它的美丽。

我还写到过李白之狱和杜甫之狱。中国诗歌的这两个至高双星，都曾经在监狱里痛苦煎熬。李白是在参加平定“安史之乱”的壮举中不小心卷入了朝廷内部的矛盾，而他却浑然不知。因为是名人，被广大草民自然嫉恨，入狱后曾经发生过“世人皆欲杀”的可怕“舆情”。他侥幸出狱后，只活了四年。杜甫好一点，曾被叛军羁押在长安很久，后来冒险逃离，但不久又在朝廷纷争中蒙冤，与死狱擦肩。

令人钦佩的是，诗人的自由可以被剥夺，但无人能剥夺他们的创作权利。人人会背的“朝辞白帝彩云间”，就是李白在获赦脱狱后的第一时间写的。杜甫的“国破山河在，城春草木深”、“香雾云鬟湿，清辉玉臂寒”等顶级诗句，都写于被羁押之时。

我还心怀激动地写到过颜真卿之狱。这位大书法家是在七十四岁高龄时主动请命赴叛将之狱的，目的是想最后一次劝诫叛将。结果正如他自己早就预料的，被关押在一个庙里，两年后被缢死。

我说过，这是唐代历史上，也是整个中国历史上最值得敬仰的“文化老英雄”。

我对苏东坡之狱的记述，读过的人很多。这位特别可爱的诗人从逮捕、押解、半途自杀、狱中被打、狱卒同情、狱友诗记，直至他违心认罪，我都作过详细描写。但是，我最重视的，正是他面对这种种屈辱，明白了自己前半辈子投身官场功名的谬误。他脱胎换骨，孤独地与天地、历史、内心对话，终于成了百代伟人。这真可谓：一场灾祸，造就东坡。

当然，我也写到过文天祥之狱。他是改朝换代期间的重要政治人物，入得狱内，既有忽必烈劝狱，又有民间试图劫狱，一切都惊心动魄。但是，我看上的，是他作为一个末世高官的高尚文化人格。在他内心中，监狱，是成就仁义的最好平台。

总之，当我梳理完中国文脉，就看到浩荡脉络的顶峰英杰，很多都与铁窗风景有过往还。这真说得上巨笔同运，天命相连。

监狱的扩大形式，就是流放。一提到流放那就更多了，从屈原开始，联想到海南五公，联想到东北宁古塔……辽阔无垠的大监狱，困厄着不可计算的大人才。历史的魂魄似乎要在那里流逸不存了，却又在那里陶冶、游荡、扩散。

长途押解，犹如一路示众。可惜当时几乎没有什么传播媒介，沿途百姓不认识这就是苏东坡，贫瘠而愚昧的国土上，绳子捆扎着一个世界级的伟大诗人，一步步行进。苏东坡在示众，整个民族在丢人。

小人牵着大师，大师牵着历史。小人顺手把绳索重重一抖，于是大师和历史全都成了罪孽的化身。一部中国文化史，有很长时间一直把诸多文化大师捆押在被告席上，而法官和原告大多是一群挤眉弄眼的小人。

正是这种难言的孤独，使他彻底洗去了人生的喧闹，去寻找无言的山水，去寻找远逝的古人。在无法对话的地方寻找对话，于是对话也一定会变得异乎寻常。

像苏东坡这样的灵魂竟然寂静无声，那么，迟早会突然冒出一种宏大的奇迹，让这个世界大吃一惊。

然而，现在他即便写诗作文，也不会追求社会轰动了。他在寂寞中反省过去，觉得自己以前最大的毛病是才华外露、缺少自知之明。

他渐渐回归于清纯和空灵。在这一过程中，佛教帮了他大忙，使他习惯于淡泊和静定。艰苦的物质生活，又使他不得不亲自垦荒种地，体味着自然和生命的原始意味。

这一切，使苏东坡经历了一次整体意义上的脱胎换骨，也使他的艺术才情获得了一次蒸馏和升华。他，真正地成熟了——与古往今来许多大家一样，成熟于一场灾难之后，成熟于灭寂后的再生，成熟于穷乡僻壤，成熟于几乎没有人在他身边的时刻。

引导千古杰作的前奏已经鸣响，一道神秘的天光射向黄州，《念奴娇·赤壁怀古》和前、后《赤壁赋》马上就要产生。

范仲淹确实是写文章的好手，他用与洞庭湖波涛差不多的节奏，把写景的文势张扬得滚滚滔滔。游人仰头读完《岳阳楼记》的中堂，转过身来，眼前就会翻卷出两层浪涛，耳边的轰鸣也更加响亮。范仲淹趁势突进，猛地递出一句先忧后乐的哲言，让人们在气势的卷带中完全吞纳。

于是，浩渺的洞庭湖，一下子成了文人骚客胸襟的替身。人们对着它，想人生，思荣辱，知使命，游历一次，便是一次修身养性。

胸襟大了，洞庭湖小了。

中国文化中极其夺目的一个部位可称之为“贬官文化”。随之而来，许多文化遗迹也就是贬官行迹。贬官失了宠，摔了跤，孤零零的，悲剧意识也就爬上了心头；贬到了外头，这里走走，那里看看，只好与山水亲热。这一来，文章有了，诗词也有了，而且往往写得不坏。过了一个时候，或过了一个朝代，事过境迁，连朝廷也觉得此人不错，恢复名誉。于是，人品和文品双全，传之史册，诵之后人。他们亲热过的山水亭阁，也便成了遗迹。地因人传，人因地传，两相帮衬，俱著声名。

部分文人之所以能在流放的苦难中显现人性、创建文明，本源于他们内心的高贵。他们的外部身份和遭遇可以一变再变，但内心的高贵却未曾全然销蚀，这正像不管有的人如何追赶潮流或身居高位却总也掩盖不住内心的卑贱一样。

王国维先生实在无法把文化与清廷分割开来。在他的书架里，《古今图书集成》、《康熙字典》、《四库全书》、《红楼梦》、《桃花扇》、《长生殿》、乾嘉学派、纳兰性德都历历在目，每一本、每一页都无法分割。在他看来，在他身边陨灭的，不仅仅是一个政治意义上，而且更是一个文化意义上的古典时代。

他，只想留在古典时代。

我们记得，在康熙手下，汉族高层知识分子经过剧烈的心理挣扎已开始与朝廷建立文化认同，没有想到的是，当康熙的事业破败之后，文化认同还未消散。为此，宏才博学的王国维先生要以生命来祭奠它。他没有从心理挣扎中找到希望，死得可惜又死得必然。

知识分子总是不同寻常，他们总要在政治、军事的折腾之后表现出长久的文化韧性。文化变成了他们的生命，只有靠生命来拥抱文化了，别无他途。明末以后是这样，清末以后也是这样。

文化的极度脆弱和极度强大，都在王国维先生纵身投水的扑通声中呈现无遗。

王国维先生到颐和园这还是第一次，是从一个同事处借了五元钱才去的。颐和园门票六角，死后口袋中尚余四元四角。他去不了承德，也推不开山庄紧闭的大门。

今天，我面对着避暑山庄的清澈湖水，却不能不想起王国维先生的面容和身影。我轻轻地叹息一声：一个风云数百年的朝代，总是以一群强者英武的雄姿开头，而打下最后一个句点的，却常常是一些文质彬彬的凄怨灵魂。

戏剧：生命对生命的诱惑

戏剧就是生命对生命的诱惑。感人第一，诠释第二，要给表演留出很开阔的余地，将全部人的生命力融进演员的生命中，在舞台迸发出去，这样才能感染观众。

戏剧以剧场为归结，剧场以观众为归结。史雷格尔重视戏剧与剧场的关系，实际上就是重视戏剧家与观众的关系。他说，在各种艺术门类中，戏剧是最世俗化的一种艺术，“虽然它出自热烈的心灵深处，却不怕在社会生活的嘈杂喧嚣中把自己表现出来。剧作者必须比其他作者更博得人们的公开赞扬、高声喝彩”。因此，史雷格尔认为戏剧家首先要考虑观众、迎合观众，甚至包括一定程度的迁就。

人类的社会实践、社会生活和思想文化体系有着无可否认的延续性和共通性，这就为美的延续提供了社会依据。历史上前后贯通的社会命题成为美的内容并衍化出相应的形式，这样的美自然会被不同的时代所接受。戏剧美的延续，正是以此为根据。

具体的结构方式可以发展，但戏剧的长远生命力总得包藏于一个易于被后代接受的艺术形式中。任何审美对象一定要使后代审美者尽快地、轻而易举地进入审美过程，这是美的延续的一个重要条件。审美的生疏化的出现，就是美的朽逝的开始。

戏剧反映社会生活的广阔性和直观性超过其他许多艺术门类。因此，一方面，社会生活的演进和递变，使任何戏剧作品和戏剧家总是不可避免地带有自己的时代烙印；另一方面，社会生活本身的延续性又规定了戏剧的生命也具有跨代延续的可能。

和一切艺术现象一样，考察戏剧的美学生命的强弱有两支标尺：一是看它在地域上流传的广度，二是看它在历史上延续的长度。相比之下，一时流传的广度往往包含着较多的偶然性，不如历史的标尺严峻和稳定。而且，只要是带有必然性的流传广度，总会体现为延续的长度。因此，戏剧的美学生命，最终是作为历史过程呈现出来的。

美没有这样的自由，可以离却社会发展和历史承接的必然，随意地上伸下延。由此可知，发掘有永久性和普遍性的意蕴，对戏剧来说是必需的、可能的，又是艰难的。

有许多古代的艺术作品在今天已引不起广泛的审美感应，只作为一种美的遗迹留存于世；但留存至今的古代优秀戏剧却大多不是如此，它们的美学生命还远未凝结成化石，一旦把它们付诸舞台，依然美色耀眼、情致流泻。在历史的长途中，再优秀的剧作的美学生命力也受到过种种可怕的威胁和难堪的扭曲，但它们总像巨浪间一次次浮现的风帆，乱石下簇簇冒头的劲草，不以扭曲为自己生命的终结。

戏剧美在结构形式上也有速朽性的因素。在这方面，黑格尔也拉出一个伟大的艺术家作为反面例证，借以说明排除艺术形式上速朽性因素也是十分困难的。这个艺术家就是伟大的歌德。黑格尔举歌德的诗剧《葛兹·封·伯利兴根》为例，说明缺少概括力的平淡琐细的表现方式，是美在形式方面的速朽性因素。他认为一个戏剧作品应该既有不平常吸引力，又使观众感到亲切易解。太琐细会对目前的观众缺少吸引力，又会使今后的观众无法理解。相反，只有那种具有高度概括力的艺术方式，才能运载着艺术生命，从今天流传到未来。按传统的看法，这种艺术方式应该有比较紧张强烈的情节安排、比较完整晓畅的结构外形。紧张强烈为的是把后代许多对作品内容生疏淡然的观众拉入作品，因为艺术除了本身的吸引力外没有其他拉观众的办法；完整晓畅为的是易解，因为对于后代来说，一个完整的生疏事物远比一些生疏事物的碎片更容易接受，更容易理解。

戏剧美学生命的延续力，是社会实践的历史规定的，又是具体通过戏剧家的艺术处理获得的。这种艺术处理范围很广，办法很多，其中有两点尤其值得注意：一、排除戏剧艺术生命体上的速朽性因素；二、确定戏剧艺术生命体扎根的历史支点。一为减除损耗，二为保证养分，二者相辅相成。

速朽性因素，是美的延续的敌人。美的延续性，就其本身而言，就是对速朽性的克服和战胜。在戏剧创作领域，速朽的作品多得无可计数，原因多种多样，而其中具有理论阐述价值的，是一种经常出现、很难克服，甚至在伟大戏剧家的手下也一再显现的速朽性因素。黑格尔在《美学》中称之为历史的外在现象的个别定性。

戏剧的美学生命包含在作品中，但对审美过程来说，这种美学生命还必须移驻并存活于观众的心里。离开了观众，侈谈戏剧是没有多大意义的。

某一时代的戏剧作品要延续到另一个时代，就必须叩开那个时代千万观众心灵的门扉，被他们的审美心理结构所接纳。人们的心理结构是历史积淀的产物，因此从根本上说，广大观众总是有接纳以往时代一切具有真正美学生命的戏剧的可能的。但是，要让这种可能成为现实，要让这种接纳成为享受，仍然还有很大的选择余地。历代戏剧家往往除了探索戏剧的艺术规律之外，还自觉不自觉地研究观众的心理规律，试图能够驾驭剧场心理的不驯狂波，原因就在这里。剧场心理学，或称观众心理学，无疑是戏剧美学的重要组成部分。戏剧的成千技巧，说到底，总以观众心理为本原和归宿。悬念也好，制造幻境也好，虚实结合也好，都无非是以观众的心理为对象的。

这个问题的另一方面是，观众的审美心理结构不仅受到戏剧家和戏剧作品的窥测和迎合，也受到戏剧家和戏剧作品的矫正和开拓。特别是有着强健美学生命的剧作，总能有效地完成改造观众心理结构的任务。换言之，戏剧在观众心里不仅要寻找自身延续的条件，还要创造自身延续的条件。观众的审美心理结构和戏剧作品总是这样互相要求、互相塑造、互相制约着。关汉卿和王实甫在元代杂剧初盛之时不会不考虑如何更好地让自己的作品为广大观众接受，但同时，正是他们的剧作进一步塑造了中国观众的审美心理结构，使之成为能够充分欣赏戏剧之美的人，从而为以后汤显祖、孔尚任等人的剧作被接受创造了条件。当然，汤、孔的剧作又会对观众进行新的改造。如此循环往复，以至无穷，观众的心理积淀日益丰厚，人们对于戏剧的美学生命的创造和接纳能力也越来越强。因此，人类的戏剧前途和人类本身的前途一样，是大可乐观的。

植根历史土壤的艺术

历史是人们认识生活、把握生活的镜鉴，因此历史题材也自然而然地成了戏剧反映现实生活的基本职能的一种重要辅佐，历史剧有着任何现实题材的剧作所不可替代的历史教育意义；同时，历史剧又具有历史科学所不具备的社会价值，正如亚里士多德所说，它“比历史更富有哲学意味，更严肃”，更“带有普遍性”。

历史剧就其本质来说是一种艺术，而不是历史；现在，我们又进一步考察了历史剧对于历史事实的依存关系，至此，就可得出一个比较完整的概念了。如果要为历史剧下一个定义，那就是：历史剧是以历史事实为基础进行艺术创造的一种戏剧样式。

历史着眼于记录，艺术着眼于创造。历史剧也是剧作家的一种创造，只不过应该以历史事实作基础罢了；历史记载有详有略，有比较形象的，也有比较枯燥的，但艺术必须要求充分的具体性、形象性、生动性。显然我们不可能完全从历史记载中获得这一切；历史没有美学要求，艺术有美学要求。这种要求与作者的创造性劳动的思想主旨加在一起，就必须对历史事实进行突出、夸张、集中、删节、简略、掩盖、虚构。

历史的灵魂是单纯的，有着长久生命力的共同命题并不很多。不能让那些没有下伸力的命题强行下伸，也不能让那些没有回溯力的命题强行回溯。只有那些本身具有正常延续力的社会现象和社会思想才能为美的延续提供依据，使美的延续成为可能。

正是这种贯通古代和现代的共同社会命题，使这些历史剧既取信于历史，又连接于现实。这种命题，是延续着的美的一个组成部分，也是美在延续过程中依凭的缆索。非历史题材的剧作把握住了这种命题，也能使自己具备较大的历史穿透力，承受时间风浪的冲刷。总之我们是承认相对意义上的“永恒的主题”的，并且正视它对美的延续所起的特殊作用。

人们在鉴赏历史剧的时候常常会产生一种奇特的现象：对于有些大胆的，整段的虚构完全能接受，而对于有些细微的更动却十分敏感，颇多非议。后者的问题，恐怕就在于虚构了一些不该虚构的地方，跨越了历史所不允许冲破的限制；然而前者又从另一方面说明，这种限制毕竟是宽厚的，连再恣肆放达的虚构也能容纳。高明的作者能恪守其所禁，纵横其所许，取得游刃有余般的自由权。

我们写历史剧，套用黑格尔的话来说，无非是要撷取人类浩瀚的历史长河中那些有可能“属于我们的”事实，经过艺术创造，使之真正“属于我们”。没有太多现实目的地客观表现历史，就没有权利进入“我们的”文艺领域，因为一度存在过的事物未必与我们有关。

历史剧在进入具体的艺术创造之前，要做大量的历史材料的分析工作，与一般的文艺创作相比，在特定的创作阶段上逻辑思维占据更大的比例。当然，就整个创作过程来看，形象思维仍然是其基本的思维方式。

如果太多地拘泥于历史事实，反而影响了一出历史剧的艺术质量。戏剧大师莎士比亚的那些历史剧不失为世界戏剧史上的瑰宝，但如果要挑剔的话，与他的其他剧作相比，就可能有某些史实牵制了长久艺术魅力的疵点。

艺术要求新奇，历史剧展示了人们所不熟悉的古代生活，因此往往对人们有种特殊的吸引力，这是历史剧创作繁荣的原因之一，也是历史剧在艺术上的特殊便利之处。

但是，一种新奇而陌生的外在吸引力不能代替严肃的审美过程本身。现代题材的剧目在演出过程中，观众的自身感受可以直接地参与进去，补充和佐助戏剧效果的完满，但是，要使观众身临其境地深入到对自己来说十分陌生的生活情境中去，随着剧情发展进行实际的体察，获得真实的感受，那是历史剧的特殊困难。在这方面，有以下几点是需要注意的：

首先，在不违背历史本质真实的前提下，选材上要突出所表现的历史内容中那些易为现代观众了解的部分，舍弃那些非靠丰富的历史知识则无法接受的部分。

其次，在艺术手段上，要比一般现代题材的剧本更单纯、完整，更强烈地吸引观众，使他们对舞台上这个不熟悉的时代和世界保持自始至终的兴趣。所以，一般历史剧都应讲究情节的贯串性，在结构方式上较少运用“形象展览式”，较少运用散文化的表现方法。

最后，要真实地再现历史气氛。历史剧创作中一系列着眼于今天的艺术处理，如果没有合乎历史真实的舞台气氛作为根基，那就会犯“现代化”的毛病，损害剧本本身的历史严肃性，使观众感到受骗。这里所说的舞台气氛，除了剧本的精神实质要体现历史的本质真实外，同时还要由布景、道具、服装、化妆、表演动作、音乐效果以至整个舞台行动节奏等一系列艺术因素进行配合和保证，以求传达出一种真实而又典型的历史氛围来。

重要的是怎么写

写作从本质上说是人的素质。一个现代人必须有这种素质。虽说写作最终要落实在技巧上，但实际上是一种素质。我们教写作课，不仅仅是让学生会写各种各样的作品，而且要培养一种具有想对外部世界进行表述的欲望和能力。我们教学生，不是要他们做一种封闭式的人，而是要使他们具有非常希望，并善于向外部世界来表述自己的欲望和能力。这是一个人，一个现代人的非常重要的素质。我们的前一代人，如我们的祖母这一代人，他们的写作，许多人都停留在朋友之间写书信。这个社会非常小，即使这样，会写信的人与不会写信的人已经不一样了。首先他们愿意与朋友沟通，愿意得到别人的理解，愿意用善于表述自己的方式来完成这种沟通和理解。现在完全不同了。我们写作的对象完全改变了，写作方式也完全改变了。这就要求人们具有表现欲和表现能力。第一步要非常清晰地、非常合体地表述对象，更高的是表述得有魅力。

在现代文明的构建中，极重要的是阅读和写作。中国的写作课是绝对不能缺少的。如果我们国民素质当中缺少了这种书写者的形象，那么这个国家，这个发明了纸的国家，是极其悲哀的。我看，写作不能代替，它本身的方式可以不断改善、提高，但就它的本意而论，其工作性质是不可改变的。

在这个识字已经比较普及的时代，写作首先是练习一种与社会、与人沟通的方式，如果学会了很好的写作技能，实际上就学会了一种很好的与人沟通的方式，学会了一种和世界对话的方式——这是健康人生的重要开端。

无论从事何种职业，这份本领都是健康人生的重要开端，是对自己内在灵魂的挖掘方式、表述方式，一个不被挖掘、不被表述的灵魂是深刻不了、开阔不了的。不被表述的灵魂无法不断地获得重组。不断地表述实际上就是在不断地组建自己的灵魂。当你被一种很好的表述方式打动时，其实是语言背后的那个灵魂让你感到有魅力，而不是它的主语、谓语有魅力。要学会表述灵魂、挖掘灵魂，然后更好地与世界沟通、对话。

更深刻的人还会进入另一层次，视作文为思考者的起点。譬如你现在写作文，努力想说一些别人没有说过的话，你才感到痛快，感到满意，这就表明你已经开始进入思考层面了，你要创造这个世界上未曾有过的思想火花，你要点燃它。久而久之，当你有更多的知识之后，你就会成为一个很好的思考者。为了思考，你就需要有更多的素材作为你思考的原料。于是，你就成了一个观察者。

如果有一天，我们突然发现，投身再大的事业也不如把自己的人生当作一个事业，聆听再好的故事也不如把自己的人生当作一个故事，我们一定会动手动笔，做一点有意思的事情。不妨把这样的事情称之为“收藏人生的游戏”。让今天收藏昨天，让明天收藏今天，在一截一截的收藏中，原先的断片连成了长线，原先的水潭连成了大河，而大河，就不会再有腐臭和干涸的危险。

写作人考虑最多的往往是写什么，其实，写什么并不重要，重要的是怎么写。

只有在谈公事的时候，谈论的话题才至关重要。如果是朋友间的轻松交谈，那么谈什么都可以，天马行空，无拘无束，只求朋友们当天的神情和谈话的韵味。

文学显然不是谈公事，其原则近似朋友间的交谈。

对于多数写作者来说，好话题易得，好神情、好韵味难求。

为什么会这样呢？原因之一，长期养成寻找话题的习惯，不知神情和韵味为何物；原因之二，话题凭机智而得，而神情和韵味只能求诸人格，难得多了。

但是不要被“人格”二字吓退，谁的人格结构中都会有闪光点。我们一定有这样的记忆，哪怕是一二次：因自己的来到，朋友们的聚会热闹起来了。每个人都能爆发出魅力的火花，只怕像火柴一样，没有划在能起火的一面。

话题总会有，但爆不爆火花不决定于它。据说十九世纪的两位文学大师打赌，说只要有人说出一个故事的由头，他们就能快速地把这个故事衍伸成一部长篇小说的构架。我相信他们，因为有时几个朋友闲聊，顷刻间也能把一个像模像样的情节连缀出来。但这样连缀出来的情节毕竟还不是文学作品。那两位大师之所以成为大师，是他们在具体处理每一个故事的时候都有一种别人无法替代的神情韵味。故事可以被别人剽窃，但神情剽窃不去；话题可能被别人重复，但韵味重复不了。可见，不是故事和话题，而是神情和韵味，决定了谁是谁。

初学写作的人应该花更多的精力来检点自己的表达风格和语言情致，去掉那些与别人雷同的地方，不放过那些与自己的心理节奏不合拍的部位，记住那些曾经使别人和自己眼睛一亮的火花，细细琢磨，慢慢扩展，那要不了多久，自己的整体品位就能凸显出来。

读者没有义务要去兴致勃勃地读哪一位作家的作品。这一点，初学写作的人大多明白，但当他稍有名气，往往就迷惑了，以为自己有了一个稳定的读者群，自己的名字就是契约。真实情况并不是如此。

写作人自己也是读者，总该从自己的阅读心理上领悟：不存在永远忠实的读者，不存在那个想象中的契约。

那就是说，什么时候都没有理由自我放任、松松垮垮，让读者去听你的胡乱闲聊、重复唠叨。每一篇都是一个新开始，每一句都有一份新诚恳。曾国藩说，立身处世，在乎“敬、诚”二字，写作人也要每时每刻以敬、诚面对读者。不管以前的文章已经为你添加了多少声势，你也不可以仗势欺人；不管以前的文章已经为你集结了多少读者，你也不可以恃宠耍泼。

恭敬和诚恳极有感染力，人们从第一句话、第一个眼神就能领会，因此常常是一次美好交谈的起点。相反，没有恭敬和诚恳，即便滔滔言辞充满了机智、诙谐，即便人们也频频点头、畅怀欢笑，心底里总存着一层隔膜。

那么，请别匆忙提笔。先把写字台收拾干净，然后再收拾一下自己的心情。静静地坐一会儿，吐出残留的浊气，胸襟是空灵的，空灵中有一个又高又远的背景。在这个高远的背景下你再仔细搜寻一下，刚才想提笔的冲动还剩下多少。如果它还存在，那就是一个好兆头。

与这个行动相伴随，你一定有多种零碎的积累，有不少灵感的火花，有很多跳荡的佳句，但这一切都不能直接通向文章。正如罗曼·罗兰所说的，不要直接走进那个典仪，先在自己的房间里安静一阵。需要有这样一个收拾心情的时间，因为你面临的是一次隆重的交谈，交谈的召集人是你，交谈的主角也是你。

被你邀请的客人中，既有老友，又有很多陌生人。如果太随意，你又有什么资格邀请他们?

事实是，客人对我们的失望，常常超过对我们的惊喜。

哪怕写了一辈子，写到最后一篇文章，也不要企盼读者的信任惯性。写坏最后一篇文章是极有可能的事，到时候只能再一次领悟：我与读者未曾签约。

尊重读者，首先要吸引读者。

一生中有几本书不能吸引读者，这几本书等于白写；一本书中有几篇文章不能吸引读者，这几篇文章等于白写；一篇文章中有几句话不能吸引读者，这几句话等于白写。

完全不考虑吸引力而自命清高，也是一种人生态度，有时候还是一种值得仰望的人生态度。抱有这种人生态度的人可以做很多事情，就是不适合写文章。

当然我这里所说的文章只限于文学范畴，不包括学术论文。但是我作为一个也曾长期从事学术研究的人需要补充一句：即便是学术论文也应该具有起码的吸引力，只不过吸引的范围和方式不同罢了。

对读者的吸引力并不等于招惹读者。吸引力的内在依据是文章本身的张力。张力往往因问题而起，如果完全没有问题，没有追索问题、展示问题、阐释问题、解决问题的欲望，文章就没有开弓之力，那怎么射得出去呢?

问题是泛化的。对于剧本，问题常常呈现为危机和冲突；对于散文、诗歌、小说，问题常常呈现为困惑、麻烦、好奇、惊讶，呈现为某种答案不明的喜怒哀乐，某种针对庸常生活的离心趋向。全部这一切可能都是含而不露的，但只要存在，便有张力。

张力又因激情而增加。激情是作者对问题的态度，问题不管是含是露，都因激情而散发出热量。世上的问题数不胜数，能引起你激情的则很少，因此，所谓激情，是你生命的一种诚恳投入；所谓热量，也是你生命的热量。冰冷的文章是谈不到张力的，只不过，在某些高手笔下，热量蕴藏在冰冷的外表下，那反倒因为冷热反差而别具张力。

除了内在张力，文章的吸引力也要倚仗一些技巧性措施。悬念的布置、节奏的调节、抑扬的搭配，都应该讲究。也有少数老手，把这些讲究变成了本能性的习惯，不必多加考虑就处处妥帖，就像古代诗人，随口一吟便合乎平仄；又像表演大师，放松一演也步步见彩，于是有人总结说，最高的技巧是放弃技巧。但能达到这个水平的能有几人？在多数情况下还需多加锤炼。

除此之外，还需要心存一种检查机制，看看何处出现了厌倦性因素，一旦发现，立即清除。医生检查病人需要做心电图，我们在写作和修改的时候也等于在做心电图，既是文章的心电图，又是读者的心电图。心电图一旦出现平直线，就有死亡信息在觊觎，必须立即采取措施，把生命重新激活。我在修改文章时也常常把自己转换成一个医生，用尽量苛刻的目光检查每一个段落的“心电图”，看看有哪些平直线出现了，有哪些令读者厌倦的硬块需要剔除。可惜等到发表时，仍然会发现不少硬块还是从我眼皮底下逃过去了，真对不起读者。

文章由语言组成，文学的语言则由感觉组成。由小感觉组成大感觉，由具体感觉组成整体感觉。文学的世界，说到底是一个由语言营造感觉的世界。

科学和哲学把感觉提升、抽象到各自的高度，而文学则通过汰洗把感觉还给人间。

但是，很多写作人常常搞错，以为文学的感觉仅仅是自己的感觉。于是便在文章中把自己的感觉直接抒发出来：我愤恨，我兴奋，我惊讶，我叹息……这种情况用一句挖苦的话来说便是“自我感觉过于良好”。

其实，直抒感觉往往葬送感觉。

一个写作人一会儿产生这样的感觉，一会儿产生那样的感觉，与读者何关呢？感觉人人都有，为什么独独那些以写作为业的人的感觉，需要别人注意？

这是不公平的。

写作人要做的，是引发读者的感觉。他们真正的本事，是把许多互不相识的读者的感觉系统一一调动起来，使人人都感同身受。

那么，读者的感觉怎么才能引发出来呢？无数事实证明，首先通过耳目的直觉。先要让读者仿佛听到，仿佛看到，他们原本漠然的感知系统才能渐渐蠕动起来。

就像在生活中，你要向你的朋友讲一件事，如果事情比较复杂，你又想在复杂中说服对方，那么，最好不要急于把你的判断和情绪早早地端出来，而是应该平静地叙述事情的具体过程，描述当时的情景，连重要细节也不要放过。这些描述，正是要朋友产生仿佛听到、仿佛看到的感觉。可以想象，过不了多久，朋友就会跟着你的思路走了，而且他们是那样自愿，并不认为受了你的判断和情绪的左右。

写作中保持耳目直觉，就有可能使作品产生一种水灵灵、毛茸茸的质感，这也就保持了文学的基元性优势。文学最怕风干，最怕提炼成化学物质。对此，十九世纪俄罗斯文学评论家别林斯基曾用一个最简单的句子告诫作家：糖精不是糖。

对很多写作人来说，撕破感觉层面而生硬跳出来的，常常不是理念，而是感情。因为跳出来的理念有明显的强加于人的嫌疑，写作人容易避开；而感情则显现出一种真诚，也容易伸发出文采，很难引起写作人的警惕。

但是，必须警惕感情。

与耳目直觉相比，读者的感情激发要艰难得多，吝啬得多。请看，街边偶尔会有一些乞讨人在叙述自己的不幸，路人听到了，也看到了，但又有几个人会与乞讨人产生真正的情感共鸣，包括大量的善良人？

人类的情感世界是一个深不可测的迷宫，其中有许多防卫装置，要进入其中，障碍重重。

记得欧洲有一位文艺心理学家说过，如果作家一开始就把感情的水盆泼向读者，读者的心理立即会产生感情抵拒。

写作人处置情感的基本要诀，是收敛和从容。因为我们所需要的是读者感情的自愿投入，只有收敛，才能给读者以空间；只有从容，才能给读者以信任。挖好了沟渠，读者的感情洪流迟早会流泻过来，如果一味是自己滚滚滔滔，哪里还有读者流泻的余地？

让我们仍然回到读者本位。在我们的阅读经验中，什么让我们感到厌倦？答曰枯燥；那么，什么让我们感到腻烦？答曰滥情。

毫无疑问，腻烦比厌倦更不能忍受。

有些写作人委屈地说："我抒发的是我心底的真情，难道连真情也不能打动读者？"

美国女学者苏珊·朗格由此提出了一个界限，认为在文学艺术创作中必须区分个别感情和整体感情，她所说的整体感情倒也不是指什么民族感情、社区感情，而是指个人感情中具有人类价值的那部分，这种感情潜藏在人人心底，一被弹拨，都能感应。

写作人要想打动很多人的心，必然离不开常情。苏珊·朗格所说的普遍感情，在很大程度上接近于中国人所说的常情。

人类的基本感情不能创造。因为正是这种基本感情，为读者提供了理解和感应的最终可能。失去了这种最终可能，一切构思如沙上筑塔；而具备了这种最终可能，任何奇想异设都成立。

听老师的，还是听老舍的？

记得我上初中时在书店里看到老舍先生写给青年作家的一封信，他说，写文章有两个秘诀：一是尽量不用成语，二是尽量少用形容词。我当时一看如醍醐灌顶，因为这种说法与我们老师的说法截然相反。那天回家的路上，我心里一直在两个“老”字间挣扎：听“老师”的，还是听“老舍”的？最后我做了正确的选择，听老舍的。

我当时想，成语是中国语文中的财富，为什么老舍主张“尽量不用”呢？后来看书多了渐渐明白，成语是递给一般表述者做一般表述时的拐杖，在高水准的文学表述者看来反而会成为“类型化”的障碍。例如，哪里会有一个真心的作家在描写时间过程时会偷懒地去用“光阴似箭”、“日月如梭”、“白驹过隙”之类的成语呢？除非是黑色幽默。无论是成语还是定型的形容词，都是经过太多人手的“语言硬块”，如果作家们不想放弃由自己直接来描写对象的权利和责任，就不会频频沿用。

文学的亮点在于沉淀着文化感受的灵气闪耀，这与学术和学者并不一定有必然联系。作家有点学问当然是好事，可以强化文化感受，但未必非要成为学者不可。我倒是觉得，在中国历史上，艺术文化常常受到学术知识的吞食，艺术人格被挤压得萎靡不振，端方整肃的饱学之士长久地蔑视着狂放不羁、灵气勃发的艺术天才。直到今天，许多搞艺术理论和艺术文化史的学者常常缺乏基本的艺术感受，旁征博引的艺术论文背后藏着一个非艺术的内核。因此，人们同样有理由批评这些艺术学者的“非艺术化”倾向。

当他们认为没有进过牛津、剑桥的门就不可能成为莎士比亚，我就肯定他们不懂得艺术创作；当他们永远只着眼于莎士比亚在知识领域的涉猎，完全无视他在美的领域的构建，我就肯定他们不懂得艺术创作；当他们想象不到一个处于创造过程中的天才人物有无限的生命潜力，一个灵感勃发的智者可以从自己有限的生活经历中领悟辽阔的时空，我就肯定他们不懂得艺术创作。

不懂艺术创作也不是什么大问题，世界上有很多别的事情可做，然而他们偏偏要来研究莎士比亚，而且对他的存在状态进行根本否定，那就不能不质疑他们的资格了。

至于在现在这样一个科技高速发展的时代，文学是不是要摆脱世俗生活，我看不完全。文化很重要的一点是追求精神的感性沟通，而这不能摆脱我们的世俗图像。如果完全摆脱我们生活当中的实际状态，只去作一些非常抽象的思考，那和文学的感性走向又有冲突了，因为文学毕竟不是形而上的存在，它无法离开感性。这个感性有很大一部分就和我们的世俗生活有关，和我们的脚印有关。文学家都会遇到一个困难：既要求精神层面能够满足自己，打动读者，构成社会精神上的制高点；同时又不能离开社会给予的很多感性图像。在这两者当中不断地摸索，不断地协调，不断地寻找它们的中介，可能是一切从事文学的人所要做的事情。

我的创作坚持一种自己确认的美学方式，那就是：为生命哲学披上通俗情节的外衣；为颠覆历史设计貌似历史的游戏。

我所心仪的瑞士已故作家迪伦马特创建过一种“非历史的历史剧”，我在他的模式上再加一个：“非通俗的通俗剧”。

这是用艺术的手段，实行对哲学和历史的“解构”。但到最后也就完成了自己，而不再仅仅是手段。

我对这种艺术追求非常着迷，只想一以贯之，不想频频转换。

很早就有几位资深的评论家指出，我似乎对中国古代那种险峻的“边缘视角”很感兴趣，例如《白蛇传》中人与非人的边缘视角，《女驸马》中女性和男性的边缘视角，《红楼梦》中天真和彻悟的边缘视角，等等。他们的判断是对的。在我看来，边缘视角也是一种互仰、互妒、互持、互生的视角，在写作中具有无可置疑的深度。我为中国文化所具有的这种潜在素质而深感安慰。

应该是从《秋千架》开始，我的这种追求就聚焦于性别边缘的视角上了，一连写了好几部顺向延伸的剧本。因为这个视角比其他几个视角更温和、更普遍，所以也可以更现代。

我实心实意地在游山玩水，又情不自禁地感悟到了它们各自的文化蕴含。故意借山水去做文章，就太亏待这些山水了。我对自然始终有一种朝拜式的虔诚，不赞成为了某个意念把它们随手搓捏。《文化苦旅》中也有搓捏感的地方，那是我的败笔。我的基本路子是，让自然山水直挺挺地站着，然后把自己贴附上去，于是，我身上的文化感受逗引出它们身上的文化蕴含。我觉得中国漫长的历史使它的山水都成了修炼久远的精灵，在它们的怀抱中，文化反思变成了一种感性体验。

荣格说，文化要求着许多社会命题变成人格结构。中国的文化人格史，主要散落在大量的典籍间，但更深刻地沉淀在古人的活动环境中，沉淀在今人身上。因此，一旦今人与古人的活动环境相遇合，反思意识就被自然地撞击出来了。这种撞击，就具有很大的感性体验性质。有了感性体验，就有了写散文的冲动和可能。

这种文化游记的成败关键，在于是否把作者自己的文化人格与山水互相厮磨。“人气”不重的游记，罗列文化知识再多，也很难出色。个人与山水周旋，实质上也就是现代人与曾到过此地的先辈们周旋，从而产生人格比照。这样，山水便真正热闹起来了，文章也有了生气、变得大气。这是我的向往。

灵感的产生需要气场，文章中的气场就是情景。

情景是一个场面，这个场面切切实实，可触可摸，使读者如临其境，如见其人，如闻其声。这个场面是人物关系的大集中，只要写清各自的方位便可省去大量叙述笔墨。这个场面因与环境交相辉映而洋溢着一种浓郁的诗化气氛，作家的心理气氛只要通过这种场面气氛就能直接灌注到读者的心中。

这个场面的最大优势是终于结束了你与读者单相对话的状态，把读者投入了一个多重感觉的包围圈，或者说，他们已经从一个接受者变成了参与者。他们有可能把你忘记或搁在一边，由自己在包围圈中感受、判断、激动。

在我的文章中，自认为那些不错的句子都是一字一句认真苦磨出来的，但奇怪的是，其中最令我满意的文笔却并非如此。往往是，熬了很久，苦了很久，头脑已经有些迷糊，心志已经有些木然，杯中的茶水又凉又淡，清晰的逻辑已飘忽窗外，突然，笔下来了一些句子，毫无自信又不能阻止，字迹潦草地任其流泻，写完也不会细加琢磨，想去改动又没有了心绪，谁知第二天醒来一看，上上下下都不如这段精彩。

这种情况多次反复出现之后我终于学会了等待。等待不是不写，仍然一字一句认真推敲，但心底明白，再推敲也推敲不出那样的段落，全部推敲只是等待，等待着那个时刻的出现。

人们习惯把这样的情形说成是灵感。也想不出其他更确切的词汇来了，就说是灵感吧。依我看，灵感是生命的突然喷发，生命大于理智，因此在喷发的当口上，理智已退在一边。

很多人的灵感产生在写作的起点上，好像是走在路上，或坐在车上，突然灵感来访，有了一个精妙的构思，便赶紧回家，快快提笔。我的情况不是这样。我的灵感大多产生在写作过程之中，而开始为什么写这篇文章，则不是由灵感引发，往往是理智的推动。

其实，理智也许已经为灵感埋下了伏笔，因为理智的选择首先考虑到了我写这篇文章的可能。我的人格结构，我的生命方式，我的知识储备，我的情感流向，理智都是知道的，它把这一切都体现在对某项写作计划的决断之中了。这就为我的生命和文章的亲切遇合提供了一条通道。只要沿着这条通道往前走，总会走到两情相悦、不分彼此的境地。

废弃的文章中也不乏巧思，但巧思只是触动了我的一点聪明，并未触动我的生命。不废弃这样的文章，便扭曲了自己的生命。一次次的扭曲加在一起，就是生命的糟践。我何必花那样大的辛苦，去描绘一个非我之我？

散文什么都可以写，但最高境界一定与历史有关。这是因为，历史本身太像散文了，不能不使真正的散文家怦然心动。

历史没有韵脚，没有虚构，没有开头和结尾；但是历史有气象，有情节，有收纵，有因果，有大量需要边走边叹、夹叙夹议的自由空间，有无数不必刻意串络却总在四处闪烁的明亮碎片，这不是散文是什么？而且也只能是散文，不是话本，不是传奇，不是策论，不是杂剧。

“历史情怀”这个命题十分诱人，它不仅让人享受学问，而且享受辽阔的时间和空间，享受博大无边的关爱之心。文学，不管是不是历史题材，都可与历史情怀相联系。即便是现代题材，如果有了历史情怀，都会有一种幽远深邃的内涵。例如鲁迅、沈从文、张爱玲、白先勇的小说便是。他们写绍兴、写湘西、写上海、写台北，写的都是现代，为什么与其他大量的现代作家如此不一样？主要不在于故事编织、人物刻画和语言功力，而在于不露痕迹地隐藏着一种历史情怀。在悠久遗产的长期浸润中所产生的有关生命方式和命运沧桑的感悟，使他们的笔端有一种超常的力度和高贵。

文学的历史情怀，是作家自身生命与历史的对晤。他要寻找自己与浩瀚历史长河的关系，因此不得不在历史中寻找合乎自身生命结构的底蕴，寻找那些与自己有缘的灵魂。这种寻找可以是精细的，也可以是鲁莽的，却都带有情感。一旦寻找到，还需要长久地逼视、追索，并与之默默对话，最后就产生一种责任和关爱，情感越来越深，襟怀越来越阔，一旦有机会诉诸文字，则必然将历史和生命混同一体。他因为历史而博大，历史因他而鲜活，反映在文学上，古希腊时所划分的抒情体与史诗的界限渐渐软化，个体抒情和整体史诗很难区分。

这个问题，也是我这些年写作散文以来经常被读者问到的。有的读者错以为我是在精细地钻研历史，有的读者则错以为我是在潇洒地把玩历史，他们的错就错在没有为历史情怀留出地位。我没有必要在文学中那么端肃，更没有可能在历史中那么放肆，只是想用一种特殊的文体让自己的生命与历史有较深较长的对晤，只是想用一种真挚的情怀让遥远的故事与今天的众生有或多或少的互补。

我很难就这个问题谈治学经验和构思技巧，而只能奉献一种对晤的心态，这种心态说起来十分平常，那就是宁静。

这里所说的宁静，当然不是指写作环境，而是指人的心境。心境也不是静三天五天、半年一年，而是长久、持续的宁静。写作的朋友们一般都懂得环境安静的重要，写作时往往闭门谢客，甚至躲到乡间别墅、海滨小岛，这当然是愉快的，但就宁静而言，这些只是皮相之举。因为环境的安静只不过阻挡了外来的噪声，而真正能严重干扰我们的噪声却来自我们自己的内心。如果身处阒寂之境而心底喧闹，真不如身处闹市而身心俱定。

一位欧洲作家曾说，从一个热闹的聚会通向作品，中间必须有一个只属于作家个人静思默想的单间，在这个单间逗留多久，决定这个作品的质量。他指的是现实题材的作品，对于历史题材的作品来说，热闹的聚会本身早已消逝，若要出现也只在想象之中，而想象就只能在宁静中完成。因此，涉笔历史更需要从单间到单间，从宁静到宁静。

我不是天才，因此我的灵感并不呈现为波澜壮阔的状态，而只是片断闪光。我的灵感也不能巍然自立，而只能依存于叙述对象和叙述过程之中。当我越来越深地体验着叙述对象和叙述过程，不知不觉之中已把自己融入其间，然后才有生命潜藏的唤醒。

创作也有艰苦性，但这是一种在文思阻塞时长久期待的艰辛，而不是“写不出硬写”式的拼搏。在创作的实际过程中，永远需要进退自如、左右逢源、纵横捭阖的心态。不要执持太甚，不要胶着太久，不要钻之过深，不要爬剔过细。总而言之，要从容不迫地把握住自己心灵的音量，调停有度地发挥好自己的创造力。

苦思只是某种准备，准备得再好也可能不来，准备草率倒可能来了，这里不存在直接的因果关系。就像深山寻瀑，并不是走的路越多，找到的可能就越大。写作中的灵感产生于埋伏在心中的莫名意念：我是获悉此山有瀑布的消息才进山的，我听得到瀑布最依稀的轰鸣，也感觉得到它从远处飘洒过来的水汽，我与瀑布有约，瀑布在那里等我。

有时走得精疲力竭也未能找到，那就是走错了路，找错了山，干脆离去。世上有瀑布的山多的是，它们都在那里等我。

我无法不老，但我还有可能年轻。我不敢对我们过于庞大的文化有什么祝祈，却希望自己笔下的文字能有一种苦涩后的回味，焦灼后的会心，冥思后的放松，苍老后的年轻。

我的写作，就像我向拥挤的人群递过去一个笑容。

接受我笑容的只有几个路人，引起反应的更少，但他们因我的笑容而增添了一点喜悦，也对别人露出了笑容。

笑容传递下去，其中有些人，养成了向路人微笑的习惯。

当然，笑容的比喻过于单纯，还可增加一些表情。例如，传递给世间的是一份端庄，一份从容，一份忧虑，一份急切……

总之，传递出人之为人的正常表情，把世间的不良表情挤到角落。

我的文章和我的名字都不想传世。

我只想我的某些文句滋润某些人的心田，而这些人因此所产生的点滴情思，淡淡地影响了周围。周围，又有丝丝缕缕的传递，既不强大又不纯粹，却留下了不断的印痕，延绵远方。

没有人记得，这些印痕与谁的文章和谁的名字有关。

赏　析

神话：集体人格的故乡

中国人的集体人格也是有“故乡”的。那“故乡”，首先是神话，例如“女娲补天”、“精卫填海”、“夸父追日”、“嫦娥奔月”，等等。每一个中国人的灵魂深处，都埋藏着这些遥远的“故乡”。当然，神话只是起点，“集体人格”的原型建立，是一个复杂的人类学工程。对于一般人来说，只须明白，文化的最后一级台阶，就是为灵魂找到故乡，或者说，找到有故乡的灵魂。

作为中华文明的子民有这样一种奢侈感：从不同的记忆起点出发，中华文明都会延续到我们脚下。能够讲这句话的民族，在当今世界已经不多了。

可以把神话作为记忆的起点。神话在某种意义上就是为后世记忆而产生的。如果给“神话”这个词更多的诗化定位，那么，那些主干性的神话故事就是西方的文化人类学家所说的“原型”，它们作为“集体无意识”的审美形态，已经成为我们记忆的基础，已经融入我们的血液、渗入我们的文化 DNA。

按照文化人类学的观念，传说和神话虽然虚无缥缈，却对一个民族非常重要，甚至可以成为一种历久不衰的“文化基因”。这在中华民族身上尤其明显，谁都知道，有关黄帝、炎帝、蚩尤的传说，决定了我们的身份；有关补天、填海、追日、奔月的传说，则决定了我们的气质。这两种传说，就文化而言，更重要的是后一种神话传说，因为它们为一个庞大的人种提供了鸿蒙的诗意。即便是离得最近的《诗经》，也在平实的麦香气中熔铸着伟大和奇丽。

传说和神话为什么常常受到历史学家的鄙视？因为它们不在乎时间和空间的具体限定，又许诺了夸张和想象的充分自由。但是，超越这些限定、享有这些自由的，极有可能是人类的信念、理想和祈愿，这就远比历史学重要了。历史学作为世间千万学科中的一门，并没有凌驾全部精神领域的权力。

按照文化人类学的眼光，传说中包含着一种属于集体心理的真实。集体心理不仅是一种真实，而且往往比历史真实更重要。这就像晚霞给人的凄艳感受、修竹给人的风雅印象，长年累月也成了一种真实，甚至比它们在天象学和植物学上的真实更有意义。

在所有这类传说中，神话更具有根本性的“原型”价值。

在远古时代，神话是祖先们对于所见所闻和内心愿望的天真组建。这种组建的数量很大，其中如果有几种长期流传，那就证明它们契合了一个民族数代人的共同愿望。这就是我们所说的“原型”，铸就了整个民族的性格。

中国古代的神话，我将之分为两大系列：一是宏伟创世型，二是悲壮牺牲型。

盘古开天、女娲补天、羿射九日，都属于宏伟创世型；而精卫填海、夸父追日、嫦娥奔月，则属于悲壮牺牲型。这中间，女娲补天、精卫填海、夸父追日、嫦娥奔月这四则神话，具有很高的审美价值，足以和世界上其他古文明中最优秀的神话媲美。

四则神话的主角，三个是女性，一个是男性。他们让世代感动的是躲藏在故事背后的人格。这种人格，已成为华夏文明的集体人格。

世道经常会走到崩溃的边缘，很多人会逃奔、诅咒、互伤，但总有人会像女娲那样站起来，伸手把天托住，并炼就五色石料，进行细心修补。要知道，让已经濒于崩溃的世道快速灭绝是痛快的，而要炼石修补则难上加难。但在华夏土地上，请相信，一定会有这样的人站出来。

文明的规则，并不是一旦创建就会永享太平，也不是一旦破裂就会全盘散架。天下是补出来的，世道也是补出来的。最好的救世者也就是最好的修补匠。

后代很多子孙，要么谋求改朝换代，要么试图造反夺权，虽然也有自己的理由，却常常把那些明明可以弥补、改良的天地砸得粉碎，一次次让社会支付惨重的代价。结果，人们看到，许多号称开天辟地的济世英雄，很可能是骚扰民生的破坏力量。他们为了要让自己的破坏变得合理，总是竭力否定被破坏对象，甚至彻底批判试图补天的人物。久而久之，中国就普及了一种破坏哲学，或曰颠覆哲学。

面对这种情况，补天，也就变得更为艰难，又更为迫切。

但是，我说过，在华夏土地上，补天是基本逻辑。

填海是华夏文明的又一种主干精神。精卫的行为起点是复仇，但是复仇的动机太自我，支撑不了一个宏伟的计划。终于，全然转化成了为人间消灾的高尚动机，使宏伟有了对应。

更重要的是，这是一个在有生之年看不到最终成果的行动。神话的中心形象是小鸟衔石填海，以日日夜夜的点点滴滴，挑战着无法想象的浩瀚和辽阔。一开始，人们或许会讥笑这种行为的无效和可笑，但总会在某一天突然醒悟：在这样可歌可泣的生命力盛典中，最终成果还重要吗？而且，什么叫最终成果？

海内外有不少学者十分强调华夏文明的实用性原则，我并不完全同意。大量事实证明，华夏文明更重视那种非科学、非实用的道义原则和意志原则。精卫填海的神话就是一个雄辩的例证。由此，还派生出了“滴水能穿石”、“铁杵磨成针”等相似话语。这几乎成了中国民间的信仰：集合细小，集合时间，不计功利，终能成事。

如果说类似于补天救世的大事不容易经常遇到，那么，类似于衔石填海这样的傻事则可能天天发生。把这两种精神加在一起，大概就是华夏文明能够在世界所有古文明中唯一没有中断和灭亡的原因。

一个强壮的男子因好奇而自设了一个使命：追赶太阳。这本是一个近乎疯狂的行为，却因为反映了中国人与太阳的关系而别具深意。

在“天人合一”的华夏文明中，太阳和男子是平等的，因此在男子心中不存在强烈的敬畏。在流传下来的早期民谣中，我们不难发现与自然物对话、对峙、对抗的声音。这便是中国式的“人本精神”。

这位叫夸父的男子追日，是一场艰苦和兴奋的博弈。即便为这场博弈而付出生命代价，他也毫不在乎。追赶就是一切，追赶天地日月的神奇，追赶自己心中的疑问，追赶自身力量的底线。最后，他变作了一片桃林。

我想，不应该给这个神话染上太重的悲壮色彩。想想这位男子吧，追不着的太阳永在前方，扑不灭的自信永在心中，因此，走不完的道路永在脚下。在这个过程中，天人之间构成了一种喜剧性、游戏性的互诱关系。这个过程证明，“天人合一”未必是真正的合一，更多的是互相呼应，而且很有可能永远也不能直接交集。以此类推，世间很多被视为“合一”的两方，其实都是一种永久的追逐。

奔月是一个柔雅女子因好奇而投入的远行，远行的目标在天上，在月宫。这毕竟太远，因此这次远行也就是诀别，而且是与人间的诀别。

有趣的是，所有的人都可以抬头观月，随之也可以凭着想象欣赏这次远行。欣赏中有移情，有揣摩，有思念，让这次远行有了一个既深邃又亲切的心理背景。“嫦娥应悔偷灵药，碧海青天夜夜心。”这“夜夜心”，是嫦娥的，也是万民的。于是这则神话就把蓝天之美、月亮之美、女性之美、柔情之美、诀别之美、飞升之美、想象之美、思念之美、意境之美全都加在一起了，构成了一个只能属于华夏文明的“无限重叠型美学范式”。

这个美学范式的终点是孤凄。但是，这是一种被万众共仰的孤凄，一种年年月月都要被世人传诵的孤凄，因此也不再是真正的孤凄。

那就是说，在中国，万众的眼、世人的嘴，能把最个人的行为变成群体行为，甚至把最隐秘的夜半出逃变成众目睽睽下的公开行程。

想到这里我哑然失笑，觉得古代很多号称隐逸的文人大概是在羡慕嫦娥所取得的这种逆反效果，他们追求孤凄，其实在追求别人的仰望和传诵。因此在中国，纯粹的孤凄美和个体美是不多的。

这一则奔月神话还典型地展现了华夏文明的诗化风格。相比之下，其他文明所产生的神话往往更具有故事性，因此也更小说化。它们也会有诗意，却总是立即被太多的情节所填塞，诗意也就渐渐淡去。

请看，奔月，再加上前面说到的补天、填海、追日，仅仅这几个词汇，就洋溢着最鸿蒙、最壮阔的诗意。而且，这种诗意是那么充满动感，足以让每一个男子和女子都产生一种高贵的行为欲望，连身体手足都会兴奋起来。

这是最苍老又最不会衰老的诗意，已经植入每一个中国人身上。

最初的审美信号

如果说中国人心中的历史审美图像系列有一个奠基处，那就是商代。有时在国外看到人们总喜欢用戏剧脸谱代表中国人的审美图像，我心里很着急，尽管我是戏剧研究者，但总觉得应该大大往前。商朝所留下的鼎、玉器和甲骨文的魅力，给中国艺术奠定了最初的审美信号。

商代的青铜器单就其形体和比例就会让后代许许多多的艺术设计师汗颜。

透过青铜器的线条，我们知道这是一个不拘小节的群体；透过青铜器的比例，我们知道这是一个一切都要求安顿得恰到好处的社会结构。只有在这种群体心理沉淀中，青铜器才会那么得体，那么大气，那么精美。

在二十世纪，重见天日的商代文明给我们送来的最珍贵的礼物是什么？当然不是当时的科技、经济、政治。这些即使再杰出，也早已被超越。永远无法被超越，而且永远具有当下价值的，是经过时代筛选后的美学成果。这就是美的独特力量。我想谁也不会否认：商代青铜器和玉器的结构、形式、图案，显示了一个伟大民族的审美开端。乍一看，我们可以模仿、复制它们，甚至很逼真，但仔细一想，那是我们几千年前的祖先的原创，那么奇幻，又那么单纯。在想象力和天真性上完全无法模仿和复制。这不能不让我们在自豪之余产生惶恐。

这里特别需要给大家引入一个符号——饕餮纹。这个符号在中国美学史上是一个非常重要的概念。青铜器里大量已经成为模式的图案，是由一种凶猛、贪婪的野兽头部提炼出来的。当它被提炼出来之后还保持着线条的威猛、狰狞，但已经变成图案了，成为当时文化共性的基本图像。

饕餮纹后来慢慢地离开凶猛、贪婪的原始形态，变得越来越抽象，但线条的力度始终保存，这有点惊人。它的不再贪婪、不再凶猛，按照美学上的说法就叫“积淀”了，内容积淀成形式。我们习惯讲“内容决定形式”，其实在这个意义上形式的价值可能会更高，因为它对于复杂的内容有一种收纳能力。饕餮纹积淀了一个残酷而艰难的血与火的时代。饕餮纹使商代由伟大走向美丽，并用一种形式保存住了伟大和美丽。

除了饕餮纹，我们还要说一说甲骨文里展现的另一种审美形式，那就是书法。甲骨文不是最原始的文字，是文字比较成熟的形态。像半坡文化遗址和红山文化遗址里的一些象形符号，比甲骨文古老很多。对比一看就能发现，甲骨文已经进行过长时间的提炼了。

甲骨文里的象形文字与埃及卢克索太阳神庙廊柱上的象形文字区别很大。甲骨文的象形文字，是高度进化了的象形文字。它摆脱了埃及早期象形文字那样对自然物种的直接描摹功能，而是全部线条化了。线条又经过简化、净化，变成一种具有抽象度的通用符号。但是，文字除了实用意义之外还有审美意义，就是要求每一个字拿出来都好看。这个时候，早期的书法家出现了。这是除了饕餮纹外，商代审美的第二重点，也是中国书法艺术的起点。

商代的第三个美学贡献，是“美”的概念的正式确立。在甲骨文里，第一次出现了“美”字。从象形的角度解释，我们古人比较讲究物质，羊大了就觉得美，但是许慎作了补充，这个“美”字里面包含着“甘”字的含义。这就由物态上升到味态，由体量上升到风味了。现在一些学者，包括我的朋友萧兵先生提出“美”字的组合不是“羊”、“大”，而是“羊”、“人”。那就是“羊人为美”，即羊和人连在一起为美，这个意义就很不一样了，进入到了文化人类学的范畴。古希腊有羊人剧，古人最早进行表演的时候往往模仿动物的形象，羊是人最喜欢模仿的一种对象。所以在中国文字里，这个“美”字，一定也是和当时舞蹈联系在一起的。这个舞者，在当时就是巫。如果看看和商代同时代的三星堆遗址，就可以知道古人的舞蹈是怎么回事，知道把模仿动物的人形作为美是多么自然。

商代完整地创造了“美”字，而且不久之后，中国的智者就把它和“善”分开来讨论了，叫尽善尽美。“美”字有了一种独立的观照，这就了不得。加上前面讲到的饕餮纹和甲骨文书法，商代在审美意义上已经开拓得比较完整。

商代的文化记忆之所以重要，在于它提供了诸子百家思考的资源。而且，其中有一些资源一直没有中断。正是商代这些基本资源的延续性，决定了诸子百家学说的可理解性。

终于听到声音了，那是《诗经》。

《诗经》使中国文学从一开始就充满了稻麦香和虫鸟声。这种香气和声音，将散布久远，至今还能闻到、听到。

《诗经》中，有祭祀，有抱怨，有牢骚，但最主要、最拿手的，是在世俗生活中抒情。其中抒得最出色的，是爱情。这种爱情那么“无邪”，既大胆又羞怯，既温柔又敦厚，足以陶冶风尚。

在艺术上，那些充满力度又不失典雅的四字句，一句句排下来，成了中国文学起跑点的砖砌路基。那些叠章反复，让人立即想到，这不仅仅是文学，还是音乐，还是舞蹈。一切动作感涨满其间，却又毫不鲁莽，优雅地引发乡间村乐，咏之于江边白露，舞之于月下乔木。终于由时间定格，凝为经典。

没有巴比伦的残忍，没有卢克索的神威，没有恒河畔的玄幻。《诗经》展示了黄河流域的平和、安详、寻常、世俗，以及有节制的谴责和愉悦。

于是，我们看到了，背靠着一大批神话传说，刻写着一行行甲骨文、金文，吟唱着一首首《诗经》，中国文化隆重上路。

其实，这也就是以孔子、老子为代表的先秦诸子出场前的精神背景。

文脉：最高等级的生命潜流

中国文脉，是指中国文学几千年发展中最高等级的生命潜流。

这种潜流，在近处很难发现，只有从远处看去，才能领略大概，就像那一条倔强的山脊所连成的天际线。

正是这条天际线，使我们知道那个天地之大，以及那个天地之限，并领略了一种注定要长久包围我们生命的文化仪式。

因为太重要，又处于隐潜状态，就特别容易产生误会。因此，我们必须开宗明义，指出那些最常见的理论岔道，不让它们来干扰文脉的潜流——

一、这股潜流，在绝大多数情况下，不是官方主流；

二、这股潜流，在绝大多数情况下，不是民间主流；

三、这股潜流，属于文学，并不从属于哲学学派；

四、这股潜流，虽然重要，但体量不大；

五、这股潜流，并不一以贯之，而是时断时续，断多续少；

六、这股潜流，对周围的其他文学现象有吸附力，更有排斥力。

寻得这股潜流，是做减法的结果。我一向主张，研究文化和文学，先做加法，后做减法。减法更为重要，也更为艰难。

减法难做，首先是因为人们千百年来一直处于文化匮乏状态，见字而敬，见文而信，见书而畏，不存在敢于大胆取舍的心理高度；其次，即使有了心理高度，也缺少品鉴高度，与多数哄传一时的文化现象相比，“得脉”者没有那么多知音。

大胆取舍，需要锐利斧钺。但是，手握这种斧钺的人，总是在开山辟路。那些只会坐在凉棚下说三道四、指手画脚的人，大多不懂斧钺。开山辟路的人没有时间参与评论，由此造成了等级的倒错、文脉的失落。

等级，是文脉的生命。

人世间，仕途的等级由官阶来定，财富的等级由金额来定，医生的等级由疗效来定，明星的等级由传播来定，而文学的等级则完全不同。文学的等级，与官阶、金额、疗效、传播等因素完全无关，只由一种没有明显标志的东西来定，这个东西叫品位。

其他行业也讲品位，但那只是附加，而不像文学，是唯一。

总之，品位决定等级，等级构成文脉。

我们的祖先远比我们更亲近诗。

这并不是指李白、杜甫的时代，而是还要早得多。至少，诸子百家在黄河流域奔忙的时候，就已经一路被诗歌所笼罩。

他们不管是坐牛车、马车，还是步行，心中经常会回荡起“诗三百篇”，也就是《诗经》中的那些句子。这不是出于他们对于诗歌的特殊爱好，而是出于当时整个上层社会的普遍风尚。而且，这个风尚已经延续了很久很久。

我们远祖的精神起点很高。在极低的生产力还没有来得及一一推进的时候，就已经“以诗为经”了。这真是了不起，试想，当我们在各个领域已经狠狠地发展了几千年之后，不是越来越渴望哪一天能够由物质追求而走向诗意居息，重新企盼“以诗为经”的境界吗？

我本人一直非常喜欢《诗经》。过去在课堂上向学生推荐时，不少学生常常因一个“经”字望而却步，我总是告诉他们，那里有一种采自乡野大地的人间情味，像是刚刚收割的麦垛的气味那么诱鼻，然而谁也无法想象这股新鲜气味竟然来自数千年前。

我喜欢它的雎鸠黄鸟、蒹葭白露，喜欢它的习习谷风、霏霏雨雪，喜欢它的静女其姝、伊人在水……而更喜欢的，则是它用最干净的汉语短句，表达出了最典雅的喜怒哀乐。

这些诗句中，蕴藏着民风、民情、民怨，包含着礼仪、道德、历史，几乎构成了一部内容丰富的社会教育课本。这部课本竟然那么美丽而悦耳，很自然地呼唤出了一种普遍而悠久的吟诵。吟于天南，吟于海北；诵于百年，诵于千年。于是，也熔铸进了民族的集体人格，成为中国文脉的奠基。

中国文脉的奠基，分“天、地”二仪。天上的奠基，就是前面说过的那些神话；地上的奠基，就是《诗经》。

《诗经》是什么人创作的？应该是散落在黄河流域各阶层的庞大群体。这些作品，不管是各地进献的乐歌，还是朝廷采集的民谣，都会被一次次加工整理，因此也就成了一种集体创作，很少有留下名字的个体诗人。这也就是说，《诗经》所标志的，是一个缺少个体诗人的诗歌时代。

这是一种悠久的合唱、群体的美声。这是一种广泛的协调、辽阔的共鸣。这里呈现出一个个被刻画的形象，却很难找到刻画者的面影。

结束这个局面的，是一位来自长江流域的男人。

先秦诸子，都是思想家、哲学家、教育家、社会活动家，没有一个是纯粹的文学家。但是，他们要让自己的思想说服人、感染人，就不能不运用文学手段。而且，有一些思维方式，从产生到完成都必须仰赖自然、譬引鸟兽、倾注情感、形成寓言，这也就成了文学形态。

孔子更让人震撼的是，这十四年，他遇到的，有冷眼，有嘲讽，有摇头，有威胁，有推拒，有轰逐，却一点儿也没有让他犹豫停步。他不是无处停步。任何地方都愿意欢迎一个光有名声和学问却没有政治主张的他。任何地方都愿意赡养他、供奉他、崇拜他，只要他只是一个话语不多的偶像。但是，他绝不愿意这样。

因此，他总在路上。

“在路上”，曾是二十世纪西方现代派文学的一个时髦命题，东方华人世界也出现过“不要问我从哪里来，我的故乡在远方”的流浪者潮流。不管是西方还是东方的青年流浪者，大多玩过几年就结束流浪，开始用功读书。他们有可能读到孔子，一读，他们就不能不嘲笑自己了：原来早在两千五百年前，有一位人类精神巨匠直到六旬高龄还在进行自我放逐，还在一年年流浪，居然整整十四年没有下路、没有回过故乡！

最彻底的“现代派”出现在最遥远的古代，这也许会让今天某些永远只会拿着历史年表说事的研究者稍稍放松一点了吧？

先秦诸子由于社会影响巨大，历史贡献卓著，对中国文脉的形成有特殊贡献。但是，这种贡献与他们在思想和哲学上的贡献，并不一致。

我将先秦诸子的文学品相分为三个等级——

第一等级：庄子、孟子；

第二等级：老子、孔子；

第三等级：韩非子、墨子。

在这三个等级中，处于第一等级的庄子和孟子已经是文学家，而庄子还是一位大文学家。

把老子和孔子放在第二等级，实在有点委屈这两位精神巨匠了。我想他们本人都无心于自身的文学建树，但是，虽无心却有大建树。这便是天才，这便是伟大。

我要简单说一说庄子在东方美学中的特殊地位。他提倡"物我两忘"的境界，是东方美学对世界美学的重大贡献。我们过去习惯讲述的所谓"血泪醮笔端"、"愤怒出诗人"等，当然也有存在的合理性，但在美学境界上等级很低，更不是东方美学的主体。多读庄子，会使我们更多地领略东方美学的至高境界。另外我还必须说明，过去有不少学者认为"寓言象征"是西方现代派文学所独有的特征，那是一种片面的说法，庄子对此提出了否定。我写在二十多年前的那本《艺术创造论》就提出，现代世界第一流的文艺作品，三分之二以上都是寓言结构，而在古代，最早进入这种寓言结构并立即显现成熟风貌的，是中国的庄子。

他最杰出之处，是用极富想象力的寓言，讲述了一个又一个令人难忘的故事，而在这些寓言故事中，都有一系列鲜明的艺术形象。这一下，他就成了那个思想巨人时代的异类、一个充满哲思的文学家。《逍遥游》、《秋水》、《人间世》、《德充符》、《齐物论》、《养生主》、《大宗师》……这些篇章，就成了中国哲学史，也是中国文学史的第一流佳作。

屈原，是整个先秦时期的文学冠军。

不仅如此，作为中国第一个大诗人，他还以《离骚》和其他作品，为中国文脉输入了强健的诗魂。对于这种输入，连李白、杜甫也顶礼膜拜。因此，戴在他头上的，已不应该仅仅是先秦的桂冠。

前面说到，中国文脉是从《诗经》开始的，所以对诗已不陌生。然而，对诗人还深感陌生，何况是这么伟岸的诗人。

《诗经》中也署了一些作者的名字，但那些诗大多是朝野礼仪风俗中的集体创作，那些名字很可能只是采集者、整理者。从内容看，《诗经》还不具备强烈而孤独的主体性。按照我给北京大学学生讲述中国文化史时的说法，《诗经》是“平原小合唱”，《离骚》是“悬崖独吟曲”。

这个悬崖独吟者，出身贵族，但在文化姿态上，比庄子还要“傻”。诸子百家都在大声地宣讲各种问题，连庄子也用寓言在启迪世人，屈原却不。他不回答，不宣讲，也不启迪他人，只是提问，没完没了地提问，而且似乎永远无解。

从宣讲到提问，从解答到无解，这就是诸子与屈原的区别。说大了，也是学者和诗人的区别、教师和诗人的区别、谋士与诗人的区别。划出了这么多区别，也就有了诗人。

自屈原开始，中国文人的内心基调改变了，有了更多的个人话语。虽然其中也关及朝廷和君主，但全部话语的起点和结局却都是自己。凭自己的心，说自己的话，说给自己听。被别人听到，并非本愿，因此也不可能与别人有丝毫争辩。

这种自我，非常强大又非常脆弱。强大到天地皆是自己，任凭纵横驰骋；脆弱到风露也成敌人，害怕时序更替，甚至无法承受鸟鸣花落、香草老去。

这样的自我一站立，中国文化就不再是以前的中国文化。

从此，中国文脉出现了重大变化。不再合唱，不再聚众，不再宣讲。在主脉的地位，出现了行吟在江风草泽边那个衣饰奇特的身影，孤傲而天真，凄楚而高贵，离群而悯人。他不太像执掌文脉的人，但他执掌了；他被官场放逐，却被文学请回；他似乎无处可去，却始终无处不在。

历来对中国文脉有一种最表面、最通俗的文体概括，叫作：楚辞、汉赋、唐诗、宋词、元曲、明清小说。在这个概括中，最弱的是汉赋，原因是缺少第一流的人物和作品。

就我本人而言，对汉赋，整体上不喜欢。不喜欢它的铺张，不喜欢它的富丽，不喜欢它的雕琢，不喜欢它的堆砌，不喜欢它的奇僻，当然，更不喜欢它的歌颂阿谀、不见风骨。我的不喜欢，还有一个长久的心结，那就是从汉代以后两千年间，中国社会时时泛起的奉承文学，都以它为范本。

汉赋在我心中黯然失色，还有一个尴尬的因素，那就是，离它不远，出现了司马迁的《史记》。

司马迁在历史学上的至高地位，我们在这里暂且不说，只说他的文学贡献。是他第一次，通过对一个个重要人物的生动刻画，写出了中国历史的魂魄；因此也可以说，他将中国历史拟人化、生命化了。更惊人的是，他在汉赋的包围中，居然不用整齐的形容、排比、对仗，更不用辞藻的铺陈，而只以从容真切的朴素笔触、错落有致的自然文句，做到了这一切。于是，他也就告诉人们：能把千钧历史撬动起来浸润到万民心中的，只有最本色的文学力量。

大家说，他借用文学写好了历史；我则说，他借用历史印证了文学。除了虚构之外，其他文学要素他都酣畅地运用到了极致。但他又不露痕迹，高明得好像没有运用。不要说与他同时的汉赋，即使是此后两千年的文学一旦陷入奢靡，不必训斥，只须一提司马迁，很多人就会从梦魇中惊醒，吓出一身冷汗。除非，那些人没读过司马迁，或读不懂司马迁。

秦始皇有意做了两件对不起文化的事，却又无意做了两件对得起文化的事，而且那是真正的大事。

他统一中国，当然不是为了文学，却为文学灌注了一种天下一统的宏伟气概。此后中国文学，不管什么题材，都或多或少地有所隐含。李白写道："秦王扫六合，虎视何雄哉！"可见这种气概在几百年后仍把诗人们笼罩。王昌龄写道："秦时明月汉时关，万里长征人未还。"秦人为后人开拓了情怀。

不仅如此，秦始皇还统一了文字，使中国文脉可以顺畅地流泻于九州大地。这种顺畅，尤其是在极大空间中的顺畅，反过来又增添了中国文学对于三山五岳、五湖四海的视野和责任。这就使工具意义和精神意义产生了相辅相成的互哺关系。我在世界上各个古文明的废墟间考察时，总会一次次想到秦始皇。因为那些文明的割裂、分散、小化，都与文字语言的不统一有关。如果当年秦始皇不及时以强权统一文字，那么，中国文脉早就流逸不存了。

由于秦始皇既统一了中国又统一了文字，此后两千多年，只要是中国文人，不管生长在如何偏僻的角落，一旦为文便是天下兴亡、炎黄子孙；而且，不管面对着多么繁密的方言壁障，一旦落笔皆是汉字汉文，千里相通。总之，统一中国和统一文字，为中国文脉提供了不可比拟的空间力量和技术力量。秦代匆匆，无心文事，却为中华文明的格局进行了重大奠基。

汉代和唐代显然都是历史的高爽之地。我们有时喜欢把中华文明说成是"汉唐文明"，实在是声势夺人。但是，不要忘了，在汉代和唐代这两个历史高爽地之间，夹着一个历史的丛林地带，那就是三国两晋南北朝。

在这个历史的丛林地带，没有天高地阔的一致，没有俯瞰一切的开朗，处处都是混乱和争逐，时时都是逃奔和死亡。每一个角落都是一重权谋，每一个身影都是一串故事。然而，即便把这一切乱象加在一起，也并不令人沮丧。因为，乱象的缝隙间还有一些闪闪烁烁的图景。你看——

何处麻袍一闪，年长的华佗还在行医；夜间炉火点点，炼丹师葛洪分明已经成为一位杰出的原始化学家；中原飘来啸吟，这是“竹林七贤”在清谈和饮酒；南方也笑声隐隐，那是王羲之和朋友们在聚会，转眼间《兰亭序》墨色淋漓；大画家顾恺之的《女史箴图》刚刚画完，数学家祖冲之已经造出了指南车、编出了《大明历》、算出了圆周率，而地理学家郦道元的《水经注》则正好写了一半……

正是这一切，让我们喜欢上了那个乱世。

文化在乱世中会产生一种特殊的魅力。它不再纯净，而总是以黑暗为背景，以邪恶为邻居，以不安为表情。大多正邪相生、黑白相间，甚至像波德莱尔所说的，是“恶之花”。

再也没有比三国两晋南北朝的历史丛林地带，更能体现这种文化魅力的了。

我对于魏晋文脉的梳理，大致分为“三段论”——

首先，不管大家是否乐见，第一个在战火硝烟中接续文脉的，是曹操。我曾在《丛林边的那一家》中写道：“曹操一心想做军事巨人和政治巨人而十分辛苦，却不太辛苦地成了文化巨人。”

第二段，曹操的书记官阮瑀生了一个儿子叫阮籍，接过了文脉。还算直接，却已有了悬崖峭壁般的“代沟”。比阮籍小十余岁的嵇康，再加上一些文士，通称为“魏晋名士”。其实，真正得脉者，只有阮籍、嵇康两人。

嵇康堪称中国文化史上第一等的可爱人物。他虽与阮籍并称于世，而且又比阮籍年少，但就整个人格论之，他在我心目中的地位要比阮籍高出很多，尽管他一生一直钦佩着阮籍……对于自己反对什么追求什么，嵇康比阮籍更明确、更透彻，因此，他的生命乐章也就更清晰、更响亮了。

这是一个“后英雄时代”的文脉旋涡。史诗传奇结束，代之以恐怖腐败，文士们由离经之议、忧生之嗟而走向虚无避世。生命边缘的挣扎和探询，使文化感悟告别正统，向着更危险、更深秘的角落释放。奇人奇事，奇行奇癖，随处可见。中国文化，看似主脉已散，却四方奔逸，气貌繁盛。当然，繁盛的是气貌，而不是作品。那时留下的重大作品不多，却为中国文人在血泊和奢侈间的人格自信，提供了众多模式。

第三段的主角，是陶渊明。

就文脉而言，陶渊明又是一座时代最高峰了。自秦汉至魏晋，时代最高峰有三座：司马迁、曹操、陶渊明。若要对这三座高峰做排列，那么，司马迁第一，陶渊明第二，曹操第三。曹操可能会气不过，但只能让他息怒了。理由有三：

一、如果说，曹操们着迷功业，名士们着迷自己，而陶渊明则着迷自然。最高是谁，一目了然。在陶渊明看来，不要说曹操，连名士们也把自己折腾得太过分了。

二、陶渊明以自己的诗句展示了鲜明的文学主张，那就是戒色彩，戒夸饰，戒繁复，戒深奥，戒典故，戒精巧，戒黏滞。几乎，把他前前后后一切看上去“最文学”的架势全推翻了，呈现出一种完整的审美系统。态度非常平静，效果非常强烈。

三、陶渊明创造了一种以“田园”为标帜的人生境界，成了一种千年不移的文化理想。不仅如此，他还在这种“此岸理想”之外提供了一个“彼岸理想”——桃花源，在中华文化圈内可能无人不知。把一个如此缥缈的理想闹到无人不知，谁能及得？

通向大唐之路，最具有象征意义的是云冈石窟和龙门石窟。

云冈石窟在山西大同，龙门石窟在河南洛阳，正是北魏的两个首都所在地。北魏的迁都之路，由这两座石窟作为标志。主持石窟建造的鲜卑族统治者不仅在这里展现了雄伟的旷野之美，而且还爽朗地在石窟中引进了更多、更远的别处文明。

既然他们敢于对汉文化放低身段，那么也就必然会对其他文化放低身段。他们成了一个吸纳性极强的“空筐”，什么文化都能在其间占据一席之地。他们本身缺少文化厚度，还没有形成严密的文化体系，这种弱点很快转化成了优点，他们因为较少排他性而成为多种文化融合的“当家人”。于是，真正的文化盛宴被张罗起来了。

云冈石窟既然收纳了凉州、龟兹、于阗，也就无可阻挡地把印度文化和希腊文化一并收纳了。

云冈石窟带给我们一个大家都不太熟悉的重要时代——北魏。

北魏王朝是北方的少数民族鲜卑族创立的。鲜卑族通过二三百年的努力从原始的游牧部落变成一个强大政权的缔造者，并有效地控制了华夏文明辽阔的北部领土。但是，由于历代汉族史官和学者的偏见，对它缺少论述热忱，所以后人对其知之不多。幸好，还有云冈，还有大量碑刻、庙宇、雕塑，这些足以让人们记住这个时代。

北魏迁都洛阳后，精力投向龙门石窟的建造。龙门石窟继承了云冈石窟的深远度量，但在包容的多种文化中，中华文化的比例明显升高了。

这就是北魏的气魄：吞吐万汇，兼纳远近，几乎集中了世界上几大重要文化的精粹，熔铸一体，互相化育，烈烈扬扬。

这种宏大，举世无匹。

由此，大唐真的近了。

唐代是一场审美大爆发，简直出乎所有文人的意料。

有没有唐代的这次大爆发，对中国文化大不一样。试看天下万象：一切准备，如果没有展现，那就等于没有准备；一切贮存，如果没有启用，那就等于没有贮存；一切内涵，如果没有表达，那就等于没有内涵；一切灿烂，如果没有迸发，那就等于没有灿烂；一切壮丽，如果没有会聚，那就等于没有壮丽。更重要的是，所有的展现、启用、表达、迸发、会聚，都因群体效应产生了新质，与各自原先的形态已经完全不同。因此，大唐既是中国文化的平台，又是中国文化的熔炉。既是一种集合，又是一种冶炼。

唐代还有一个好处，它的文化太强了，因此成了中国历史上唯一不以政治取代文化的朝代。说唐朝，就很难以宫廷争斗掩盖李白、杜甫。而李白、杜甫，也很难被曲解成政治人物，就像屈原所蒙受的那样。即使是真正的政治人物，如颜真卿，主导了一系列响亮的政治行动，但人们对他的认知，仍然是书法家。

唐代，就是一个文学自立的时代，并因自立而自觉。

大唐之所以成为大唐，正在于它的不纯净。

唐代的长安绝不会盛气凌人地把异域民众的到来看成是一种归顺和慑服。恰恰相反，它是各方文明的虔诚崇拜者。它很明白，不是自己“宽容”了别的文明，而是自己离不开别的文明，离开了，就会索然无味、僵硬萎缩。因此，它由衷地学会了欣赏和追随。主人的这种态度，一切外来文明很快就敏感地觉察到了，因此更愿意以长安为家，落地生根。

长安有一份充足的自信，不担心外来文明会把自己淹没。说得更准确一点，它对这个问题连想也没有想过。就像一个美丽的山谷，绝不会防范每天有成群的鸟雀蝴蝶从山外飞来，也不会警惕陌生的野花异草在随风摇曳。

如果警惕了、防范了，它就不再美丽了。

因此，盛唐之盛，首先盛在精神；大唐之大，首先大在心态。

盛唐，是一种摆脱一元论精神控制后的心灵自由，是马背上英雄主义的创造性欢乐，是具有极高审美水准的艺术聚会，更是世界多元文化的平等交融、安全保存。

我们已经把唐代的重要诗人投票排了一遍。在投票中，虽然没有两位同学的排序是完全相同的，但是最后还是共同为李白和杜甫让出了至高的地位。

我们在李白和杜甫之间的徘徊和犹豫，首先是因为那一道巨大历史裂口两边的壮丽图纹，这道裂口，不仅把唐朝一折为二，而且把整个中国古代社会一折为二。

站在分界线前面的，是李白。安史之乱之后他还写诗，但最重要的诗作已经完成。而杜甫的光彩，则主要展现在安史之乱以后。一个是充满欢乐的高歌挺进，一个是饱含诚恳的沉郁苍凉。这两种神情，正是历史的分野。

唐代，就这样浓缩地概括了诗歌的必然走向。一步也不停滞，一步也不重复，一路繁花，一路云霓。

一群男子，一路辛苦，成了一个民族迈向美的天域的里程碑。他们，都是中国文脉的高贵主宰。

安史之乱后的唐代文化，首先是被一种悲剧气氛所裹卷，把这种悲剧气氛表达得最好的是杜甫。杜甫用他那支充满人性关怀的笔，把离乱之情、丧乱之景，写得无人能够超越。但是，再深沉的痛，也会被时间所疏离，在杜甫之后，一个在安史之乱发生时才十七岁的小伙子将首先对这场灾难进行更宏观的美学挖掘，那就是写《长恨歌》的白居易。

在他的两篇著名叙事诗中，我更喜欢的是《琵琶行》。但是，不能不承认，白居易用《长恨歌》，把唐代历史和中国历史的大裂口，引向了故事化、情节化的情感审美之途。这是历史终于用文学方式告别灾难的一个信号。

相比之下，格调更高的是与白居易同年出生且关系很好的诗人刘禹锡。他的怀古诗写得最好，可谓空前绝后。中国文化中有一个庞大的主题是其他文化所缺少的，那就是沧桑之慨、兴亡之叹。这个主题，刘禹锡完成得特别成功。

终于，我们要跳过很多诗人，直接到达晚唐，去面对李商隐了。我对晚唐诗歌有一种偏好，乍一看离开了国计民生的大课题，离开了风云变幻的大空间，只是凉凉地、幽幽地，让人半懂不懂地吐露着个人的内心，却非常契合文学深层的那个角落。我相信，当代年轻人也会有这种感应。

对这些诗，我想谈一种感觉。李白、杜甫的诗能裹卷我们，但是李商隐、李贺的诗却没有这种裹卷力。读他们的诗，我们似乎在偷窥别人的隐私，影影绰绰、扑朔迷离又华彩纷呈。有的隐私也能让我们联想到自己的隐私，但那只是联想，产生不了整体共鸣。

晚唐的诗，不要求共鸣。这一点显然冲破了文艺学里的好几个教条。

晚唐的诗，只让我们用惊奇的目光远远地看，片段地看，碎碎地看，并由此获得另类审美。这有点像欧洲二十世纪美学中那种阻断型的、陌生化的审美方式，别具魅力。

产生这种创作风尚的原因，与时代有关。豪迈或哀愁的诗情已被那么多大诗人释放完了，即使没有释放完的，如果再释放出来也显得重复了，也不真切了。为什么会不真切呢？因为整个社会已被门阀政治分割，宏大的感觉已不复存在，或者说，已成为一种记忆，一种幻想。因此，尽管很多二流诗人还会模仿前辈，而一流诗人则必然转向自我，转向独特，转向那个与社会共同话语脱离的深秘领域。这里，文学建立了一种新的自信：即使不涉及社会共同话语，也可能创造一种独立的美。现在我们知道了，这种独立的美，也就是纯粹的美。

面对这种更深秘、更纯粹的美，我们会遇到一个被普遍误解了的课题，以为“难懂”是美的障碍。其实，“懂”和“美”是两个完全不同的概念。从晚唐诗到当代的朦胧诗，都会让不少人觉得读不懂。其实，大家不妨联想一下，你们也会觉得秋山落叶是美的，女性忽闪的眼神是美的，但能从懂不懂的层面上来解释吗？你们为自己家购买窗帘时也会选择一些不知含义的色彩组合，而不会选择那些一眼就能看懂的鸡、牛等的图像，那又是为什么？我用这些最浅近的事例来批驳大批文艺评论家，他们掉在懂不懂的泥坑里实在太久了。

与我前面列述的中国文脉的峰峦相比，唐诗具有全民性。唐诗让中国语文具有了普遍的附着力、诱惑力、渗透力，并让它笼罩九州、镌刻山河、朗朗上口。有了唐诗，中国大地已经不大有耐心来仔细倾听别的诗句了。

因为有了唐诗，倾听者的范围早就超过了文苑、学界，拓展为一个漫无边际的不确定群落。他们粗糙，但很挑剔。两句听不进去，他们就转身而去，重新吟诵起李白、杜甫。

唐代的文章，首推韩愈、柳宗元的。

自司马迁之后九百多年，中国散文写得最好的也就是他们两位了，因此他们并不仅仅归属于唐代，也算是“千年一出”之人。

唐朝灭亡之后，由藩镇割据而形成了五代十国的分裂局面。

那个南唐的李后主李煜，本来从政远不如吟咏，当他终于成了俘虏被押到汴京之后，一些重要的诗句穿过亡国之痛而飘向天际，使他成了一种新的文学形式——“词”的里程碑人物。

李煜是一个非常特殊的诗人，他的帝王权位和他的文学成就，如此矛盾地并存于一身，在世界文化史上都是奇迹。

李煜把词从民间演唱上升到了士大夫的艺术等级，进入高贵领域来呼唤高贵。事实证明，在他之后，这种文学体裁可以无愧地与楚辞、汉赋、唐诗比肩了。甚至有人认为，辛弃疾、李清照都只是李煜的余风。作为一个无能的帝王，他在生活中是那样多愁善感，那样风花雪月，那样无奈，但是他的词却是豪放派的，即使在悲哀的时候也是一片故国山河，而且语言干净利落，晓畅明白，直达人心。在政治领域，他无所作为，但在诗词领域却是一个真正的大家。

文艺创作是宋代更值得讲的内容。我心中一直有一个象征性的图像：唐代文化像一道壮丽的瀑布，而宋代文化则是承接这个瀑布的深潭。一切艺术门类到了宋代都臻于极致，我们现在的各色收藏家如果弄到了宋代的一点文物遗留，都会心魄俱夺。就连被唐代写尽了的诗，也在宋代延续出陆游这样的高峰。当然，若问宋代文化留在中国文化史上最重要的记忆是什么，我想一定是宋词。我小时候就特别喜欢词，而不是诗，因为词和音乐紧紧连在一起，长长短短的有一种不受控制的自由魅力。

在唐代，政文俱旺；那么，在宋代，虽非“俱旺”，却政文贴近。

这有两个原因。

第一个原因，宋代重视文官当政，比较防范武将。结果，不仅科举制度大为强化，有效地吸引了全国文人，而且让一些真正的文化大师如范仲淹、欧阳修、王安石、司马光等占居行政高位。这种景象，使文化和政治出现了一种特殊的“高端联姻”，文化感悟和政治使命混为一体。表面上，既使文化增重，又使政治增色，其实，并不完全如此，有时反而各有损伤。

第二个原因，宋代由于文人当政，又由于对手是游牧民族的浩荡铁骑，在军事上屡屡失利，致使朝廷危殆、中原告急。这就激发了一批杰出的文学家心中的英雄气概、抗敌意志，并在笔下流泻成豪迈诗文。陆游、辛弃疾就是其中最让人难忘的代表，可能还要包括最后写下《过零丁洋》和《正气歌》的文天祥。

文脉的首席，让给了苏东坡。苏东坡也曾经与政治有较密切的关系，但终于在“乌台诗案”后两相放逐了：政治放逐了他，他也放逐了政治。他的这个转变，使他一下子远远地高于王安石、司马光，当然也高于比他晚得多的陆游、辛弃疾。他的这个转变，我曾在《黄州突围》中有详细描述。说他“突围”，不仅仅是指他突破文坛小人的围攻，重要的是，还突破了他自己沉溺已久的官场价值体系。因此，他的突围，也是文化本体的突围。

宋代出了一个那么有体温、有表情的苏东坡，构成了一系列对比。不管是久远的历史、辽阔的天宇、个人的苦恼，到他笔下都有了一种美好的诚实，让读到的每个人都能产生感应。他不仅可爱，而且可亲，成了人人心中的兄长、老友。这种情况，在中国文学史上几乎绝无仅有。因此，苏东坡是珍罕的奇迹。

苏东坡是一个文化全才，诗、词、文、书法、音乐、佛理，都很精通，尤其是词作、散文、书法三项，皆可雄视千年。苏东坡更重要的贡献，是为中国文脉留下了一个快乐而可爱的人格形象。

把苏东坡首屈一指的地位安顿妥当之后，宋代文学的排序，第二名是辛弃疾，第三名是陆游，第四名是李清照。

辛弃疾和陆游，除了前面所说的英雄主义气概之外，还表现出了一种品德高尚、怀才不遇、热爱生活的完整生命。这种生命，使兵荒马乱中的人心大地不至于下堕。在孟子之后，他们又一次用自己的一生创建了“大丈夫”的造型。

李清照，则把东方女性在晚风细雨中的高雅憔悴写到了极致，而且已成为中国文脉中一种特殊格调，无人能敌。因她，中国文学有了一种贵族女性的气息。以前蔡琰曾写出过让人动容的女性呼号，但李清照不是呼号，只是气息，因此更有普遍价值。

李清照的气息，又具有让中国女性文学扬眉吐气的厚度。在民族灾难的前沿，她写下了“生当作人杰，死亦为鬼雄”的诗句，就其金石般的坚硬度而言，我还没有在其他文明的女诗人中找到可以比肩者。这说明，她既是中国文脉中的一种特殊格调，又没有离开基本格调。她离屈原，并不太远。

陆游去世时，给儿子留下了一份这样的遗嘱：“死去元知万事空，但悲不见九州同。王师北定中原日，家祭无忘告乃翁。”

辛弃疾去世时连喊三声“杀敌”，然后气绝。

我不知道世界上还有哪个国家的顶级诗人是这样走向死亡的。

陆游企盼的王师和辛弃疾寻杀的敌人，在历史进程中已失去了绝对意义。但是，这些诗句包含的精神气质却留下来了，直指一种刚健超迈的人生美学。我一直不希望人们把这样的诗句当作历史事件的写照，或当作民族主义的宣教，那实在是大材小用了；人生美学比什么都大，就像当年欧洲莱茵河流域中世纪庄园的大门突然打开，快马上的骑士手持长剑，黑斗篷在风中飘飘洒洒掠过原野。历史铭记的就是这个形象，至于他去哪里、与谁格斗，都不重要。

有的学者说，宋代扼杀了大诗人陆游和辛弃疾，我不同意。陆游是活到整整八十五岁才去世的；辛弃疾虽没那么长寿，却也活了六十七岁。我不知道所谓的“扼杀”是指什么。是没让他们做更高的官吗？是没让他们写更多的诗吗？在我看来，官不能再高了，诗已经够多了。

我的观点正相反：是宋代，造就了他们万古流芳的人生美学。

李清照、陆游、辛弃疾、文天祥他们都认为，中国文脉将会随着大宋灭亡而断绝，蒙古铁骑是中华文明覆灭的丧葬鼓点。但是，实际情况并非如此。

元代的诗歌、散文，确实不值一提。但是，中国文脉在元代却突然超常发达。那就是，中华文明几千年的一个重大缺漏，在这个不到百年的短暂朝代获得了完满弥补。这个被弥补的重大缺漏，就是戏剧。

此时的中国文脉，在《窦娥冤》，在《望江亭》，在《救风尘》，在《西厢记》，在《赵氏孤儿》，在《汉宫秋》……

元代不到百年，汉人地位低下，本以为不会有什么汉文化了，没想到例外迭出。不仅出了关汉卿、王实甫、纪君祥，一补中国文化缺少戏剧的两千年大憾，而且还出了黄公望，以一支闲散画笔超越宋代皇家画院的全部画家。书法的运气没这么好，却也有一个赵孟頫，略可安慰。

由于元代的统治者是少数民族，一些本该褪色的文化也就失去了官方支撑，因此比较彻底地挣脱了文辞间的道统气、宫廷气、阿谀气、头巾气、腐儒气，为贴近自然的天籁式创造留出了空间。这种空间看似边缘，却很辽阔，足以伸展手脚。由此联想到同样产生于元代的那幅具有划时代意义的《富春山居图》，比之于宋代那些皇家画院里的宫廷画师，黄公望只是一个居无定所的流浪卜者，但是，即使把宋代所有宫廷画师的最好作品加在一起，也无法与他相比。

元杂剧的情况也是如此，我们哪怕把从慈禧太后开始给予京剧的全部最高权力的扶持加在一起，京剧也无法追赶元杂剧的依稀踪影。元杂剧即使衰落也像一个英雄，完成了生命过程便轰然倒下，拒绝有人以“振兴”的说法来做人工呼吸、打强心针。

明、清两代五百四十余年，中国文脉严重衰弱。

大家对明、清两代的文化专制主义有更深刻的认识，因为这是中国文化的一个巨大沼泽地。中国文化在近代和现代的悲哀，都与这个沼泽地有关。

我想告诉大家两点：第一，明、清两代的文化专制主义，在中国古代史上是空前的。秦始皇虽然也做过“焚书坑儒”的事，但那毕竟只是一个孤立的事件，不像明、清两代，构成了对文化人的整体重压和整体消解。第二，文化专制主义的最坏成果，在于全社会对文化人的遭难习以为常，在于文人中揭发、告密、批判者异常活跃，并永远不会受到惩处，在于文化人频频遇害却不知由头，投诉无门，永无昭雪之日。这种气氛，造成了文化创造势头的僵滞和终止，造成了文化人尊严的溃散，造成了中国文化自己卫护机制的失落。

思想控制、科举引诱、牢狱威胁，这三项，几乎剥夺了当时所有艺术家的自由，因而实际上也就是扼杀了一切真正的艺术家。明代初年文化界的岑寂，也本源于此。

自由，尤其是精神自由，是一代文化的灵魂和动力。不要苍白的严整，宁肯要离乱中的自由精神；不要狭窄的云梯，宁肯要草莽中的自由奔突；不要堂皇的典籍，宁肯要粗声豪气的自由言语。自由，自由！平稳的朱明王朝剥夺了这种自由，因而也就消除了文艺所必需的吸附力和精神活力。这一切，即便在战乱中也没有被剥夺得那么多。一个民族的精神失去了自由，也就失去了自身，它就会被帝王意志、正统意念所取代，它不得不沉睡了。

但是，中国文人还是有一种危难中的坚守，中国文化还有不少抵制破坏机制的生命力。明、清两代仍然产生了不少文化成果，而且有不少还是前无古人的。

论中国文化在明、清两代的最高成果，我也赞成把王阳明和曹雪芹放在最前面。但是，我可能会把他们两人的次序作一个交换，把曹雪芹放在前面。这两个人都是文化创新的大人物，但是，真心以艺术形象深入人心的创新，是由曹雪芹完成的。创新是否被广泛接受，是辨别它成败的重要标准。当然，除了接受标准之外，还有一个等级标准。曹雪芹和王阳明都处于文化的最高等级上。

明、清两代的小说、戏剧都比较发达。严格说来，它们原先都是民间艺术。民间，给暮气沉沉的明清文坛带来了巨大的创造力。

几部小说，先是由几代民间说书艺人说出来的，后来经过文人加工，成为较完整的文本。这些说书艺人，在不经意间弥补了中国文化缺少早期史诗、缺少长篇叙事功能的不足。这是真正的大事，至于具体哪部小说，其内容和形式如何，不重要。

中国文化长期以来缺少长篇叙事功能，而是强于抒情、强于散论、强于短篇叙事。这种审美偏仄历久不变，反映了中华民族的心理结构。我们有时会用“写意风格”、“散点透视”、“拒绝沉陷”来赞扬，有时也免不了会用“片断逻辑”、“短程观照”、“即时抒发”来诟病。但是，这种几乎与生俱来的审美偏仄，居然在民间说书艺人那里获得了重大改变。

他们由于需要每天维系不同听众的兴趣，所以不得不切切实实地设置悬念、伸拓张力，并时时刻刻从现场反馈中进行调整。于是，他们在审美前沿快速地建立了长篇叙事功能。

《红楼梦》是个说不完的话题。其他几部小说，还没有摆脱黑格尔在《美学》里说的“历史的表面现象的个别定性”，而《红楼梦》摆脱了，直接探询着人性美的存在状态和幻灭过程。这就使它进入了世界性的最佳作品之列。它不仅不黏着于历史真实，而且也不黏着于一般理念。例如，表面上，它是支持贾宝玉和林黛玉的恋情的，但它又那么雄辩地证明，这两个人根本没有，也永远不可能为婚姻做好准备。又如，所有的亲人都爱护着他们，但所有的爱护都成了伤害，最大的热闹成了最深的寂寞……这一系列的悖论，是对人类生存状态的总体发现，却又都没有结论。这是其他作品完全无法比拟的天才之作。

《红楼梦》完全是另外一个天域的存在了。它为天地人生设置了一系列宏大而又残酷的悖论，最后都归之于具有哲思的巨大诗情。虽然达到了如此高度，但它极具质感的白话叙事，竟能把一切不同水准、不同感悟的读者深深吸引。这又是世界上寥寥几部千古杰作的共同特性，但它又中国得不能再中国。

于是，一部《红楼梦》，慰抚了五百年的荒凉。

也许，辽阔的荒凉，正是为它开辟的仰望空间？

因此，中国文脉悚然一惊，猛然一抖，然后就在这片辽阔的空地上站住了，不再左顾右盼。

明、清两代在文脉旁侧稍可一提的，是“晚明小品”。在刻板中追求个性舒展，在道统下寻找性灵自由，虽是小东西，却开发了中国散文的韵致和情趣。这种散文，对后来“五四新文化运动”中白话美文的建立，起到了正面的滋养作用。新时代的文学改革者不会喜欢清代桐城派的正统，更不会喜欢乾嘉骈文的回潮，为了展示日常文笔之美，便找到了隔代老师。当然，在精神上并非如此，闲情逸致无法对应大时代的风云。

与明代相比，清代倒有两位不错的诗人。一位是前期的纳兰性德，以真切性灵写出很多佳句，让人想到即使李煜处于胜利时代也还会是一个伤感诗人；另一位是后期的龚自珍，让人惊讶在一个朝野破败的时代站出来的一位思想家居然还能写出这么多诗歌精品。但是，这两位诗人都遇到了太大的变动：纳兰性德脚下的民族土壤急速变动，龚自珍脚下的精神土壤急速变动，使他们的诗句一时找不到稳定的承载。他们的天分本该可以进入文脉，但文脉本身却在那个找不到价值坐标的年月仓皇停步了。

对清代结束之后的近代和现代，实在一言难尽：文化信号很多，而文化实绩很少；文化激情很多，而文化理性很少；文化言论很多，而文化思考很少；文化名人很多，而文化巨匠很少；文化破坏很多，而文化创造很少。

兵荒马乱，国运维艰，文化的这种状态无可深责。

中国近代以来在文化上最值得肯定的有两件事：一是破读了甲骨文，二是推广了白话文。

也许有人会说还有第三件事，那就是新思想的启蒙。这固然作用很大，开一代风气之先，但在文化的意义上只是“西学东渐”，就像当时开办西式学堂和西式医院一样，具有重要的移植意义，却不具备太多属于中华文化本体的创造意义。

破读甲骨文，确实不容易。我在《发现殷墟》一文中曾经详细地论述过，这是清代考据学派的功力，加上近代西方考古学的科学思维，再加上以王国维为代表的一批优秀学者的学术责任和杰出才情，熔铸而成的一个惊世文化成果。连孔子也无缘见到的甲骨文，却在几千年后被快速破读，随之商代被透析、《史记》被证实，这实在是中国现代文化人在学术能力上的一次大检阅。正是由于这种学术能力，中华文明又一次首尾相衔，构成一个充满力度的圆环结构。

破读甲骨文是一个不可思议的文化奇迹，证明中国文化人不仅有面向现代的勇气，还有面向远古的能力。连孔子、司马迁都没有见过的甲骨文，突然出现在兵荒马乱的现代，这是对一个民族数千年文化贯通性的一大考验。能不能破读，便是这种文化有没有中断的试金石。

考验通过了，文化的魂魄和历史的韧性一起回来了，中国人终于比过去任何时候更清楚地知道——我们是谁。

夏、商、周是中华文化跨入成熟门槛之后的起步期，蕴藏着决定民族生死祸福的一系列大问题。因此，虽然发掘出来的材料还很不完整，却也必须一遍遍地反复爬剔，从头细想，就像寻找这个庞大族群赖以生存的初始密码。

人类很多大文明，都灭亡在思维的荒原之中。如果早一点有人找到了赖以生存的初始密码，重新抖擞起独特的生命力，那些大文明也就有可能避免灭亡。因此，人们特别尊重一切濒临灭亡时的思考者。

就在一百年前，中华文化濒临灭亡。出乎意料，在一片无望的悲哀中，有几个文化思考者站出来，让中国在至高层面上恢复了记忆。记忆一旦恢复，局面就全然改观。

他们恢复的关键记忆，与遥远的商朝有关。

这又让我联想到了欧洲。大量古希腊雕塑的发现，开启的不是古代，而是现代。几千年前维纳斯的健康和美丽，拉奥孔的叹息和挣扎，推动的居然是现代精神启蒙。

在研究甲骨文和殷墟的早期大师中，王国维对德国的精神文化比较熟悉，知道十八世纪启蒙运动中温克尔曼、莱辛等人如何在考证古希腊艺术的过程中完成了现代阐释，建立了跨时空的美学尊严，并由此直接呼唤出了康德、歌德、席勒、黑格尔、贝多芬。在他们之前，德国如此混乱落后；在他们之后，德国文化光耀百世。此间的一个关键转折，就是为古代文化提供现代阐释。

王国维他们正是在做这样的事。他们所依凭的古代文化，一点儿也不比古希腊的差，他们所具备的学术功力，一点也不比温克尔曼、莱辛的低。只可惜，他们无法把事情做完。

于是，就有了我们这一代人的使命。

推广白话文，更是意义重大。这是一个悠久文明为了面对现代、面对国际、面对民众，决心从技术层面推陈出新的宣言。其间当然包含着严重的文化冲突，而站在革新一方的代表，本身也是传统文化的承担者，因此又必然隐伏着激烈的内心冲突。但是，出乎意料，这么大的事情居然也快速完成。由学者登高一呼，由作家写出实例，由出版家弘扬传播，在社会动荡的不良条件下，使用了几千年的话语书写方式，在那么大的国度内全盘转向现代，这就为后来一切新教育、新学科、新思维的进入创造了条件。

如果有年轻学生问我如何重新推进中国文脉，我的回答是：首先领略两种伟大——古代的伟大和国际的伟大，然后重建自己的人格，创造未来。

也就是说，每个试图把中国文脉接通到自己身上的年轻人，首先要从当代文化圈的吵嚷和装扮中逃出，滤净心胸，腾空而起，静静地遨游于从神话到《诗经》、屈原、司马迁、陶渊明、李白、杜甫、苏东坡、关汉卿、曹雪芹，以及其他文学星座的苍穹之中。然后，你就有可能成为这些星座的受光者、寄托者、企盼者。

中国文脉在今天，只有等待。

汉字：中国文化的生命基元

我考察过人类其他重大的古文明的废墟，特别注重那里的文字遗存。与中国汉字相比，它们有的未脱原始象形，有的未脱简陋单调，有的未脱狭小神秘。在北非的沙漠边，在中东的烟尘中，在南亚的泥污间，我明白了那些文明中断和湮灭的技术原因。

在中国的很多考古现场，我也见到不少原始符号。它们有可能向文字过渡，但更有可能结束过渡。就像地球上大量文化遗址一样，符号只是符号，没有找到文明的洞口，终于在黑暗中消亡。

由此可知，文字，因刻刻画画而刻画出了一个民族永久的生命线。人类的诸多奇迹中，中国文字，独占鳌头。

中国文字在苦风凄雨的近代，曾受到远方列强的嘲笑。那些由字母拼接的西方语言，与枪炮、毒品和科技一起，包围住了汉字的大地，汉字一度不知回应。但是，就在大地即将沉沦的时刻，甲骨文突然出土，而且很快被读懂，告知天下：何谓文明的年轮，何谓历史的底气，何谓时间的尊严。

笔墨是用来书写历史的，但它自己也有历史。

我一再想，中国文化千变万化，中国文人千奇百怪，却都有一个共同的载体，那就是笔墨。

这笔墨肯定是人类奇迹。一片黑黝黝的流动线条，既实用，又审美；既具体，又抽象，居然把全世界人口最多的族群联结起来了。千百年来，在这块辽阔的土地上，什么都可以分裂、诀别、遗逸、湮灭，唯一断不了、挣不脱的，就是这些黑黝黝的流动线条。

我到很久之后才知道，那些黑森森的文字，正是中国文化的生命基元。它们的重要性，怎么说也不过分。

这些文字证明，中国人和中国文化已经彻底摆脱了蒙昧时代、结绳时代、传说时代，终于找到了可以快速攀缘的麻石台阶。如果没有这个台阶，在那些时代再沉沦几十万年，都是有可能的。有了这个台阶，则可以完整表达，深入沟通，开始哲思，焕发诗情，而且可以上下传承。于是，此后几千年，远远超过了此前几十万年、几百万年。

这些文字，是中华民族始终保持一种共同生态的奥秘。辽阔的山河，诸多的方言，纷繁的习俗，都可以凭借着这些小小的密码而获得统一，而且由统一而共生，由统一而互补，由统一而流动，由统一而伟大。

这些文字，一旦被书写，便进入一种集体人格。这种集体人格有风范，有意态，有表情，又协和四方、对话众人。于是，书写过程也成了一种文化，又是人格的共建共融过程，书写着一种九州共仰的人格理想。

这些文字，一旦被书写，也进入一种审美程序，有造型，有节奏，有布局，有韵致。于是，流逸的线条，变幻的黑色，至简至朴，又至精至美，推进了中国文化的美学品格。

书法之美

早在两千五百年前，全世界各大古文明都还在奠基的时候，只有中华文明的一位智者提出："五色令人目盲。"我看别的古文明中，没有一个人表述过这么高明的见解。在这之后，世界上也只有一个民族，敢于用一种单纯的黑墨色为基础，来延绵它的主流视觉艺术，那就是水墨画和书法。书法在视觉艺术中处于至高的地位，却几千年一贯用纯黑色表达自己的全部美丽。

何谓中国书法？

中国书法，是以汉字为载体的镌刻法则和笔墨法度。

何谓书法美学？

书法美学，是对这些法则和法度中审美规范的探寻。

显然，这是一个极为悠久、庞大、复杂的课题。按照我的理论习惯，越是面对这样的课题，越要找到解构的法门。例如，以当下来解构悠久，以亲近来解构庞大，以简明来解构复杂。至少，入口应该如此，让人能够轻易抬脚，然后再一步步深入。

书法美学在中国，是熨帖土地的人间大美。它的格局，远远超越了文化教育的围墙。在文化教育的围墙之内，它是一切课程的起点；在文化教育的围墙之外，它是各行各业的终点。

对于识字的人来说，它牵引出了不同时空的各种文化；对于不识字的人来说，它展现出了陌生而艰深的高度，让人不能不仰望。

门槛极低，门庭广阔，而进入里边，又峰峦叠嶂，风景无限。这种美学现象，把美学的极端性宽度和极端性高度连成了一体，在人类美学史上极为罕见。

一般所说的书法，总是有笔有墨。但是，我们首先看到的文字，却不见笔迹和墨痕，而是以坚硬的方法刻镌在甲骨上，青铜钟鼎上，瓦当上，玺印上。更壮观的，则是刻凿在山水之间的石崖、石鼓、石碑上。

石刻和金文，可能会有笔墨预稿，一旦凿刀与山岩、铸模强力冲击，在声响、石屑、火星间，文字的笔画必然会出现特殊的遒劲度和厚重感。这是笔墨的损失吗？如果是，也很好。既然笔墨草稿已经看不到了，那么，中国书法有这么一个充满自然力、响着金石声的开头，可能更精彩。

也许我们可以说：中国书法史的前几页，以铜铸为笔，以炉火为墨，保持着洪荒之雄、太初之质。

我在殷商时的陶片和甲骨上见到过零星墨字，在山西出土的战国盟书、湖南出土的战国帛书、湖北出土的秦简、四川出土的秦木牍中，则看到了较为完整的笔写墨迹。当然，真正让我看到恣肆笔墨的，是汉代的竹简和木简。

商代的甲骨文和金文虽然在文句上还没有构成“文脉之始”，但在书法上却已构成了。如果我们把“文脉”扩大到书法，那么，它就以“形式领先”的方式开始于商代，比《诗经》早，却又有所交错。正因为此，我很喜欢去河南安阳，长久地看着甲骨文和青铜器发呆。甲骨文多半被读解了，但我总觉得那里还埋藏着孕育中国文脉的神秘因子。一个横贯几千年的文化行程将要在那里启航。而直到今天，那个老码头还是平静得寂然无声。

汉以前出现在甲骨、钟鼎、石碑上的文字，基本上都是篆书。那是一个订立千年规矩的时代，重要的规矩由李斯这样的高官亲自书写，因此那些字，都体形恭敬、不苟言笑、装束严整，而且都一个个站立着，那就是篆书。

李斯为了统一文字，对各地繁缛怪异的象形文字进行简化。因此他手下的小篆，已经薄衣少带、骨骼精练。

统一的文字必然会运用广远，而李斯等人设计的兵厉刑峻，又必然造成紧急文书的大流通。因此，书者的队伍扩大了，书写的任务改变了，笔下的字迹也就脱去了严整的装束，开始奔跑。

由此可见，那个时代的书法美学，与强悍的政治哲学紧紧相连，成了巨大社会变革的呼应记号。这种呼应记号，又不仅仅敷之实用，而是快速地构成审美系统，于是不再磨灭。总之，秦汉时代各种书体的产生，并不是几个专家长期研究的结果，而是历史伟力的自然印痕。反过来，正是这种自然印痕，把历史升拔到美的高度，使它抖落了杀伐气、烟火气而具有了被长久供奉的斯文面目。

汉隶，是中国书法的一个里程碑，但它的意义又大于书法。它像舞蹈般的舒展飘逸，象征着整体中国审美文化的一次愉悦转型。从此，不管在文学艺术的哪个领域，都或多或少熏染了像隶书那样突破框架、潇洒婀娜的“雅舞”风范。

隶书起到了重要的过渡作用，但过渡毕竟只是过渡，它把今后的路程，交付给了渡口彼岸。隶书在汉代之后，就不再有更大的气场。直到清代有过一些回荡，却也未成声势。因此也可以说，它在汉代已经功德圆满。

事情一到东汉就出现了重大变化，在率真、随意的另一面，碑刻又成了一种时尚。碑刻是对自由形态的凝聚，有的刻在碑板上，有的刻在山崖上，乍一看笔画不再自然，却在一种更高意义上向自然贴近，并成了自然的一部分。叮叮当当间，文化和山河在相互叩门。

书法美学以这种方式“强行结交”山河美学，实在让人叹为观止。文学的柔雅之美立即变成了坚硬之美，而山河的无言之美又立即增添了言辞之美。在这种多边的美学旋涡中，书法之美起到了枢纽作用。

楷书接替隶书，要做几件事：一为收袖，二为断带，三为拉平，四为趋直。具体说来，也就是不再飘出舞袖，截断绵绵长带，拉平转摆波荡，提按拙直笔画。这样一来，书法就更偏向于社会实用，这便是一条美学新路。

这中间揭示了两条美学原则：

其一，中国古典美学中一直蕴含着一对“奇正”关系。“奇”为奇丽开局、出奇制胜；“正”为平正庸常，公正实用。相形之下，隶书近奇，楷书近正。“奇”为突破之美，“正”为守常之美。在美学史上，“奇”能亮眼，“正”得长寿。楷书是最长寿的书体。

其二，美的最高原则，是对实用性的摆脱，但是其间的最高境界，是在实用中摆脱实用。楷书，可称此中典范。它始终以实用之貌，得形态之美，而形态之美又恰恰是美的归结。这就像一位女子，一直在上班、下班，恪尽职守，但又在举手投足间散发着青春之美、成熟之美、气质之美。这种种美，又与这位女子的日常职业关系不大。职业可以更替，风貌超然于上。楷书也是这样，似乎与书写的内容直接关联，其实是一种不讲独立的独立之美。

章草是隶书的直接延伸。当时的忙人越来越不可能花时间在笔墨上舒袖曼舞，因此都会把隶书写快。为了快，又必须进一步简化，那就成了章草。章草的横笔和捺笔还保持着隶书的波荡状态，笔笔之间也常有牵引，但字字之间不相连接。章草的首席大家，是汉代的张芝。后来，文学家陆机的《平复帖》也给我们留下了很深的印象。等到楷书取代隶书，章草失去了母本，也就顺从楷书而转变成了今草，也称小草。今草就是我们所熟悉的草书了，一洗章草上保留的波荡，讲究上下牵引，偏旁互借，流转多姿，产生前所未有的韵律感。再过几百年到唐代，草书中将出现以张旭、怀素为代表的狂草，那是后话了。

人类，总是在庄严和轻松之间交相更替，经典和方便之间来回互补。当草书欢乐地延伸的时候，楷书又在北方的坚岩上展示力量。这就像现代音乐，轻柔和重金属各擅其长，并相依相融。

北魏的诸多碑刻简称“魏碑”，多为楷书。这种楷书深得北方之气，兼呈山石之力。在书写技术上，内圆外方，侧峰转折，撇捺郑重，钩跃施力，点画爽利，结体自由，写起来干脆迅捷。总体审美风格，是雄峻伟茂、高浑简穆。

我在前面说到东汉碑刻时期，曾论述书法美学与山河美学的“强行结交”，这种重大美学现象，在北魏时更是蔚为壮观。由于魏碑的书法功力，中国山河愈加成了中国书法的宏伟基座。这种两大美学形态的互相熔铸，无论在空间上还是在时间上，都让人惊叹。

由于从美学着眼，我不能不思考魏碑的“审美主体”是谁。乍一看，这些碑写了具体的人和事，是给特定人群看的，但是地处偏远，究竟有多少人来？即使偶尔有人，难道要写得那么精彩，刻得那么高超吗？因此我断定，这些魏碑的主要审美主体，就是天地云霞，就是岁月苍黄。

在长年的默默无语间，它们已成为一种超越人世的存在，由人文之美升格为自然之美，与山川合一，其大无边。

草书和楷书相依相融的结果，就是行书。

行书中，草、楷的比例又不同。近草，谓之行草；近楷，谓之行楷。不管什么比例，两者一旦结合，便产生了奇迹。在流丽明快、游丝引带的笔墨间，仿佛有一系列自然风景出现了——

那是清泉穿岩，那是流云出岙，那是鹤舞雁鸣，那是竹摇藤飘，那是雨叩江帆，那是风动岸草……

惊人的是，看完了这么多风景，再定睛，眼前还只是一些纯黑色的流动线条。

能从行书里看出那么多风景，一定是进入到了中国文化的最深处。然而，行书又是那么通俗，稍有文化的中国人都会随口说出王羲之和《兰亭序》。

王羲之的《兰亭序》、颜真卿的《祭侄文稿》和苏东坡的《黄州寒食帖》，这三种法帖可以说是中国人格美学最典范的体现。三种强大的人格，通过三幅书法，概括了中国古代文化人格的三个高峰，而这三个高峰又各自具有很大的时代概括力。

王羲之的《兰亭序》，产生在魏晋的乱世。中国文化许多奠基性的创造往往都是在乱世完成的，王羲之的《兰亭序》就具有这种奠基性的重要价值。王羲之的书法潇洒典雅，既有君子风范，又有魏晋名士遗留的那么一种浪漫和收敛，体现了当时中国最优秀的一批文人的集体人格。后来的很多文人、书法家几乎每天都要背写一遍《兰亭序》，但主要是临摹笔触和布局，却很少品味《兰亭序》的文本内容。其实《兰亭序》的形态和内容是互相辉映的，我们可以由此更清晰地了解他们这群人的精神风貌。因此我总是要求我的学生顺便关注一下《兰亭序》的文本内容。你看，王羲之先讲他们聚会的时间、地点、气候、气氛，然后就讲到了人生观。他说人活在世上有两种追求：对内可以寄情抱负，对外可以寄情山水。不管是寄情山水还是寄情抱负，只要情绪安定而不躁动，都可以。怎样才能使人安定下来呢？那就要求这个人必须有理念。当时在魏晋名士中最常说的理念就是要贯通生死。而王羲之说："我在意的不仅仅是贯通生死，还要贯通古今。如果是贯通古今的话，我们今天的聚会就非常有意思了，大家留下那么多诗，我还写了这个序，时间就像眼下的流水一样流去，以后总有一天会有很多人看到的。"这是一篇表现君子情怀的优秀短篇散文。王羲之的笔墨是这种情怀的杰出外化方式，加在一起成了那个时代文化人格的精彩代表。

那就必须进入那个盼望很久的门庭了：东晋王家。

是的，王家，王羲之的家。我建议一切研究中国艺术史、东方审美史的学者在这个家庭多逗留一点时间，不要急着出来。因为有一些远超书法的秘密，在里边潜藏着。

任何一部艺术史都分两个层次。浅层是一条小街，招牌繁多，摊贩密集，摩肩接踵；深层是一些大门，平时关着，只有问很久，等很久，才会打开一条门缝。跨步进去，才发现林苑茂密，屋宇轩朗。

王家大门里的院落，深得出奇。

我们能在一千七百年后的今天，想象那些围墙里的情景吗？可以肯定，这个门庭里进进出出的人都很少谈论书法，门楣、厅堂里也不会悬挂名人手迹。但是，早晨留在几案上的一张出门便条，一旦藏下，便必定成为海内外共抢千年的国之珍宝。

自古以来，这种家族性的文化大聚集，很容易被误解成生命遗传。请天下一切姓王的朋友原谅了，我说的是生命气氛，而不是生命遗传。

但同时，又要请现在很多“书法乡”、“书法村”的朋友原谅了，我说的气氛与生命有关，而且是一种极其珍罕的集体生命，并不是容易模拟的集体技艺。

这种集体生命为什么珍罕？因为这是书法艺术在经历了从甲骨文出发的无数次始源性试验后，终于走到了一个经典型的创造平台。像是道道山溪终于汇聚成了一个大水潭，立即奔泻成了气势恢宏的大瀑布。大瀑布有根有脉，但它的汇聚和奔泻，却是“第一原创”，此前不可能出现，此后不可能重复。

谁也不把书法当专业，谁也不以书法来谋生。那里出现的，只是一种生命气氛。

人类史上难得出现有数的高尚文化，但大多被无知和低俗所吞噬，只有少数几宗有幸进入“原创爆发期”。爆发之后，即成永久典范。进化论文化学总喜欢把巨峰跟前的丘壑说成是“逐代进化”的台阶，惹得很多老实人辛劳毕生试图超越。东晋王家证明，这种“进化”观念是可笑的。

公元六七二年冬天，一篇由唐太宗亲自写序，由唐高宗撰记的《圣教序》被刻石。唐太宗自己的书法很好，但刻石用字，全由怀仁和尚一个个地从王羲之遗墨中去找，去选，去集。皇权对文化谦逊到这个地步，让人感动。但细细一想，又觉正常。这正像，唐代之后的文化智者只敢吟咏唐诗，却不敢大言赶超唐诗。

同样，全世界的文化智者都不会大言赶超古希腊的哲学、文艺复兴时期的美术、莎士比亚的戏剧。

公元四世纪中国的那片流动墨色，也成了终极的美学坐标。

我非常喜欢的王羲之、王献之父子的几个传本法帖，大多是生活便条。只是为了一件琐事，提笔信手涂了几句，完全不是为了让人珍藏和悬挂。今天看来，用这样美妙绝伦的字写便条实在太奢侈了，而在他们却是再自然不过的事情。接受这张便条的人或许眼睛一亮，却也并不惊骇万状。于是，一种包括书写者、接受者和周围无数相类似文人在内的整体文化气韵，就在这短短的便条中泄露无遗。在这里，艺术的生活化和生活的艺术化相融相依，一支毛笔并不意味着一种特殊的职业和手艺，而是点化了日常生活的经络系统。我相信，后代习摹二王而惟妙惟肖的人不少，但谁也不能把当初写这些便条的随意性学到家。

我多次说过，唐代是人类文化史上罕见的审美盛典，几乎每一个文化生态块面，都出现了“美学大迸发”。这是华夏文明长期积累、多元碰撞、深度化合的大成果，更是中华民族集体心灵底层最美蕴含的大开掘。这么多的“大”，足可囊括前后左右在寻常状态下的种种收获，因此对唐代进行集中研究，一直是各门类美学研究的捷径所在。对书法美学的研究也是如此，因此我会在唐代逗留较多时间。

伟大的唐代，首先需要的是法度。因此，楷书必然是唐代的第一书体。皇朝的最高统治者与绝大多数楷书大师如欧阳询、虞世南、褚遂良、柳公权等都建立过密切的关系。这种情形，在其他文学门类中并没有出现过，而在其他民族中更不可想象。上上下下，都希望在社会各个层面建立一个方正、端庄、儒雅的“楷书时代”。这时“楷书”已成了一个象征。

唐代那些大书法家，面对王羲之，一点儿也没有盛世之傲，永远地临摹，临摹，再临摹。他们的临本，让我们隐约看到了一个王羲之，却又清晰看到了一群崇拜者。

受唐太宗影响，唐初书法，主要是追摹王羲之。然而那些书法家自己笔下所写，更多的倒是楷书，而不是行书。他们觉得行书是性灵之作，已有王羲之在上，自己怎敢挥洒。既然盛世已至，不如恭恭敬敬地为楷书建立规范。因此，临摹王羲之最好的欧阳询、虞世南、褚遂良等人，全以楷书自立。

唐代楷书，大将林立，但我一直认为欧阳询位列第一。唐中后期的楷书，由于种种社会气氛的影响，用力过度，连我非常崇拜的颜真卿也不可免。欧阳询的作品，特别是《九成宫醴泉铭》和《化度寺碑》，把大唐初建时的风和日丽、平顺稳健全都包含了，这是连王羲之也没有遇到的时代之赐。

欧阳询的字，后人美誉甚多，我觉得宋代朱长文在《续书断》里所评的八个字较为确切："纤秾得体，刚劲不挠。"在人世间做任何事，往往因刚劲而失度，因温敛而失品，欧阳询的楷书奇迹般地做到了两全其美。

比欧阳询小一岁的虞世南，实实在在担任了唐太宗的书法老师。他的小楷《破邪论序》，颇得王羲之小楷《乐毅论》、《黄庭经》神韵，但我更喜爱的则是他的大楷《孔子庙堂碑》。恭敬清雅，舒卷自如，为大楷精品。我特别注意这份大楷中的那些斜钩长捺，这是最不容易写的，他却写得弹挑沉稳，让全局增活。

文化人就是文化人，书法家就是书法家，涉政过深，为大不幸。我想，褚遂良像很多文化人一样，一直记忆着唐太宗和虞世南的良好关系，误以为文化和权势可以两相帮衬。其实，权势有自己的逻辑，与文化逻辑至多是偶然重合，基本路线并不相同。

幸好褚遂良还留下了很多优秀的书法作品，这是他的另一生命，逃离了权势互戕而永不死亡的生命。

伟大必遭凶险，凶险的程度与伟大成正比。这显然出乎朝野意料，于是有了安史之乱的时代大裂谷，有了颜真卿感动天地的行书。颜真卿用自己的血泪之笔，对那个由李渊、李世民、李治他们一心想打造的“楷书时代”作了必要补充。有了这个补充，唐代更真实、更深刻、更厚重了。

安史之乱突然爆发时，唐玄宗毫无思想准备，朝廷毫无思想准备，整个军事行政系统毫无思想准备。盛世危机，就在于此。大家全都如痴如醉地进入了另一种习惯性准备：准备当夜的诗会，准备明天的乐舞，准备河边的郊宴，准备山间的论道。在这种情况下，当危机轰然降临的时候，猝不及防的大地只能等待着首先挺立起来的人格支柱。这第一个人格支柱，就是颜真卿。

颜真卿自己用文章来祭祀牺牲的家人，其中最震撼的，是那份祭祀侄子颜季明的《祭侄文稿》。由于后来成了中国书法史上的经典法帖，又称为《祭侄帖》。世界上很少有这么一个艺术作品，即使不了解它产生的背景，一上眼就被它淋漓的墨迹、痛苦的线条、倔强的笔触所感动。满篇的汉字，都在长叹和哭泣，而在长叹声和哭泣声中，傲然筋骨又毕现无遗，足以顶天立地。这是中国文化史上唯一用感情的图像符号，勾勒最伟大的文化人格的一幅作品。这种最伟大的文化人格，刻画了一个英雄的时代、英雄的家庭、英雄的文人。幸好有它，让盛唐即使破碎也铿锵有声。

我说过，平日只要看到王羲之父子的六本法帖，就会产生愉悦，扫除纷扰。但是，人生也会遇到极端险峻、极端危难的时刻，根本容不下王羲之。那当口儿，泪已吞，声已噤，恨不得拼死一搏，玉石俱焚。而且，打量四周，也无法求助于真相、公义、舆论、法庭、友人。最后企盼的，只是一种美学支撑。就像冰海沉船彻底无救，抬头看一眼乌云奔卷的图景；就像乱刀之下断无生路，低头看一眼鲜血喷洒的印纹。

美学支撑，是最后支撑。

那么，颜真卿《祭侄文稿》的那番笔墨，对我而言，就是乌云奔卷的图景，就是鲜血喷洒的印纹。

康德说，美是对功利的删除。但是，删除功利难免痛苦，因此要寻求美的安慰。美的安慰总是收敛在形式中，让人一见就不再挣扎。《祭侄文稿》的笔墨把颜真卿的哭声和喊声收敛成了形式，因此也就有能力消除我的哭声和喊声，消解在一千二百五十年之后。删除了，安慰了，收敛了，消解了，也还是美，那就是天下大美。

不知道外国美学家能不能明白，就是那一幅匆忙涂成、纷乱迷离的墨迹，即使不诵文句，也能成为后人的心理兴奋图谱和心理释放图谱，居然千年有效，并且仍可后续。

把方正、悲壮加在一起，还不是人们认知的大唐。至少，缺了奔放，缺了酣畅，缺了飞动，缺了癫狂，缺了醉步如舞，缺了云烟迷茫。这一切，在大唐精神里不仅存在，而且地位重要。于是，必然产生了审美对应体，那就是草书。

狂草与今草的外在区别，在于字与字之间连不连。与孙过庭的今草相比，张旭把满篇文字连动起来了。这不难做到，难的是，必须为这种满篇连动找到充分的内在理由。

这一点，也是狂草成败的最终关键。从明、清乃至当今，都能看到有些草书字字相连，却找不到相连的内在理由，变成了为连而连，如冬日枯藤，如小禽绊草，反觉碍眼。张旭为字字连动创造了最佳理由，那就是发掘人格深处的生命力量，并释放出来。

这种释放出来的力量，孤独而强大，循范又破范，醉意加诗意，近似尼采描写的酒神精神。凭着这种酒神精神，张旭把毛笔当作了踉跄醉步，摇摇晃晃、手舞足蹈、体态潇洒、精力充沛地让所有的动作一气呵成，然后掷杯而笑，酣然入梦。

张旭不知道，他的这种醉步，也正是大唐的美学脚步。他把那个时代的酒神精神，用笔墨画了出来，于是，立即引起强烈共鸣。

想想李白，想想舞剑的公孙大娘，想想敦煌壁画里那满天的衣带，想想灞桥、阳关路边的那么多酒杯，我们就能肯定，唐代也是一个“草书时代”。

唐代的草书大家，按年次，先是孙过庭，再是张旭，最后是怀素。但依我品评，等级的排列应是张旭、怀素、孙过庭。

就像中国文化中的很多领域一样，唐代一过，气象大减。这在书法领域，尤其明显。

书法家当然还会层出不穷，而且往往是，书运越衰，书家越多。这是因为，文化之衰，首先表现为巨匠寥落，因此也就失去了重心、失去了向往、失去了等级、失去了裁断，于是“山中无老虎，猴子称大王”。而且，猴子总比老虎活跃得多，热闹得多。也许老虎还在，却在一片猿啼声中躲在山洞里不敢出来，时间一长，自信渐失，虎威全无。

我的文化史观，向来反对“历史平均主义”。“历史平均主义”在现代，也可以称为“教科书主义”，即为课程分量的月月均衡、年年均衡，总是章章节节等时等一，匀速推进。这种做法，必然会把巨峰削矮、大川填平，使中国文化成为一片平庸的原野，令人疲惫和困顿。

我之所重，是最具美学概括力的文脉、笔势、时气、诗魂。

从这个意义上说，中国书法的灵魂史，在唐代已可终结。以后会有一些余绪，也可能风行一时，但在整体气象上与唐代之前已经不可同日而语了。

宋代书法，习称“苏、黄、米、蔡”四家。

苏东坡，我衷心喜爱的文化天才，居然在书法上也留下了《寒食帖》。

在行书领域，这是继《兰亭序》、《祭侄文稿》之后的又一杰作。我知道历来有很多人不同意，认为苏东坡只是以响亮的文学之名“兼占”了书法之名。明代的董其昌甚至嘲笑苏东坡连用墨都秾丽得像是“墨猪”。但是，我还是高度评价《寒食帖》，因为它表现了一种倔强中的丰腴、大气中的天真。笔墨随着心绪而偏正自如、错落有致，看得出，这是在一种十分随意的状态下快速完成的。正因为随意而快速，我们也就真实地看到了一种小手卷中的大笔墨、大人格。

黄庭坚认为《兰亭序》有“宽绰有余之风韵”，所以自己的字也从“宽绰”上发展，一般以欹侧取势，长笔四展，撇捺拖出。这种风格，可以赞之为“恣逸舒展”，却未免锋芒坦露，笔画见俗，又雷同过多。因此，康有为说他“变化无端”，我却认为他“变化太少”；康有为说他“神韵绝俗”，我却认为他“拖笔见俗”。他的这种写法本也可以，但与《兰亭序》三昧，颇有距离。

他的行书，较有代表性的是《松风阁诗卷》。相比之下，他的草书《李白忆旧游诗卷》和《诸上座帖》更好一些。因为有了较大变化，不再像行书那样拖手拖脚。但是，他的草书与唐代的张旭、怀素还是远不能比。原因是中气不足，通篇笔墨并非自然贯注，而有刻意铺排的表演感。酒神不见了，只见调酒师。

在宋代，真正把书法写好了的是米芾。书界所说的“米南宫”、“米襄阳”、“米元章”、“米颠”、“米痴”，都是他。

不错，在正峰、侧峰、藏峰、露峰的自然流转上，在正反偏侧、长短粗细的迅捷调度上，米芾简直无与伦比。但是时间一久，我们就像面对一个出神入化的工艺奇才，而不是面对一种发自肺腑的生命文化。

可以相信蔡襄是“深厚”的，晋、唐皆通，行、草并善，而且也体现了自己的特色。但是，文化大河需要的，是流动，是波浪，是潮声，是曲折，是晨曦晚霞中的飞雁和归舟，是风雨交加时的呐喊和搏斗，而不是仅仅在何处有一个河床最深的静潭。

蔡襄什么都好，就是没有自己的生命强光。看他的书法，可以点头，却不会惊叹。这种现象，在古今中外文化史上所在多有。因此，我还是把他放在宋书第四位。

在我看来，赵孟頫的书法，大大超过了黄庭坚和蔡襄。他的笔下，那么平静、和顺、温润、娴雅，实在难能可贵。他的众多书帖，也很适合做习字范本。行草最佳者，为《嵇叔夜与山巨源绝交书》、《纨扇赋》、《赤壁赋》。晚年那本《玄都坛歌》一向被评为代表作，反不如前面三本，原因是太过精细，韵力已失，出现较多软笔鼠尾。行楷佳者甚多，有《胆巴碑》、《福神观记》、《玄妙观重修三门记》、《妙严寺记》。其中有几本，介于行楷和楷书之间。楷书佳者，有《汲黯传》、《千字文》。

赵孟頫的问题，是日子过得太好了，缺少生命力度。或者说，因社会地位而剥夺了生命力度。他是宋朝宗室，太祖子秦王的后裔。谁知宋元更替后受到新朝统治者的更大重视，成了元代文化界领袖。这种经历，使他只能尊古立范，难于自主创新。他总是高高在上，汲取不了民间大地粗粝进取的力量。

明代书法，真正写好了的有两人：一是上海人董其昌，二是河南人王铎。而王铎，后来还活到了清朝。

董其昌明确表示看不起前辈书家文徵明、祝允明。论者据此讥其“自负”，我却觉得他很有道理，也有资格。他又认为，自己比赵孟頫更熟悉古人书法，但赵孟頫反而求熟练，而自己反而求生疏，结果，“赵书因熟得俗态，吾书因生得秀色”。这种说法有点傲慢，却契合文化哲学。他的字，萧散古淡、空灵秀美，等级不低，只是有时写得过于随意，失了水准。这一点他自己也承认，说自己平日写字不太认真，如果认真了，会比赵孟頫好。

与董其昌构成南北对照，王铎创造了一种虎奔熊跃的奇崛风格，让萎靡的明代精神一振。

我曾多次自问，如果生在明代，会结交董其昌还是王铎？答案历来固定：王铎。王铎的笔墨让我重温阔别已久的男子汉精神，即用一种铁铸漆浇的笔画，来宣示人格未溃、浩气犹存。更喜欢《忆过中条语轴》、《临豹奴帖轴》、《杜甫诗卷》的险峻盘纡结构，以一种连绵不绝的精力曲线，把整个古典品貌都超越了，实在是痛快淋漓。

我认为，这是全部中国书法史的最后一道铁门。

在这一道铁门外面，是一个不大的院落。那里，还有几位清代书法家带着纸墨在栖息。让我眼睛稍稍一亮的，是邓石如的篆隶、伊秉绶的隶书、何绍基的行草、吴昌硕的篆书。

除此之外，清代书法，多走偏路。或承台阁之俗，或取市井之怪，即便有技、有奇、有味，也局囿一隅，难成大器。历史已入黄昏，文脉已在打盹儿，笔墨焉能重振？只能这样了。

古代书法是以一种极其广阔的社会必需性为背景的，因而产生得特别自然、随顺、诚恳；而当代书法终究是一条刻意维修的幽径，美则美矣，却未免失去了整体上的社会性诚恳。

但是我们也应该清醒地看到，今天的书法发展，不能过多挪用古代概念。与古代书法相关的社会气氛和历史话题都发生了巨大变化。我相信在现代再也不可能出现类似于《兰亭序》或《寒食帖》这样称之为典范的作品。我们尊重经典，但不要做太多传承经典的梦。

只要是明白人就会懂得，王羲之不可能出现在颜真卿时代，颜真卿也不可能出现在苏东坡时代。每一种生存方式随着时代的变化都在天翻地覆。我们今后的文化生态会是什么样，真是无法预计。至于社会能否接受我们，更不要考虑。即使是王羲之、颜真卿的书法标本，写的时候根本想不到会以书法传世。我的想法就是，我们只需要保持住自己对美的认定，在心灵当中寻找一种诚实，然后创造我们自己的美。至于它会不会成为《鸭头丸帖》或什么，不知道，这不要太多考虑。

今天的书法家是多元组合。有的书法家更偏向于艺术形式，偏向于线条的流动状态，更看重水墨线条这种“有意味的形式”。这样的书法家，对内容的要求并不是很高，我认为也应该支持。有的书法家把练字当作一种人格修炼，修炼在天天不息的撇捺顿挫之间，他们也未必特别在乎内容。当然也有一种比较古典的书法家非常讲究书写的内容。我认为，在形式和内容的关系上，我们有理由更多地关注形式。当然在内容上，也不应该出现错字满篇、文辞不通的情况——除非是故意的。

在我看来，书法有三个层次的功能：一是社会实用功能；二是浅层审美功能；三是深层审美功能。

牧笛所说的“书法的重要性的丧失”，其实指社会实用功能。不仅是现在，早在钢笔文化代替毛笔文化时这种功能已经丧失大半，这一点我在《笔墨祭》一文中曾有详细论述。

但是，它之所以还余音袅袅，正因为它还有审美功能，让人割舍不下。其中的浅层审美功能很多人都发现了，因此现在仍有不少地方喜欢用书法来写招牌，做装潢，有些官员还在努力练习书法。但是，对书法的深层审美功能却很少有人领悟，其实这才最为重要。它不仅仅是工具，也不仅仅是装饰，而是中国传统文人的一种风范的外化。那或工整或游动的墨色线条，在顿挫撇捺间把君子行为提炼了，也抽象了。它变成了有形式感的生命节奏，让人一目了然又玩味不尽。它是一种纸面化的精神舞蹈，经过一代代积累又变成了一种通用的文化密码，它甚至影响了整个中华民族的思维方式。在这个层面上，书法是中国美学的重要图腾，永远是研究和欣赏的对象，不会褪色。

书法在中国文化中的地位分两个属性，一个是工具属性，一个是精神属性。

所谓工具属性，小而言之，书法是日常生活中的交流工具，这条黑黑的墨痕其实是中华文化的生命线。

书法在中国文化上的精神属性，是中国文化人格最抽象的一种描绘方式。那些流动的线条正好对应着历来追求的君子风范，他们的举手投足，他们的风雅品貌，都在这个线条当中体现出来了，一个人从小每天在书法当中慢慢地磨炼，就是在修炼自己的精神品格。

只要懂书法，从满纸云烟当中就可以看得出中国文化人格。

很多传世法帖只是偶然之作，甚至只是便条，是草稿，那就说明便条有可能进入历史，而反复修饰的文稿却早已失之听闻。同样的道理，被后人怀念的文化人，不一定是当代最强势的人。陶渊明在唐代就不怎么有人知道他，直到宋代，隔了多少年了，大家似乎重新发现了他，苏东坡说陶渊明比李白、杜甫都好。现在已有越来越多的事实证明，很多争得你死我活的所谓“历史结论”，其实带有巨大的虚假性和不真实性。

我们今天失去的不是书法艺术，而是烘托书法艺术的社会气氛和人文趋向。

至此，可以对中国的书法美学作一个小结。

一、人类社会进入成熟文明，有几条基本标准，例如，使用文字、冶炼金属、集中居住，等等。其中，最重要的是使用文字。中国汉字，是人类历史上运用时间最长、运用人口最多的文字。因此，它的使用，既是中华民族，又是人类整体成熟文明的确切印证。中国书法，就是以汉字为载体的书写法则。当汉字书写走向了美学，也就构成了一种最宏大、最具体的审美现象。

二、中国的书法美学，最早以镌刻的方式出现在甲骨、钟鼎、瓦当、玺印上，因此开头就充满自然力，响彻金石声。这就决定了书法美学的起点，包含着洪荒之雄、太初之质。这是千年笔墨的“早期履历”，其间所产生的力量从未消失。后期的柔雅姿态，无改其原始本质。

三、书法美学与自然力量的相依为命，使许多以书法为中介的重大事件显得非常神秘，而且是天地之秘。例如甲骨文和马王堆帛书的出土，都精确地发生在浩劫的中心点上，并立即变成对浩劫的回答。这种回答，立即挽救了中华文化。因此书法美学的最高秘密不可研究，也无从研究。

四、在日常生活中，书法也会在教育、表达、沟通、祈告、压舱等事项中体现出超重的分量。这种分量都被温润的笔墨包裹着，因此书法美学也就扩大为人生美学。中国士人一辈子都在练习书法，就像当代达人一辈子都在训练体形。

五、最早以镌刻方式出现的书法，渐渐统一成了篆书，又一并简化为小篆。这种统一而简化的书体为中华文化的整合和延续提供了可能。出于在时代大变革中的实用需要，篆书变成了隶书，又变成了楷书。在这一过程中，书法美学与政治哲学紧紧相连，并及时地转换出了一个个审美系统。正是这种审美系统，抖落了历史的杀伐气和烟火气，成了美丽的历史印痕，而被永久供奉。

六、在演变过程中，隶书美学以舞蹈般的长袖扫拂了篆书美学的刻板庄严，但在身姿上却过于波荡曼连，因此又必须更替成直捷短促、明白爽利的楷书美学。隶书美学成为一个轻盈的过渡形态，让位给质实无华的楷书美学。质实无华，是长寿的征兆，果然楷书历久不衰。

七、演变过程中也出现了笔墨飞动、行进快速的草书，但草书难以辨认，对多数审美群体而言，存在着接受上的障碍，因此便与楷书相融，产生了行书。行书从一开始就形成了一个奇迹般的美学高地，让规范和自由相拥相抱，让典雅和潇洒相依相融，产生了石破天惊的审美效果。于是，从公元四世纪到今天的一千七百年间，有无数中国文人终生都在临摹和研习东晋行书，这种现象在世界文化史上绝无仅有。这个例子又一次证明，天下具有最长久吸引力的，非权非财，而是美。

八、东晋行书的最美作品，集中出现在王羲之、王献之的家族门庭。这也就证明了，美的超常爆发，与生命的近距离聚集有关。诸多同处创造状态的生命，能够形成珍贵的美学气场。在这种美学气场中，互相激发的创造势头，处于一种顶峰状态，有可能造成美的井喷。东晋的行书门庭是这样，唐代的诗人群落是这样。比照国际，从文艺复兴到十八世纪古典音乐、十九世纪法国美术也是这样。

九、以王羲之为代表的东晋行书之美，有力地否定了世间一切“进化论美学”。“进化论美学”武断地论定人类的一切美学现象都在进步、提升，而事实上，很多第一流的大美实迹都是无法追赶、不可超越的。即便投下再多的进化时间，也无可奈何。在美的至高层面上，不存在时间意义上的先进和落后、时尚和保守的差别。高峰就是高峰，即便保守也是高峰。在中国书法美学上，篆、隶、楷、行、草的高峰之间，也不存在“进化”关系，而只存在演变关系。按照黑格尔在《美学》中的说法，人们不必过于在意艺术领域的“速朽”长流，美的使命是摆脱速朽走向永恒。东晋行书，达到了黑格尔的目标。

十、美学的最高原则是对实用性的摆脱，但是，中国书法一直具有明确的实用效能，不管哪种书体都是如此。对于这个难题的透析，必须让我们登上一个更高的层次，那就是：在貌似实用中摆脱实用。因此，书法美学为整个美学天地做出了示范。实用只是起因，只是借口，最终目标仍然是美。美是那种凝固在画幅和雕塑上的不枯笑容，当人们早已不知笑的起因、笑的目的、笑的对象，而笑还在。社会上流行过“内容决定形式”的说法，在美学上很不适合。

十一、美的创造者大多孤独，因为多数民众都奔向了热闹而速朽的社会命题。但是，中外历史上也会出现某种偶然机遇，把朝廷和皇家也卷进了美学旋涡。唐代初期的书法，就交到了这样的好运。不少书法家不仅不再孤独，而且出入宫阙，备受尊重。唐代是人类文化史上罕见的审美盛典，几乎每一个文化生态块面都出现了“美学大迸发”，其中又以书法和诗歌为最。唐代书法以单纯和强烈的方式，折射了一个伟大王朝的时代精神。唐代的稀世悲欢，全可由书法来概括。书法美学，在唐代变成了天启神笔、普世墨色。这是历史奇迹，也是美学奇迹。双重奇迹很难重现，但既然有过，书法美学也获得了极大安慰。

十二、书法美学，超越实用性，拒绝进化论，却受制于历史气息、社会气氛、民族气数、文化气脉、时代气韵。美可以不需要别的什么，却需要“气”。这对美的作者、美的成果、美的趋向、美的走势，都是一样。在书法领域，宋至明、清的书法家数量超过前代，但怎么也无法叩问魏晋和唐代的整体气貌。我所说的种种“气”，来自苍溟间的“天地元气”，人力难及。一切真诚的美学思考者只能谦虚地等待、仰望、目送、叹别。

十三、宋代的书法美学，呈现出几个支离的课题。首先是苏东坡，排名宋四家之首，凸显出一个创造者的整体文化魅力足以提升他在接受者心目中的书法地位。其次是米芾，精熟各个书体技巧又有自己的独特风格，其实是当时的首席书法家，却总是让人感到在道与术、技与格的美学关系上轻重失度。最后是蔡京和蔡卞，据传应是宋四家中“蔡”氏之真身，却因政坛权谋而失信失名。不管传言是否可靠，书法美学因传播广远而讲究大环境中的人格操守。既已抱紧笔墨，就不应再抱紧权势，反之亦然。在这方面，美有洁癖。

十四、明、清两代历时五百多年，在如此漫长的岁月间，书法美学面对着一种“新常态”，那就是：名家众多，却没有星座；笔墨鼎盛，却无缘经典；大话纷纭，却难成共识。星座、经典、共识也有，却都在遥远的古代。要改变这种“新常态”很难，只能应顺。

十五、在当代，书法美学的主要任务是吸引更多的年轻人进入，在研墨执笔的过程中体验古典时代，体验文化风范，体验君子格调。在一日千里的当代，能有很多人进行这种体验，便是一种攀崖越谷式的险峻之美、异势之美、穿越之美。中华文明作为人类历史上唯一不中断地延续至今的幸存者，书法美学成了一条横贯数千年的坚韧缆索。它是见证者，却又被见证。因此，当代执笔者也就成了一定意义上的不朽者。那黑黝黝的线条，隐藏着一种悠久文明的生命密码，我们只要碰触，也就碰触到世上最大人群的集体生命。在这个意义上，执笔就好，而不必争着去做什么书法家。从今天到未来，只要这个民族还有大量年轻人涉足书法，投身翰墨，那么，一种庞大的文化之美和生命之美仍然会生生不息、蓬蓬勃勃。

绘画之美

中国画，我个人觉得，可以做很多美学方面的解释，但我还是想从非常实在的角度指出，中国画和西画的一个根本的差别就是材料和工具的差别。工具决定了文化的存在方式。中国艺术家用了毛笔、宣纸、墨、矿物色彩，组成了中国绘画的脉络。工具是一切的基础。米开朗琪罗开始雕塑的时候，花很长时间去找古希腊雕塑家取石材的地方。因为雕刻的时候被描绘人物的每一块肌肉、每一个笑容都是和石材有关系的，甚至和雕刻刀有关。当时米开朗琪罗曾找过一大片，不同的材料构成了不同的系列。这个出发点不是精神，而是行为方式，行为方式的存在决定价值。中国的书画材料引发了中国艺术的写意系统，然后进入与欧洲完全不同的审美系统。

绘画的起源一定比书法早，这是大家都知道的。我曾经好几次翻山越岭寻找过原始人留下的岩画，绘画在那里就开始了。

中国古代的很多绘画和雕塑，往往出现在丧葬场所和宗教洞窟中。面对这些作品，我们常常感叹无数真正的大艺术家混迹在画匠的队伍中没有留下名字。商周青铜器的设计者是谁？良渚玉琮的磨琢者是谁？昭陵六骏的雕刻者是谁？敦煌石壁的绘画者是谁？宋代官窑和元代青花的烧制者是谁？……这样的问题还可以没完没了地问下去。这些问题让我们产生了一种精神解脱：原来天地间无数大美是不署名的。

在绘画领域，最早留下名字的画家，应该是三国东吴时的曹不兴，但他只留下了一点故事，没留下作品。对于一个没有留下作品的画家，我们就无法谈论了。因此，第一个必须好好看一看的画家，是顾恺之。

顾恺之是无锡人，比王羲之小一辈。那天王羲之在写《兰亭序》的时候，顾恺之九岁。当然，他们都生活在乱世。这真让人奇怪，天下最平静、优雅的笔墨居然都出现在乱世。也许，艺术就是来突破时代的，每每与“时代精神”相反。

顾恺之佩服阮籍、嵇康这样的魏晋名士，喜欢画他们，却又不画眼睛。别人问起，他说：“画了眼睛他们就活了，到时候我怎么说得过他们？”

不要仅仅把这个回答看成是一个说笑。“点睛”，已经体现了中国艺术追求神似而非形似的关键特点。或者说，“点睛”之说本身就是一种文化点睛。

在《洛神赋图卷》中，顾恺之并不是仅仅画了一个曹植心中的女性，而是让曹植和那个女人一次次在不同场合出现，成了一种“连环蒙太奇”的结构。画中的曹植与那个女人的反复对晤，并不是实际相遇，而是精神交会，这让“写意”之“意”，变成了一种流动之“意”，随之让思念变成了一种流动的延绵。

反复出现的曹植和那个女人，在神情上又有前后的一致性。曹植不失贵族风范，矜持、专注、悲凉，而那个女人也有类似的神情，接近于《洛神赋》上所写的“轻云蔽月，流风回雪”。

绘画的这种结构方式，即使拿到今天的新兴艺术创意现场，仍然不失超前。

《女史箴图卷》依托的文本是西晋诗人张华的《女史箴》，这当然远远无法与曹植的《洛神赋》比了。《女史箴》是当时的一种“宫廷教育文本”，与看上去很不正经的《洛神赋》正好相反。当然，在艺术上，总是不正经的作品超过正经的作品。

顾恺之的《女史箴图卷》不仅超越了张华的《女史箴》，甚至还超过了他自己的《洛神赋图卷》。面对《女史箴图卷》的线条、力度和结体，谁都不会再去注意它的训诫内容。

顾恺之之后两百多年，阎立本出现了。三百多年后，吴道子出现了。从此，中国的人物画就越来越走向高峰。人们一般有个误解，以为中国画更多地擅长山水花鸟，人物画比较缺欠。尤其与西洋的实写人物画产生对比以后，更会觉得我们的人物画不够好。这其实是不对的，在中国绘画的早期阶段，人物画，特别是写意式的人物画，恰恰是中国美术史的一个主流。

云冈石窟是一种山川间的宏伟存在，只有去过才能谈论。谈论它，也是让它成为其他石窟如龙门石窟、莫高窟、麦积山的代表，构成我们探询中华文化的一个特殊视角。

很多年前我写过一本关于审美心理学的著作，其中讲到人世间的文化刺激强度：第一是视觉，即图像；第二是听觉，即音乐；第三才是抽象转换信号，即文本。只可惜，我们的文化研究常常颠倒了，习惯性地把文本放在第一。连一些散文家也试图用文字去描述绘画和音乐，真是笨。

云冈石窟首先是气魄惊人。我去过多次，每一次都会被重新震撼。它体量巨大，与山相依，让人感到佛教的顶天立地、俯视山河。其次是雕刻精美，一眼看去便知道是大师之作，却又密密层层地排列在一起，高高低低地展示在一起，产生了一种延绵不绝的艺术力量。除此之外，你还会产生一种巨大的异样感：为什么齐山的石柱极像古希腊的风范？为什么很多佛像都是高鼻梁、深眼窝，一派西方的神貌？这种异样感也让人产生一种远观式的世界性审视，眼前的一切更觉伟大了。

莫高窟可以傲视异邦古迹的地方，就在于它是一千多年的层层累聚。看莫高窟，不是看死了一千年的标本，而是看活了一千年的生命。一千年而始终活着，血脉畅通，呼吸匀停。一代又一代艺术家前呼后拥向我们走来，每个艺术家又牵连着喧闹的背景，在这里举行着横跨千年的游行。纷杂的衣饰使我们眼花缭乱，呼呼的旌旗使我们满耳轰鸣。在别的地方，你可以蹲下身来细细玩索一块碎石、一条土埂，在这儿完全不行，你也被裹卷着，身不由己，踉踉跄跄，直到被历史的洪流消融。在这儿，一个人的感官很不够用，那干脆就丢弃自己，让无数双艺术巨手把你碎成轻尘。

记得每进一个洞窟，我总是抢先走到年代标示牌前，快速地算出年龄，然后再恭敬地抬起头来。

年龄最高的，已经一千六百多岁，在中国历史上算是十六国时期的作品。壁画上的菩萨还是西域神貌，甚至还能看出从印度起身时的样子，深线粗画，立体感强，还裸着上身，余留着恒河岸边的热气。

另一些壁画，描绘着在血腥苦难中甘于舍身的狠心，看上去有点恐怖，可以想见当时世间的苦难气氛。

接下来应该是我非常向往的魏晋南北朝了：青褐的色泽依然浑厚，豪迈的笔触如同剑戟。中原一带有那么多潇洒的名士傲视着乱世，此时洞窟里也开始出现放达之风，连菩萨也由粗短身材变得修长活泼。某些形象，一派秀骨清相，甚至有病态之美，似乎与中原名士们的趣味遥相呼应。

不少的场面中出现了各种乐器，我叫不全它们的名字。

有很多年轻的女子衣带飘飘地飞了起来，是飞天。她们预示出全方位舞动的趋势，那是到了隋代。一个叫维摩诘的居士被频频描绘，让人联想到当时一些士族门阀企图在佛教理想中提升自己。壁画上已经找不到苦行，只有华丽。连病态之美也消失了，肌肤日渐圆润。那些雕塑略显腿短头大，马背上的历练，使他们气定神闲。

整个画面出现了扬眉吐气般的欢乐，那只能是唐代。春风浩荡，万物苏醒，连禽鸟都是舞者，连繁花都卷成了图案。天堂和人间连在了一起，个个表情生动，笔笔都有创造。女性越来越占据主导地位，而且不管是菩萨还是供养人，都呈现出充分的女性美。由于自信，他们的神情反而更加恬静、素淡和自然。画中的佛教道场已经以净土宗为主，启示人们只要念佛就能一起进入美好的净土。连这种简明的理想，也洋溢着只有盛唐才有的轻快和乐观。

唐代画面中的那些世间人物，不管是盔甲将军、西域胡商，还是壮硕力士、都督夫人，都神采飞扬。更难得的是，我在这些人物形象中分明看到了吴道子画派的某种骨力，在背景山水中发现了李思训、李昭道父子那一派的辉煌笔意。欢乐，就此走向了经典。走向了经典还在欢乐，一点也没有装腔作态。

除了壁画，唐代的塑像更是风姿无限，不再清癯，不再呆板，连眉眼嘴角都洋溢着笑意，连衣褶薄襞都流泻得像音乐一般。

唐代洞窟中的一切都不重复，也不刻板。我立即明白，真正的欢乐不可能重复，就像真正的人性容不得刻板。结果，唐代的欢乐诱发了长久的欢乐，唐代的人性贴合了永恒的人性，一切都融合得浑然一体。恍惚间，热闹的洞窟里似乎什么也没有了，没有画，没有雕塑，没有年代，也没有思考，一切都要蒸腾而去，但又哪里也不想去，只在这里，在洞窟，在唐代，在吴道子笔下。

突然，精神一怔，我看到了一个异样的作品，表现了一个尽孝报恩的故事。与一般同类故事不同，这个佛家弟子是要帮助流亡的父母完成复国事业。我心中立即产生一种猜测，便俯身去看年代标示牌——果然，创作于“安史之乱”之后。

“安史之乱”，像一条长鞭，哗啦一声把唐代划成了两半。敦煌因为唐军东去讨逆而被吐蕃攻陷。因此，壁画中帮助流亡父母完成复国事业的内容，并非虚设。

悲壮的意志刻在了洞壁上，悲惨的岁月却刻在了大地上，赫赫唐代已经很难再回过神来。此后的洞窟，似乎一个个活气全消。也有看上去比较热闹的场面，但是，模仿的热闹只能是单调。

在单调中，记得还有一个舞者背手反弹琵琶的姿态，让我眼睛一亮。

再看下去，洞窟壁画的内容越来越世俗，连佛教题材也变成了现实写生，连天国道场也变成了家庭宅院，连教义演讲也变成了说书人的故事会。当然这也不错，颇有生活气息，并让我联想到了中国戏剧史上的瓦舍和诸宫调。

唐宋之间，还算有一些呆滞的华丽；而到了宋代，则走向了一种冷漠的贫乏。对此，我很不甘心。宋代，那是一个让中国人拥有苏东坡、王安石、司马光、朱熹、陆游、李清照、辛弃疾的时代啊，在敦煌怎么会是这样？我想，这与河西走廊大大小小的政权纷争有关。在没完没了的轮番折腾中，文化之气受阻，边远之地只能消耗荒凉。

到了元代，出现了藏传密宗的壁画，题材不再黏着于现实生活，出现了一种我们不太习惯的神秘和恐怖。但是笔触精致细密，颇具装饰性，使人想到唐卡。

这是一个民族之间互窥互征的时代，蒙古文化和西藏文化在这一带此起彼伏。倒是有一个欧洲旅行家来过之后向外面报告，这里很安定，他就是马可·波罗。

明清时期的莫高窟，已经没有太多的东西可以记住。

莫高窟确实有着层次丰富的景深，让不同的游客摄取。听故事，学艺术，探历史，寻文化，都未尝不可。一切伟大的艺术，都不会只是呈现自己单方面的生命。游客们在观看壁画，也在观看自己。于是，我眼前出现了两个长廊：艺术的长廊和观看者的心灵长廊；也出现了两个景深：历史的景深和民族心理的景深。

它是一种聚会，一种感召。它把人性神化，付诸造型，又用造型引发人性，于是，它成了民族心底一种彩色的梦幻，一种圣洁的沉淀，一种永久的向往。

它是一种狂欢，一种释放。在它的怀抱里神人交融、时空飞腾，于是，它让人走进神话，走进寓言。在这里，狂欢是天然秩序，释放是天赋人格，艺术的天国是自由的殿堂。

它是一种仪式，一种超越宗教的宗教。佛教义理已被美的火焰蒸馏，剩下了仪式的盛大和高超。只要是知闻它的人，都会来寻找、来投奔这种仪式，接受它的洗礼和熏陶。

仪式从沙漠的起点已经开始，在沙窝中一串串深深的脚印间，在一个个夜风中的帐篷里，在一具具洁白的遗骨中，在长毛飘飘的骆驼背上。我相信，一切为宗教而来的人，一定能带走超越宗教的感受，既传播又蕴藏。为什么甘肃艺术家只是在这里撷取了一个舞姿，就能引起全国性的狂热？为什么张大千举着油灯从这里带走一些线条，就能风靡世界画坛？正因为他们触动了许多人心底的蕴藏。蔡元培在二十世纪初提出过以美育代宗教，我在这里分明看见，最高的美育也有宗教的风貌。

中国绘画在唐以前更多是人物画。在唐以后，山水画开始发展，但是一开始是比较写实的。这个写实不是西方式的写实，而是中国式的写实，后来便越来越像写意。到了元代，在一个叫黄公望的人手里，山水画终于成为中国画的各科之首，成了主流。这种山水画也就是文人画，从此入主画坛，黄公望也正式成为中国画里一个里程碑式的人物。他的代表作，就是《富春山居图》。这幅画描绘的是浙江富春江一带的景色，为了感受画中意境，我曾经专门到那一带游历。

不是出现在自诩或公认的“文化盛世”，而是元代。短暂的元代，铁蹄声声的元代，脱离了中国主流文化规范的元代。这正像中国传统戏剧的最高峰元杂剧，也出现在那个时代；被视为古代工艺文物珍宝而到今天还在被周杰伦他们咏唱的青花瓷，还是出现在那个时代。

艺术世界的至高部位总是充满神秘。企图显释者，必得曲解。只有放弃刻板的世俗思维和学术思维，才能踏进艺术之门。

相比之下，“文化盛世”往往反倒缺少文化里程碑，这是“文化盛世”的悲哀。

里程碑自己也有悲哀。那就是在它之后的“里程”，很可能是一种倒退。例如，以黄公望为代表的“元人意气”，延续最好的莫过于明代的“吴门画派”，但仔细一看，虽然都回荡着书卷气，书卷气背后的气质却变了。简单说来，元人重“骨气”，而吴门重“才气”，毕竟低了好几个等级。

又如，清代“四僧”画家对于黄公望和吴门画派的传统也有很好的熔铸，在绘画史上达到了很高的水准。他们很懂得黄公望为什么以荒寒代替富贵、以天真替代严密、以水墨替代金碧，但在精神的独立、人格的自由上，他们离黄公望还有一段距离。例如“四僧”的杰出代表者八大山人朱耷，就多多少少误读了黄公望。他把黄公望看作了自己，以为在山水画中也寄托着遗世之怨、亡国之恨，因此他说《富春山居图》中的山水全是“宋朝山水”。显然，黄公望并没有这种政治意识。政治意识对艺术来说，是一种似高实低的东西。朱耷看低了黄公望，强加给了他一个“伪主题”。

由此可知，即便在后代仰望自己的杰出画家中，黄公望也是孤立的。孤立地标志在历史上，那就是里程碑。

黄公望被断裂，因此，《富春山居图》的断裂成了一个象征。想到他似灵似仙的行迹，免不了怀疑：那天被焚被救，是不是他自己在九天之上的幽默安排？

里程碑连接历史，但对前前后后又都是一种断裂。任何深刻的连接都隐藏着断裂，而且大多是爱的断裂，而不是恨的断裂。

从明、清两代直到现代，凡是与《富春山居图》有关的人，都有点疯疯癫癫。

正是这种疯疯癫癫，使作品濒临毁灭，又使作品得以延续。中国文化的最精致部分，就是这样延续的。那是几处命悬一线的暗道，那是一些人迹罕至的险路，那是一番不计输赢的押注，那是一副不可理喻的热肠，那是一派心在天国的醉态，那是一种嗜美如命的痴狂。

诚然，宫廷画院的作品是典雅的、富贵的、严整的、豪华的、细腻的，什么都是了，只缺少“一点点”别的什么。别的什么呢？那就是，缺少独立的自我，因此也就缺少了生命的私语、生态的纯净、精神的舒展、笔墨的洒脱。《富春山居图》正是有了这“一点点”，便产生了魔力。

并不是一切优秀作品都能引发数百年的痴狂。《富春山居图》为什么有这般魔力？

这件事说来话长，牵涉到顶级艺术作品中所包含的神秘力量。

大家似乎有一种共识，认为艺术杰作的出现必须有一些良好的客观条件，例如，经济的保障、官方的支持、社团的组建、典仪的热闹、社会的重视、民众的关注，等等。正是这些条件，组成了“文化盛世”的自诩。根据这样的自诩，宋代设立了宫廷画院，称为“翰林图画院”，由宋徽宗赵佶亲自建制并不断完善。不少民间画家被遴选为御用画师，从社会地位到创作生态，都受到充分宠信和照料。宫廷画院里也出现过一些不错的作品，但是很奇怪，没有一件能够像《富春山居图》那样引起人们的痴狂。

当宋朝终于灭亡之后，宫廷画院当然也不再存在。南方的汉族画家被贬斥到了社会最底层，比之于前朝的御用画师，简直一个在天上，一个在地下。但是，正是在远离官方、远离财富、远离地位、远离人群、远离关注的困境下，《富春山居图》出现了。

当它一出现，人们就立即明白，宋朝宫廷画院所提供的一切优渥条件，大半是艺术创作的障碍。

说得难听一点，他是一个籍贯不清、姓氏不明、职场平庸，又入狱多年的人。出狱之后，也没有找到像样的职业，卖卜为生，过着草野平民的日子。那时他的年纪已经很大，据说还没有正式开始以画家的身份画画。

黄公望就这样在酒中、笑中、画中、山水中，活了很久。他是八十五岁去世的，据记述，在去世前他看上去还很年轻。

黄公望不必让大家知道他是怎么离世的，因为他已经把自己转换成了一种强大的生命形式——《富春山居图》。

其实，当我们了解了他的大致生平，也就更能读懂那幅画。

人间的一切都洗净了，只剩下了自然山水。对于自然山水的险峻、奇峭、繁叠也都洗净了，只剩下平顺、寻常、简洁。但是，对于这么干净的自然山水，他也不尚写实，而是开掘笔墨本身的独立功能，也就是收纳和消解了各种模拟物象的具体手法，如皴、擦、点、染，然后让笔墨自足自为、无所不能。

这是一个沉浸于自然山水间的画家，在自然山水中求得精神解放。这种被解放的自然山水，就是当时文人遗世而立的精神痕迹。因此，正是在黄公望手上，山水画成了文人画的代表，并引领了文人画。

结果，又引领了整个画坛。

没有任何要成为里程碑的企图和架势，却真正地成了里程碑。

对于中国绘画史，我比较看重晚明至清一段。朱耷就出现在这个阶段中。

在此前漫长的绘画发展历史上，当然也是大匠如林、佳作迭出。但是，如果要说到艺术家个体生命的强悍呈现，那就不得不把目光投向徐渭、朱耷、原济以及“扬州八怪”等人身上了。

毫无疑问，并不是画了人就一定能触及生命的底线。中国历史上有过一些很出色的人物画家，如顾恺之、阎立本、吴道子、张萱、周昉、顾闳中，等等，我都很喜欢，但总的说来，他们笔下的人物与他们自己的生命未必有直接的关联。他们强调“传神”，但主要也是“传神”地在描绘一种异己的著名人物，并不是本人灵魂的酣畅传达。在这种情况下，倒是山水画、花鸟画，更有可能直截地展示画家的内心世界。

山水花鸟原是人物画的背景和陪衬。当它们独立出来之后，大多喜欢表现“诗中有画，画中有诗”的美学意境，基本格局比较固定。画家们也就把心力倾注在笔墨趣味上了。

笔墨趣味能够导致高雅，但毕竟还缺少一种更强烈、更坦诚的东西。有没有可能出现另一种作品，让苦恼、焦灼、挣扎、痴狂在画幅中燃烧，人们一见便可以立即发现画家本人，并且从生命根本上认识他们，就像中国人在文学上认识屈原、李白，就像欧洲人在美术上认识罗丹、毕加索和凡·高？

不少学者认为，中国艺术讲究怨而不怒、哀而不伤，正好与西方艺术的分裂呼号、激烈冲突相反。对此，我一直存有怀疑。我认为，世界上的艺术分三种：一种是“顺境挥洒”，一种是“逆境长叹”，还有一种是“绝境归来”。中国绘画不应该永远没有第三种。

果然，到了文化专制最为严重的明清时代，它终于出现了。

很多年以前北京故宫博物院举办过一次画展，我在已经看得十分疲倦的情况下突然看到徐渭的一幅葡萄图，精神陡然一振。后来又见到过他的《墨牡丹》、《黄甲图》、《月竹》和《杂花图长卷》。他的生命奔泻得淋漓而洒脱，躁动的笔墨后面游动着千般不驯、万般无奈。在这里，仅说笔墨趣味，显然是远远不够了。

对徐渭我了解得比较多。他实在是一个才华横溢的大艺术家，但人间苦难也真是被他尝尽了。他由超人的清醒而走向佯狂，直至有时真正的痴癫。他曾自撰墓志铭，九次自杀而未死。他还误杀过妻子，坐过六年多监狱。他厌弃人世、厌弃家庭、厌弃自身，产生了特别残酷的生命冲撞。他的作品，正是这种生命冲撞所飞溅出来的火花，正是我所说的“绝境归来”的最好写照。

明确延续着这种美学格调的，便是朱耷。他实际的遭遇没有徐渭那样惨，但作为大明皇帝的后裔，他的悲剧性感悟却比徐渭更加辽阔。

他的天地全部沉沦了，只能在纸幅上拼接一些枯枝、残叶、怪石，张罗出一种地老天荒般的残山剩水，让一些孤独的鸟、怪异的鱼暂时躲避。

这些鸟鱼完全挣脱了秀美的美学范畴，夸张地袒露其丑，以丑直楔人心，以丑傲视甜媚。它们是秃陋的、畏缩的，不想惹人，也不想发出任何音响。但它们却都有一副让整个天地都为之一寒的白眼，冷冷地看着，而且把这冷冷的看当作了自身存在的目的。

它们似乎又是木讷的、老态的，但从整个姿势看又隐含着一种极度的敏感。它们会飞动，会游弋，会不声不响地突然消失。

毫无疑问，这样的物象，走向了一种整体性的象征。

某些中国画家平素在表现花鸟虫兽时也常常追求一点通俗的具体象征，例如，牡丹象征什么，梅花象征什么，喜鹊象征什么，老虎象征什么，等等。这是一种层次很低的符号式对应，每每坠入陈词滥调，为高品位的画家们所鄙弃。看了朱耷的画，就知道其间的差异在哪里了。

徐渭、朱耷、原济这些人，对后来的“扬州八怪”影响极大，再后来又滋养了吴昌硕和齐白石等近现代画家，中国画的一个新生代的承续系列就这样构建起来了。我深信这是中国艺术史上最有生命力的激流之一，也是中国人在沉闷的明清之际的一种罕见的骄傲。

齐白石有一段话，使我每次想起都心头一热。他说：

“青藤（徐渭）、雪个（朱耷）、大涤子（原济）之画，能横涂纵抹，余心极服之。恨不生前三百年，或为诸君磨墨理纸。诸君不纳，余于门之外饿而不去，亦快事也。”

早在齐白石之前，郑燮（板桥）就刻过一个自用印章，其文为“青藤门下走狗”。

这两件事，说起来都带点痴癫劲头，而实际上却道尽了这股艺术激流在中国绘画史上多么难于遇见，又多么让人激动。

为了朝拜一种真正的艺术生命，郑、齐两位高傲了一生的艺术家，连折辱自己的生命也在所不惜了。由此可知，世上最强烈的诱惑是什么。

比朱耷小十几岁的原济也是明皇室后裔，用他自己的诗句来说，他与朱耷都是“金枝玉叶老遗民”。人们对他比较常用的称呼是石涛、大涤子、苦瓜和尚。他虽与朱耷很要好，心理状态却有很大不同，精神痛苦没有朱耷那么深。很重要的一个原因，是他与更广阔的自然有了深入接触，悲剧意识有所泛化。

但是，当这种悲剧意识流泻到他的山水笔墨中时，则呈现出一派沉郁苍茫、奇险奔放，局面做得比朱耷还大。

这就使他与朱耷等人一起，与当时画坛的正统潮流形成鲜明对照，构成了很强大的时代性冲撞。有了他们，中国绘画史上种种保守、因袭、精雅、空洞的画风都显得萎弱了。

我在青云谱的庭院里就这样走走想想，面对着各色各样很想亲近朱耷却又看不懂朱耷的游人，我想，事情的症结还在于我们一直没有很多强健的作品去震撼他们，致使他们常常过着一种缺少艺术激动的生活，随之与艺术的过去和现在一并疏离起来。

因此说到底，还是艺术首先疏离了他们。

什么时候，我们身边能再出几个那样的画家，他们强烈的生命信号照亮广阔的天域，哪怕普通老百姓也会由衷地热爱他们；即便只是冷冷地躲在一个角落，几百年后的大师们也想倒赶过来做他们的仆人？

什么时候，徐渭的“绝境归来”将由紫霞迎接，朱耷的孤寂心声将由青云谱就？

迟到的中国戏剧

戏剧的最初踪影，远不是戏剧本身。

探求戏剧的最初渊源，实际上，就是寻觅古代生活中开始隐隐显现的戏剧美的因素。

一切向着文明进发的原始民族都不会与戏剧美的因素绝然无缘。但是，使戏剧美的因素凝聚、提纯的条件却出现得有多有寡，有早有迟，因此各民族戏剧形成的时间也有先有后。有的民族，戏剧美由发端到凝聚成体，竟会经历一个极其漫长的历史时期。也有某些民族，戏剧美始终没有真正凝聚起来。

与世界上其他古文明发祥地一样，我国戏剧美的最初踪影，可在原始歌舞和巫术礼仪中寻找。在古代原始歌舞和巫术礼仪往往是互相融合的，古人们便在载歌载舞的拟态表演中走到了戏剧的大门之前。

就在戏剧美有可能凝聚的时刻，希腊的奴隶主民主派把巫术礼仪引向艺术之途，形成了戏剧；作为氏族贵族思想代表的中国思想家孔子则把巫术礼仪引向政治、伦理之途，使戏剧美的因素渗透在生活之中，未能获得凝聚而独立。

与希腊的悲剧精神不同，孔子的儒家礼乐观念倡导和谐调节、温柔敦厚的生命基调，更是延缓了中国戏剧的形成。

因此，屈原《九歌》中早已传出的浓厚戏剧信息，还需要经过很长的时间，才能发育成整饬的戏剧形态。

原始歌舞、祭祀礼仪、巫觋扮演、优的活动，这一些，本来都分散在各个部落、氏族中。等到新兴的封建主在战马上统一国家之后，产生了各方面的交流和汇融，艺术的天地也就出现了空前的热闹。

秦朝非常短促，却也留下了一些具有极高美学价值的筑造工程。长城、泰山石刻、兵马俑、阿房宫……从这些美的实迹中，人们不难领略一种足以延续千余年的制度和精神在方生之时的宏大气魄。

宏伟而疲倦的秦朝结束自己的生命之后，汉代，才定下心来，缓过气来，酣畅地舒展出一个东方大帝国的内在生命力。作为这种生命力的对应物，美的实迹也不再仅仅留存在石块的泥胎上，而是成了一种欢快活泼、丰富浓烈的社会存在。统治者也开始积极关注，例如他们对于乐府的重视，就对民间艺术的搜集、整理起到了促进作用。

“百戏杂陈”，这一说法，生动地概括了汉代艺术世界的丰富活跃，也体现了中国人在跨越一道重要的历史门槛儿之后所产生的松快感。

戏剧起始点和归宿处，大概总离不开那种烈烈轰轰、四方趋归的节庆气氛，总与朴拙的民俗性聚合有着不解之缘。许多后起的戏剧现象，倒只是支脉、藤蔓，虽开出了繁花，却并非根柢。

一系列动态的技艺表演，无所不包，欢快狂放，很容易使人联想起同时出现的汉赋，洋洋洒洒，浪漫不羁；还可联想起当时的帛画和石刻，人神同处，古今荟萃……但百戏比它们更生动地体现了一个民族在特定时代的蓬勃生命力。

唐代，是诗的时代。因此，也是音乐、舞蹈、书法的时代。

借用黑格尔的概念，汉代，以洋洋洒洒的汉赋和博大精深的史学为代表，达到的是一种史诗式的自觉；唐代，则达到了抒情诗式的自觉。处处闪耀着独立的个体自由。

当诗歌从“才气发扬”的“唐体”，一转为“思虑深沉”的“宋调”，戏剧的成长才有了更确实的时机；而中国戏剧的真正繁荣，则发生于一个诗歌创作相当零落的时代。

从诗歌美跃升为戏剧美，会带来创作观念上的不小转变。即使在戏剧繁荣的元、明、清三代，中国剧作家也大多是会写诗的，但他们在诗歌观念上与纯粹的诗人有很大的区别。

唐代的诗歌光辉，终于渐渐黯淡。唐诗的余绪，还会延绵百代，但那种时代性的繁茂，却不会复现于中国历史了。中国文艺的正宗席位，将由别种艺术来替代。

中国戏剧的姗姗来迟，除了象征性、拟态性因素的流散外，还有另一层的原因。

在精神实质上，儒家礼乐观念提倡情感的调和与满足。这一方面助长了抒情性艺术，使中国的诗歌获得极大的发展；另一方面又抵拒了分裂和冲突，使戏剧艺术赖以立身的审美基石失落长久。

当戏剧终于正式形成之后，“泛戏剧化”的现象仍然对戏剧的艺术格局产生重大影响。中国戏剧在很长时间内仍然很适合在婚丧礼仪、节庆筵酬之间演出，成为戏剧化的生活礼仪的一部分。观众欣赏中国戏剧，可以像生活中一样适性随意，而不必像西方观众那样聚精会神，进入幻觉。这种历史传统所造成的自身特点，构成了中国戏剧区别于其他戏剧的一系列美学特征。

由宋至元，是中国戏剧走向成熟的“冲刺期”。在宋以前，中国戏剧的雏形已经形成。宋代，由于商品经济的发展，市民阶层的扩大，市民艺术的汇集和繁荣，各种戏剧雏形急速走向成熟。与城市经济紧相联系的瓦舍、勾栏，是直接孵育戏剧成熟的温床。聚集在瓦舍、勾栏之中的广大观众的市民口味，酿成了一种使诗的时代向戏剧的时代过渡的审美氛围。

宋杂剧，是中国戏剧成熟前的一级重要阶梯，它虽然仍是不够严整的滑稽短剧，却与以往的戏剧性滑稽表演有很大的不同。它有比较固定的演出规程和角色行当，包含着可供伸发的多种艺术因素。它又有广泛的观众面和比较稳定的演出地点，为戏剧的进一步发展作了准备。讲唱艺术则在故事和音乐的完整性上援助了戏剧，帮助戏剧开拓了深度和广度。无论是宋杂剧和讲唱艺术，都对中国戏剧今后的美学格局产生了重大影响。

真正成熟的戏剧形态是形成于十二世纪前期的南戏，和形成于十三世纪前期、繁盛于十三世纪后期的北杂剧。它们的先后问世，证明中国已经具备了迎接戏剧时代的各种历史条件。

北杂剧的巨大成功，关键原因在于由动荡、险恶的历史条件造成的艺术家的大聚合。其中，一批有高度文化艺术素养的文人投入剧作家的队伍，与剧团合作，更为重要。

中国戏剧的成熟期和第一个繁盛期，应在十二到十三世纪之间。

到了元代，我们却终于拥有了它，而且拥有得非常富足。原因之一，是作为统治者的蒙古人多数还难于阅读汉文化的多种典籍，因此舞台演出大为兴盛；原因之二，儒家文化并不提倡戏剧表演，而元代的建立冲破了这种规范；原因之三，元朝建立后曾一度废止科举制度，使一批文人不知何去何从，便进入民间娱乐场所从事创作，这使关汉卿、王实甫、纪君祥、马致远等优秀剧作家大批涌现。这一下，中国文化在戏剧上的一笔欠债不仅还清了，而且是加倍地偿还了。

元杂剧的繁盛期，是整个中国戏剧史中的黄金时代。

但是，这个黄金时代是以沉重的代价换来的。

宋代虽然把传统的思想文化推到了空前精细的地步，但国计民生的江河日下，完全无力对付金元侵略者的南下。二帝被俘，朝廷南渡，抗金失败，奸佞掌权，西湖歌舞，负帝蹈海……这些事，组合在一起，不能不给人们带来深深的失望和惆怅。整个民族产生了由汉代以来最深的郁闷。南北朝时期的纷乱，安史之乱以后的黯淡，都不能与之相比。

早就习惯了的文化表述方式，已不足为用。有的知识分子决心不再为文，“断其右指，杂屠沽中”。但也有一些智者不想这么退缩，而是用关汉卿那样的不屈劲头寻找着一种足以酣畅倾吐的艺术形式，以求获得内外平衡。这便是元杂剧。

中国舞台艺术也就由此扭转了以嬉戏娱乐为主的倾向，大步走向精神层面，并成为全民族精神层面最强烈的外化形式。

中国戏曲史上得到王国维先生评价最高的是元杂剧，不是明清小说，更不是京剧。他看重的是元杂剧当中的思维方位，站在平民的立场上有一系列平民化的哲学观点，而且坚定不移地站在平民化的哲学观点上表达出它的意义。所以我们可以想到关汉卿，想到王实甫。站在平民的立场上建立自己的思维系统，文化上的力量是高雅的，但是这个高雅充满了民间活力，这是王国维先生最重视的杂剧。到现在为止，尽管我们和元杂剧离得比较远，但是我们经常会抬起头向往那个时代，向往关汉卿、王实甫的时代，和大地、民众联系在一起，又把知识分子的情怀通过民间的转折喷涌出来。

元代的灭亡，大明帝国的建立，也没有给杂剧艺术补充多少生气。相反，由于汉族所受的民族压迫被解除，原先构成元杂剧郁愤基调的一个重要社会依据也失去了。杂剧内容，越来越显得蹈空。

明初出现过杂剧的虚假繁荣，主要表现在皇族的参与。连明太祖朱元璋的儿子和孙子都成了颇负盛名的戏剧家，他们的周围又招罗了大量的戏剧人才，编剧演戏，成了一种瑞云缭绕的官场盛举。但平心而论，这实在不是一种正常的艺术活动，而是特殊政治生活的一种装潢，上层政治人物的一种掩体。

明中期之后，情况发生了很大变化，随着整个思想文化领域里新鲜空气的出现，戏剧事业再度昌盛，冷落于一隅的杂剧也曾稍稍活跃。但是，一种更为壮阔的戏剧现象早已出现在剧坛，杂剧的风华年月，已经“黄鹤一去不复返”。它以自己的衰落，证明着新的戏剧样式的胜利。

杂剧的历史使命，已基本完成。

取杂剧的地位而代之的，是由南戏发展而来的传奇。

从十六世纪末到十七世纪末，整整一百年，是中国戏剧丰收的世纪。在这一百年中，传奇艺术获得了充分的发展，其中最杰出的代表作有四部：《牡丹亭》、《青忠谱》、《长生殿》、《桃花扇》。这些作品，在整个中国戏剧史上也是第一流的。

明、清两代的戏剧，一般都会提到《牡丹亭》、《长生殿》、《桃花扇》这三出戏。这中间，汤显祖的《牡丹亭》无可置疑地居于第一，因为它在呼唤一种出入生死的至情，有整体意义，又令人感动。而其他两出，则太贴附于历史了。

当明清文人传奇的黄金时代过去之后，人们惊喜地发现，在广阔的原野上，民间戏剧的生机不仅始终在跃动，而且已经出现一批不可忽视的戏剧作品，足以构成中国戏剧文化史的新篇章。我们这里指的是品类繁多的地方戏。

我们在描述传奇时代的时候，主要是把目光集中在城市大邑，集中在那些为城市大邑的舞台提供剧本的著名艺术家的宅院。这是难免的。即使是完全坐落在农业经济之上的封建时代，城市也是历史的门面。

我们说过，城市中的市民口味曾对戏剧艺术的成熟作了关键性的催发，那么，戏剧以后发展的主体航道，也还是在城市中。最重要的戏剧现象，最杰出的戏剧作品，都无法离开热闹街市中各色人等的聚合；即便是在乡间阡陌间孕育的曲调和故事，即便是在远村贫舍中写出的剧本和唱词，也需要在人头济济的城市显身，才有可能成为一种有影响的社会存在，留之于历史。但是，另一方面，我们又应正视散布在广阔原野间的戏剧品类的存在，它们在某种意义上一直在与城市演出竞争。

由于谭鑫培、王瑶卿等大批表演艺术家所做出的重大艺术贡献，京戏作为一种极有特色的戏剧品类完满地出现在中国戏剧文化史上。享有世界声誉的戏剧大师梅兰芳，则是京戏成熟期的一个代表。京戏，在很大程度上已成了中国近代戏剧文化的象征。

在中国戏剧文化史上，京剧，为表演艺术史掀开了新篇章，相比之下，没有为戏剧文学史留下太光辉的章节。

这就是中国戏剧文化史的一个重大转折：以剧本创作为中心的戏剧文化活动，让位于以表演为中心的戏剧文化活动。这个转折的长处在于，戏剧艺术天然的核心成分——表演，获得了充分的发展，中国戏剧炫目于世界的美色，即由此聚积、由此散发；这个转折的短处在于，从此中国戏剧事业中长期缺少思想文化大师，换言之，长期缺少历史的先行者、时代的代言人以戏剧的方式来深刻地滤析和表现生活，有力地把握和推动现实。两相对比，弊大于利。包括京剧在内的中国戏剧文化，在很长的历史时期内主要成了一种观赏性、消遣性的比重太大的审美对象。剧目很多，但大多是前代留存，演员们为了表演艺术的需要会请人作一些修订、改编，有时也可能新编几出，但要以澎湃的创作激情来凝铸几部具有巨大审美感应力的新戏，则甚为罕见。戏剧艺术的社会作用，本来不应该仅仅如此；一个伟大民族的戏剧活动，本来不应该仅仅如此。

昆曲之美

某一种文化如果长时间地被一个民族所沉溺，那么这种文化一定是触及了这个民族的深层心理。以这种标准来衡量，中华民族在艺术文化充分成熟之后有几种群体性痴迷值得注意：第一是唐诗；第二是书法，这是大家都知道的；而第三，我只能“举贤不避亲”了，是昆曲。

由戏剧学的眼光来看，所谓戏剧是一种超越剧本、超越演出、超越剧场的宏大社会文化形态。社会历史还会在诸多戏剧形态中进行筛选，把那些能与当时当地广大观众的审美心理定式相对应的形态稳定下来并加以强化，这便是我们所说的范型。昆曲是一种范型，元杂剧和宋元南戏等也都是范型。戏剧的一切综合因素通过组建范型与广大观众建立习惯性默契。

中国观众曾经给了昆曲以最高的默契，随之而来，整个文化界也被它所惊醒。

一个民族的艺术精神常常深潜密藏在一种集体无意识之中，通向这个神秘的地下世界需要有一些井口，昆曲，就是我心目中的一个井口。你们即便不喜欢它，也无法否认它是井口。

昆曲艺术在其繁荣期的演出方式与我们日常习见的话剧、歌剧演出方式有本质的区别，它并不刻意制造舞台上的幻觉幻境，而是以参与某种仪式的方式与实际生活驳杂交融。

社会性痴迷是一种很值得玩味的文化现象。一切艺术都在寻找着自己的接受者，而一切接受者都在寻找着接受对象，当一种艺术与一个群落终于对位并产生如胶似漆的互吸力的时候，当它们交融一体而几乎物我两忘的时候，便产生了社会的痴迷。如前所说，在中国艺术史上唐诗和书法都产生过长时间的社会性痴迷，社会的精神翅翼围着它们转，人生的形象、生活的价值都与它们密不可分，为着一句诗、一笔字，各种近乎癫狂的举动和匪夷所思的故事都随之产生，而社会大众竟也不觉为怪，由此足可断定唐诗和书法在中国的古典审美构架中有着举足轻重的地位。昆曲作为一种在广阔范围内引起了社会性痴迷的艺术门类繁荣了两百多年，其在中国文化史上的地位也就不言而喻了。

戏剧之美是一种综合之美、聚合之美，各种组成因素之间的美学重心，会产生一次次挪移。例如，古希腊悲剧和莎士比亚戏剧的美学重心，显然是剧本；中国早期不成熟的宫廷演剧和民间演剧，重在表演；元杂剧的美学重心，也是剧本。在元杂剧衰微之后，新兴的剧种如果只在剧本上翻花样，变革就不会很大。出乎意料，居然有一代戏剧家以远见卓识，把变革的重心挪移到了唱腔曲调之上。正是这个精准的决定，使得这次变革在中国戏剧史上无比重要。因为从此整个中国戏曲也找到了自己共同的美学重心。

昆曲，这是一种超越个人喜爱的关注，因为我觉得这种艺术样式包含着中华民族的很多文化秘密。借着它，可以表述我的整体性观念。

我认为，一种文化现象是否重要，首先要看它在时间和空间中的被接受状态。

当然，许多文化现象的发生与戏剧演出不一样，有多种方式。例如古代经典未必能被广大民众直接阅读，却因已经渗透在社会体制和生活方式中而成为一种宽阔的发生方式；又如原始岩画未必被很多人看到过却作为早期人类的审美验证而受到今人重视。但是，我们更应该百倍重视那些曾经长久风行的文化现象，因为长久风行使文化变成了一种群体生态，一种文明方式，实际上也使“文化”这个概念上升到了更宏观、更深刻的等级。

一切巨大的美学突破，必须由强悍的生命群体来引领。这是因为，美的最终实现都是对生命的承诺。昆腔的改革从一开始就获得了一个合格的生命群体的支撑。既有一位大音乐家领头，又有一大批唱曲者追随，还从天上掉下来一位能够促成南北音乐相融的张野塘。这个团队，称得上“强悍的生命群体”，而且全是唱腔曲调方面的专家，合在一起，十分称职。

我每次去昆山、太仓一带，都会对这片发生过一场成功美学革命的土地深表尊敬，并在田畴间侧耳细听，希望在风声中还夹带着这批音乐专家留下的依稀余音。

请设想一下当时社会上的集体感觉吧，那么悦耳的音乐唱腔，从来没有听到过，却似乎又出自脚下的大地，众人的心底，一点儿也不隔阂，连自己也想张口哼唱；一哼唱又那么新鲜，收纵、顿挫、徐疾都出神入化，几乎时时都黏在喉间、心间，时时都想一吐为快；更何况，如此演唱盛事，竟有那么多高雅之士在主持，那么多演唱高手在示范，如不投入，就成了落伍、离群、悖时、逆世。

如果把事情推得更远一点，那么，几千年来一直不倡导纵情歌舞的汉族君子风习，一下子获得了释放。一释放，很多君子才发现自己原来也有不错的歌舞天赋。于是，引吭一曲，其实也是找回自我、充实自我、完成自我。

因此，昆腔火了，昆曲火了，而且大火特火，几乎燎烧了半个中国的审美莽原，燎烧了很久很久。

多久？居然，二百多年。

这二百多年，突破了中国文人的审美矜持，改写了中国人的集体风貌。中国文化，在咿咿呀呀中，进行了一种历史性的审美自嘲。

尽管是审美自嘲，但结果居然如此壮观，因此应该说是中国文化在美学上的一次大释放、大投入、大转身。当然，也是一次大收获、大胜利。

《牡丹亭》的情节，奇异到了怪诞的地步，却以巨大的力量震撼了无数青年男女的心。曹雪芹在《红楼梦》中写到，林黛玉只是隔墙听了几句《牡丹亭》的曲词，就已经“如醉如痴，站立不住”。曹雪芹把贾宝玉、林黛玉争读《西厢记》和林黛玉聆听《牡丹亭》写在同一回目中，证明了他本人对于王实甫和汤显祖的继承，也反映了《西厢记》和《牡丹亭》在清代社会中的传播程度。

《牡丹亭》在外显层面上的魅力，是惊人的美丽。初识春愁的女孩，残垣断壁间的花草，全从一条黑暗的缝隙中奔涌出来，构成强烈的色彩对比。然后，梦中之爱，爱中之梦，生生死死，几乎写尽了边缘状态的美，也就是极端状态的美。这种美，奇丽罕见，却又顺乎情理，引入关爱，非常难得。再加上典雅的文词、悠扬的唱腔，真可谓美不胜收。

《牡丹亭》在内蕴层面上，更包含着一种强大的精神力度。这种精神力度，来自一种挑战后的苏醒，或者说，来自一种苏醒后的挑战。挑战的对象，是当时汤显祖所处的社会现实。

宋明理学给予中国社会的思想负荷太沉重了，复古主义给明代文化领域打下的阴影太阴暗了。因此，一场积聚已久的思想冲突正在酝酿。汤显祖少年时代师事过思想开放的罗汝芳，做官期间交友东林党人如顾宪成、高攀龙等，罢官后又与勇敢的反理学思想家李贽有过接触，一生中很长时间与佛学大师达观有密切交往，而达观的思想与程朱理学也是格格不入的。总而言之，汤显祖一生，基本上置身在与礼教教条相对立的思想营垒中。在他的时代，为礼教殉身的妇女，数字大得惊人，创造了空前的历史纪录。这一切，使得汤显祖一定要以最大胆的艺术形式来控诉和反叛礼教。

汤显祖特意设置梦而死、死而生的情节，是为了表现一种能够超越生死的“至情”。这种“至情”既然不在乎形骸，因此即便在梦中也可能是真实的。希望仅仅以“理”来穷尽人世之事是不可能的，在“理”所归纳不了、解释不了的地方，还有“情”在活动着。

在中国古代其他许多富有感情的戏中，情是包容在主人公身上的一种禀赋，而在《牡丹亭》中，情则是掌控全剧的中心。杜丽娘固然是一个成功的人物形象，但我们不能仅仅像分析其他戏剧形象的性格特征那样来分析她。她更是一种纯情、至情的化身。

《牡丹亭》中所奔泻出来的感情激流，对于明代的现实，对于整个中国封建社会的思想文化体制，都带有明显的反叛性。但是，一个无可否认的事实是，在欧洲，这种时代性的反叛基本上取得了胜利，而在中国，这种反叛很快就烟消云散了，当时，中国封建社会的宗法一体化结构离全面崩溃还远，它的调节功能还在发挥作用，因而还有足够的力量把汤显祖的新鲜思想吞没掉。

《牡丹亭》出入生死之后，是以生之团聚为归结的，明显地表现了汤显祖对于情的乐观昂扬的态度。杜丽娘和柳梦梅，都是情的积极追求者和缔结者，尽管他们的情感也飘逸过了一条极为曲折奇险的路途，但他们本身并未对情造成过破损。《牡丹亭》中的情始终保持着，或趋向着一个内在的完满性，这就进一步体现了汤显祖的乐观基调。看《牡丹亭》，我们只见一种其力无穷的情感意绪左右着客观世界、穿越着现实生活，它处处制造出瑰丽的奇迹，处处迸发出夺目的光亮，最后发出了胜利的微笑。

汤显祖写的《宜黄县戏神清源师庙记》的美学等级，远远高于中国古代一般的戏剧理论。因为在这里，罕见地触及了戏剧如何拓宽和改变人类生命结构的问题。

汤显祖说，戏剧能让观众“见千秋之人，发梦中之事”，即把生命带出现实生活，进入异态时空。他认为，这种带出，能让生命进入一种摆脱现实理由的“无故”状态，即所谓“无故而喜”、“无故而悲”。其结果，却是改变观众的心理褊狭，走向精神健全，即所谓“贵倨驰傲，贪啬争施”、“无情者可使有情，无声者可使有声”。

在汤显祖看来，演剧之功，在于让人在幻觉中快乐变异，并在变异中走出障碍。这就逼近了中外美学的共同追求，其立论之高，令人仰望。

真实的感情，个体的感情，不顾一切的感情，足以笑傲死神的感情——汤显祖的这种呼吁，使我们联想到欧洲的人文主义者和浪漫主义者。欧洲人文主义者热情地呼吁一个以人为中心的世界，来代替原先那个以神为中心的世界。有的人文主义者甚至认为，为了减轻生活中的辛酸和悲伤，人类情欲的价值远胜于理性的价值。到了浪漫主义者那里，感情的浓度和自由度又有进一步的增长。站在个性立场上向传统观念挑战，颂扬非理性的自发生命力，成了许多浪漫主义者的创作使命。汤显祖的《牡丹亭》展现了与欧洲人文主义者、浪漫主义者的追求极近似的观念，表现了人的自发生命力从令人窒息的氛围中终于苏醒的过程。

孔尚任描写了一个风云变幻、血泪交流的历史转捩点。他力求靠近历史的真实面貌，但又不愿为那些真实材料所缚。他要用自己的心意和手段，来自由地处置这些材料。于是，一把纤巧的“桃花扇”，把纷纭复杂的南朝人事、大江南北的政治风烟，收纳起来了。

从美学上看，《桃花扇》比中国戏剧史上其他悲剧都更自觉地写出了灭寂的必然性。作者用非凡的笔力，写出了美的破灭，以及这种破灭的不可挽救；同时，也写出了这种在破灭中挣扎的美如何显现崇高。高水平的悲剧，不是要观众面对着一对情人的尸体而痛苦，而是要他们面对着一种无可逆拗的必然而震惊。《桃花扇》的特殊理性魅力，正是在这里。

这种感受，是历史的，人生的，也是哲学的，美学的。

在艺术表现方法上，《桃花扇》使得走向迟暮的明清传奇又一次呈示了雄健的实力。它把很难把握的动乱性场面处理得井然有序，收纵得体，它在史实与虚构、黏着与超逸、纷杂与单纯、丰富与明晰等关系的处理上，都妥帖匀停。尤其在人物刻画上，不仅把李香君、侯朝宗、阮大铖、柳敬亭、李贞丽等人物的性格发展写得清楚而生动，而且也写出了其他各色人等的表情和语气，琳琅满目。总之，《桃花扇》可说是整个明清传奇发展史上的“老成之作”。

从整个剧本看来，凡属历史重大事件基本上能保存其原来的真相，凡属历史上真有的人物，大都能在不改变其本来面目的条件下进行艺术的加工。如果说，《桃花扇》是我国古典历史剧中在历史真实与艺术真实的统一方面取得最大成功的作品，怕也不算过分吧。

《桃花扇》在整个中国戏剧文化史上的地位，正是如此。

我们需要进一步研究的是，孔尚任恪守真实和放手虚构，到底以什么为标尺，又为了达到什么目的呢？恪守真实，当然不会只是为了对“信史”的忠诚——这种忠诚在文艺领域未必永远是美德；放手虚构也不会只是为了艺术处理上的方便——这种方便很容易导致轻巧和浅薄。孔尚任的种种裁断和处置，都是为了实现一种意向：渲染出一种真实而又浓重的历史气氛，借以体现出一种江河日下的历史必然。

洪昇因《长生殿》而困厄，而死亡，也因《长生殿》而长存。

《长生殿》利用的是一个被历代艺术家用熟了的题材。这种题材的拥塞最容易埋没佳作，但《长生殿》却在此中显示出了自己的高度。

唐朝的故事，清朝的现实，洪昇并不愿意在这两者之间作勉强的影射。他所追求的是一种能够贯通唐、清，或许还能贯通更长的历史阶段的哲理性感受。因此，洪昇选中了几位艺术家，白头乐工雷海青和李龟年，就在戏中担负起了表述这一历史感受的特殊重任。从某种意义上说，他们就是洪昇的化身。

本身不包含戏剧性情节，只是一味陈述往事的《弹词》之所以能成为中国戏剧史上的重要片段，也与此有关。李龟年，当日繁华的参与者，后世剧变的目睹者，今天，成了一个历史的评述者。他本人的形象，就凝聚着一代兴亡："一从鼙鼓起渔阳，宫禁俄看蔓草荒。留得白头遗老在，谱将残恨说兴亡。"洪昇通过他，把李、杨爱情与一代兴亡紧紧地联系起来，化作一声浩叹。

昆腔传奇自十八世纪后期开始，明显衰落。当然，演出不仅还在进行，而且还十分盛炽，但有分量的剧本创作已日见稀少，这对戏剧活动来说，恰似釜底抽薪，已无法称之为繁荣了。

如果说，《长生殿》以爱情为主线，以兴亡为副线，那么，孔尚任的《桃花扇》则倒了过来，以兴亡为要旨，以爱情为依托。

《桃花扇》写成于一六九九年，即十七世纪的最后一年。它组合成了一种恢宏的气概，恢宏中又笼罩着悲凉，恰似薄暮时分的古钟，嗡嗡镗镗。

明清传奇的黄昏，也已经到来。

艺术史上任何一种范型都不可能永恒不衰，"范型"这一命题的提出就是以承认诸种范型间的代代更替、新陈代谢为前提的。昆曲无可挽回地衰落了，这是不必惋叹的历史必然，人们也不必凭着某种使命感和激动去做振兴的美梦。它曾经有过的辉煌无法阻止它的衰落，而它的衰落也无法否定它的辉煌。一切辉煌都会有神秘的遗传，而遗传的长度和广度却会倒过来洗刷掉辉煌时代所不可避免地迸发出来的偶然性因素，验证造成辉煌的质朴本原，中国人审美定式的本原。

一种艺术范型的真正价值，主要不是看它在今天有多少表面留存，而应该看它对后代的艺术产生了多少素质性渗透。从这个意义上说，今天有多少昆曲剧目在上演，远不是昆曲艺术生命力的唯一验证。

叙述至此已经明白，昆曲美学的奇迹，很大部分发生在观众身上。

这就回到了美学的本质。西方古典美学，着重研究“美的法则”，后来有一批高层智者渐渐懂得，美学更应该研究“美的接受”。于是，美学的更准确命题，是“审美学”。审美群体的心理感受，是美的立足点，如果一定要说“法则”，那也只能从那里派生出来。

由此，戏剧美学的基点，也就成了观众审美的心理学。昆曲美学，则早早地在这方面做出了惊人的示范，早于西方那些高层智者很多年。

昆曲美学既然以唱腔曲调为重心，那么，也必然需要有一大批热爱唱腔曲调的观众来支撑。这些观众，不仅是来看来听，而且自己会唱。这种盘旋于千万观众心间的音乐，能把美的创造和美的接受完全打通，能让艺术家和观众彻底融化，这才能使昆曲美学的奇迹轰轰烈烈地延续。

对于昆曲美学，可以作以下小结：

一、昆曲，是中国戏剧美学的最高范型，也是人类戏剧美学的珍罕标本。

二、昆曲美学作为一门学科，并不仅仅用来解释昆曲广为人称道的唱腔之美和身姿之美，还要系统研究昆曲之美的产生、提炼、播扬、定型、僵化、衰落的每一个生命阶段，并将它与前后左右的其他戏剧形态和社会生活形态进行对比。

三、中国主流的传统文化儒家、道家、佛家，都与戏剧不亲。直到元代北方少数民族入主，才改变这个状态，以元杂剧填补了历史空缺。由于需要填补的沟壑太长、太宽，元杂剧以一种“爆发式”的壮美惊动历史，却又快速地耗尽了生命，以垂暮英雄的姿态退出了舞台，这就为昆曲让出了地位。元杂剧为戏剧争得的前所未有的荣耀地位、浩荡气格，被昆曲的开拓者继承了，他们又发现了元杂剧的种种缺陷，便在南方地方性唱腔的基础上实行大幅度的改革，取得了成功。

四、昆曲改革的成功，首先是确认了这个剧种的美学重心，那就是唱腔曲调。这与原始演剧以表演为中心、元杂剧以剧本为中心的格局，判然有别。美学重心的移位，使“昆曲美”得以独立。

五、美学重心的移位，取决于改革团队的美学身份。昆曲美在唱腔曲调上的基本特征，立即受到当地观众的喜爱而快速播扬，也成了后来长期被朝野痴迷的主要原因。

六、唱腔曲调的改革必然伴随着乐器的重大推进。从北方来的张野塘把北曲的弦索交给了昆曲，并把弦索改成了适合南曲的弦子；杨仲修又把弦子改为提琴；张梅谷、谢林泉、陈梦萱、顾渭滨、吕起渭等人又在箫管、筝、琵琶上配合改革，使昆曲美在音乐上达到了充盈丰美、婉转自如的地步。

七、唱腔曲调的改革，必须有一些代表性的完整演剧来体现。这也就是说，美学重心只有出现在美学整体中，才能显示重心的魅力。

八、有了《浣纱记》这样完整的演出，昆曲改革中的唱腔曲调也就是进一步根据角色和场景讲究运气、行腔、收声、归韵等吐纳之法，还要关注念白，以及手、眼、身、步等方面的表演法度。行当也开始分得明确而细致，服装、脸谱又逐一跟上。由此，演出与观众之间订立了一系列美学契约。正是这种演出所呈现的完整美学结构，收服了元杂剧没有完全收服的南方山河。

九、昆曲收服了广阔山河，是指收服了南北观众的审美心理。其间最重要的，是收服了大部分仕子之心。须知这些仕子，也就是当时的中国知识分子，千百年来受传统思想的统治而在心理上与戏剧美学存在着严重隔阂。昆曲之美从容地征服了此后的几代仕子。这似乎是昆曲的胜利，其实更是中国文化心理结构的一个大突破、大调整。令人高兴的是，主导这次大突破、大调整的，主要是美的力量。

十、让大江南北、官场民间一起痴迷了二百多年的事实，是人类美学史上绝无仅有的罕例，又是人类美学史永久需要研究的难题。一个无比庞大，又代代相续的审美群体，使审美对象享尽荣华，又颇感吃力。但是，无论如何，这是中华文化有可能偏离古板说教而全然沉浸于一个综合审美系统之中的“隆重出轨”，对于集体人格的重建，意义不小。从另一方面看，“隆重出轨”又是“隆重入轨”，入了昆曲美学之轨，其实也是入了中华美学之轨、东方美学之轨。

十一、昆曲拥有难以计量的观众、戏迷、票友，并从中出现了浩浩荡荡的“亚专业群体”作为“串客”，使昆曲演出的团队具有雄厚的后备人才贮存，辅助着创作人员的流动、轮替、补充。“家庭戏班”是昆曲之美被权力和财富严密包裹和装潢的特例，已经开始背离戏剧美学无局限地向公众开放的本性。

十二、昆曲的美学重心取决于唱腔曲调，而它的文化等级则取决于文学剧本。昆曲在文学剧本中有三大特征渐渐变成了中国戏曲文学的共性。第一特征是意境上的高度诗化，作者和主角都具有诗人气息，被称之为“剧诗”；第二特征是结构上的松散连缀，连绵成一个“长廊结构”，可以自由拆卸出一出出“折子戏”而独立演出；第三特征是呈现上的游戏性质，即与实际生活驳杂交融，参与各种家族仪式和节庆仪式。

十三、在昆曲文学领域，占据第一位的是汤显祖，第二位是孔尚任，第三位是洪昇。

十四、昆曲的衰落，开始于流行浪潮对于创新思维的吞没。一切有才华的艺术家也在流行浪潮中东张西望、察言观色，结果使大量作品走向公式化、老套化、规制化。这就让昆曲之美大幅度地僵化了，只能日渐衰落。

十五、在昆曲因老套而衰落的过程中，很多痴迷其间的官员和文人起到了助长保守主义的负面作用。他们面对险恶的政治风浪产生了一种巨大的不安全感，因此最想在老套的唱腔曲词中寻找“韶华犹存”的安慰。在这种情况下，创新的势头越来越微弱。由此，昆曲也只能渐渐让位给“花部”，后世所熟悉的京剧就会热闹登场。

十六、昆曲美繁荣于十六、十七、十八世纪。这三个世纪，正是数千年中华文化的下行期和衰落期，也是中华文化开始落后于西方文化的转折期。那么，昆曲美在这一过程中究竟充当了什么角色？它在中华文化的整体兴衰历程中，所起的作用以正面为主，还是负面为主？我认为，它确实没有能力为社会发展做出更积极的美学选择，但它的作用还是以正面为主，而不是那些激进评论家所说的“世纪末的颓唐之音”、“亡国衰邦之音”。中华文化的兴衰，本于一系列更大的历史原因。艺术和美学，并不是扭转乾坤的枢纽，却可以在兴衰过程中滋润人心，使人们在不同的生活境遇中都有权利与美相伴。中华文化在自己的下行期有昆曲相伴，是一件幸事。世上如果有一种文明形态即使下行也保持着欣赏美丽的高尚情怀，那么，这种文明就有重新上行的可能。

普洱茶与生态美学

我们从书法美学过渡到昆曲美学的时候已经感受到一种巨大的跳跃。书法，写于书桌，挂在墙上，那么安静自守，那么不动声色。但是一到昆曲就不一样了，不仅有声有色，而且展现在闹市广场、乡野河港，所到之处人山人海，欢声雷动，完全与城乡民众的生活形态融成一体，变成了辽阔空间中的美学生态。

就此我们可以进一步拓展思维：比人山人海的观剧现场更大的，还有一系列以自然条件为基础的美学生态。

大自然，这是中国道家的主要审美空间。从老子、庄子到一代代道家高人，他们很少说美，甚至故意避开美，因为他们的美学课本，就是辽阔无限、郁郁葱葱、深邃神秘的大自然。他们恭敬地把大自然称为“天”、“道”，认为这是天下一切真、善、美的起点和归宿。他们不相信，人类能够离开自然而折腾出什么“美”。

对于自然之美、天授之美，人们能做的，只是寻访、采撷、拼配、存贮、吮饮、品咂、吞噬、回味，然后再双手捧之，奉献世人。这样一个谦恭而又宏大的美学过程，道家认为是人的本分和荣幸。

我的这番比喻性表述，已经很容易让人联想到茶。不错，从采撷到吮饮，茶都是人类汲取自然之美的一个象征。

道家把美学领域的最高标准称为“天籁”。音乐是送到耳旁的天籁，绘画是送到眼前的天籁，茶是送到嘴边的天籁。

三项极品，若要作一个递进式的区分，那就是：

书法美学，乃是一种文本美学所承载的线条美学；

昆曲美学，乃是一种包括文本美学的声色美学、生态美学；

普洱茶美学，乃是一种纯粹的生态美学。

从人类发展的前景看，生态美学的地位将会越来越高。这一点，也正好符合道家的预想。老子和庄子他们如果穿越时空面对书法美学和昆曲美学，估计不会太上心，但是一旦看到采自原始森林的千古叶芽被他们极为重视的泉水冲泡，沁人心脾，一定会惊喜莫名。我想，越到将来，人类越会重视生态美学，因为这是人类生存美学的终极依凭。

很多人初喝普洱茶，总有一点障碍。

障碍来自对比。最强大的对比者，是绿茶。

一杯上好的绿茶，能把漫山遍野的浩荡清香，递送到唇齿之间。茶叶仍然保持着绿色，挺拔舒展地在开水中浮沉悠游，看着就已经满眼舒服。凑嘴喝上一口，有一点草本的微涩，更多的却是一种只属于今年春天的芬芳，新鲜得可以让你听到山岙白云间燕雀的鸣叫。

乌龙茶就深厚得多，虽然没有绿茶的鲜活清芬，却把香气藏在里边，让喝的人年岁陡长。相比之下，“铁观音”浓郁清奇，“大红袍”饱满沉着，我们更喜欢后者。与它们生长得不远的红茶“金骏眉”，也展现出一种很高的格调，平日喝得不少。

其实，不管是龙井、猴魁，还是铁观音、大红袍、金骏眉，都是把自然之美收纳于杯壶之中的可爱范例。那一杯杯澄澈清香的液体，都是生态美学的精妙萃取。你如果要了解何谓“自然人化”、“口舌山水”，那就端起这些美学试杯一饮而尽吧。

几乎所有的茶客都有这样的经验：几杯上等的普洱茶入口，口感还说不明白呢，后背脊已经微微出汗了。随即腹中蠕动，胸间通畅，舌下生津。我曾以“轻盈”二字来形容绿茶，而对普洱茶而言，则以自己不轻盈的外貌，换得了茶客身体的“轻盈”。

普洱茶比其他茶种更有效地渗入了我们的生命系统。它从何处获得渗入之力？得自于大自然的生态系统。因此切莫小看了这么一杯不起眼的普洱茶，它居然是大自然的生态系统和人类生命系统的磨合点。因此，它的不太美的外表下，蕴藏着一种大美学。

这也就是说，普洱茶对人类生命系统的介入，虽然特别有效，却又特别温和。它体现了一种柔性的生态美学。

人是被严重“类型化”了的动物，离开了类型就不知如何来安顿自己的感觉了。经常看到一些文人以“好茶至淡”、“真茶无味”等句子来描写普洱茶，其实是把味觉的失落当作了玩弄文字的缺口，实在有点自欺欺人。不管怎么说，普洱茶绝非“至淡”、“无味”，它是有“大味”的。如果一定要用中国文字来表述，比较合适的是两个词：陈酽、暖润。

普洱茶在陈酽、暖润的基调下变幻无穷，而且，每种重要的变幻都会进入茶客的感觉记忆，慢慢聚集成一个安静的“心理仓贮”。这一点，已经进入了生态美学的至深部位。

普洱茶的品鉴，如果在口味上进入了美学系统，那就麻烦了，但是，这也是最令人向往的境界。

我在这里划出了三个台阶：由口感，到快感，再到美感。

第一台阶——口感。入口舒适，又获得了有益健康的体验。由此产生信任，成了一名热心的茶友。

第二台阶——快感。放不下了，日日惦记，一杯在手，浑身安泰。而且能够分辨品牌，知晓冲泡，成了一名专业的茶痴。

第三台阶——美感。执杯而恭，细品而静，进入一种无忧无虑的精神境界，生命与层峦叠翠相融，成了一名世间的茶神。

当然，能踏上第三台阶的人并不太多。美的领域，向来如此。

这么复杂的差别，与一个个朋友的生命形态连在一起，与躲在后面的大山、茶号、高师、岁月连在一起，与千里之隔又立即贯通的茶香、茶语连在一起，构成一种特殊的"生态美学语法"。进得里边，处处可以心照不宣，不言而喻，见壶即坐，相见恨晚。这样的天地，当然就有了一种让人舍不得离开的人文深度。

从现代认知水平上来定义普洱茶，并不太难。一般说来，它是云南澜沧江流域普洱市、西双版纳地区生产的，以大叶种晒青毛茶为原料，经自然发酵陈化或人工渥堆后发酵制成的茶品。

这虽然说得很明白，但还没有涉及普洱茶的"核心机密"。

于是，茶学和美学，就必须去恭敬地叩击科学的大门了。

我见过那种每个茶包上都标着不同年代的普洱茶仓库，年代越久越在里边享受尊荣。这让我联想到在欧洲很多国家地底下秘藏着的陈年酒窖，从容得可以完全不理地面上的兵荒马乱、改朝换代。我的《行者无疆》这本书里有一篇题为《醉意秘藏》的文章，记述了这种傲视时间的生态秘仪。这种生态秘仪，是我特别重视的"生态美学"的崇高殿堂。

既然称之为"生态美学"，这里确实还出现了一个美学形态上的有趣对比。

按照正常的审美标准，漂亮的还是绿茶、乌龙茶、红茶，不仅色、香、味都显而易见，而且从制作到包装的每一个环节都可以打理得美轮美奂。而普洱茶就像很多发酵产品，既然离不开微生物菌群，就很难“坚壁清野”、整洁亮丽。

从原始森林出发的每一步，它都离不开草叶纷乱、林木杂陈、虫飞禽行、踏泥扬尘、老箕旧篓、粗手粗脚的鲁莽遭遇，正符合现在常说的“野蛮生长”。直到最后压制茶饼时，也不能为了脱净蛮气而一味选用上等嫩芽，因为过于绵密不利于发酵转化，而必须反过来用普通的“粗枝大叶”构成一个有梗有隙的支撑骨架，营造出原生态的发酵空间。这看上去，仍然是一种野而不文、糙而不精的土著面貌，仍然是一派不登大雅之堂的泥昧习性。

但是，漫长的时间也能让生态美学展现出一种深刻的逆反。青春芳香的绿茶只能浅笑一年，笑容就完全消失了。老练一点的乌龙茶和红茶也只能神气地挺立三年，便颓然神伤。这时，反倒是看上去蓬头垢面的普洱茶越来越光鲜。原来让人担心的不洁不净，经过微生物菌群多年的吞食、转化、分泌、释放，反而变成了大洁大净。

这就是赖到最后才登场的“微生物美学”，一登场，全部不起眼的前史终于翻案。这就是隐潜于万象深处的“大自然美学”，一展露，连人类也成了其间一个小小的环节。

这让我回想起早年研究法国十八世纪狄德罗美学所产生的激动。狄德罗不喜欢修剪整齐的曲雅纤巧，向往着旷野美学、断礁美学、草莽美学、悬崖美学。我被这样的美学所感染，却又思考着为什么这些无人的图像能让人振奋。结论是：这些图像饱含着自然的生命力，又能激发起人们的生命力。但那时，说那些旷野、断礁、草莽、悬崖饱含着生命力，只是一种象征，没想到普洱茶美学告诉我，那些看似无人的自然物上活跃着无数的微生物菌群，才使它们一直保留着生命的色彩和信号。

因此，微生物菌群，为宏观美学提供了微观因子。普洱茶美学，也就成了宏观美学和微观美学之间的杠杆。

普洱茶的品质是天地大秘。在获得美学自觉之前，唯口舌知之，身心知之，时间知之。当年的茶商们虽然深知其秘而无力表述，但他们知道，自己所创造的口味将随着漫长的陈化过程而日臻完美。会完美到何等地步，他们当时还无法肯定。

因此，每当我恭敬地端起“号级茶”的茶盅时，就会特别感念当年的创造者，他们只是设计而无从享用今天的口味之美。

我想，世上一切有希望的族群都应该这样，为后世设计口味之美。只当“啃老族”固然令人害羞，即便是吃掉自己这一代创造的一切，也显得过于自私。人类之所以有着绵延不绝的历史，是因为前代对后代有着绵延不绝的馈赠。而且，总是超过自己一代享受水平的美丽馈赠。前代普洱茶的制作者把自己作品的最后完成，交给了时间。他们轻轻地抿着嘴，暗暗咽下一口唾沫，设想着孙子一代的无上口福。

对我来说，普洱茶只是一个观察样本。只要进入了微生物的世界，那么，我对人类和地球的感受也就完全不一样了。于是，我再由小变大，甚至变成巨人，笑看茫茫三界。

云南澜沧江流域的一座座茶山，确实值得向往。在那里，走了很多歧路的现代人终于明白了事理，小心翼翼地保护并营造了远古时代地球生态未被破坏的原始状态。那种丰富、多元、共济、互克、饱满、平衡的自然奇迹，其实也是人类与自然谈判几千年后最终要追求的目标。首尾相衔的一个大圆圈，画出了人类的宏大宿命。为此我常去那里，把它当作一个课堂，有关美学、哲学、人类学和未来学。

于是，一杯普洱茶，也就在陈酽、暖润之中，包含着人、自然和美之间的幽幽至义。

经常有朋友在茶桌前郑重地说一声：今天，请喝五十年的老茶。

我则在心里说，其实，这是五千、五万年的事儿。喝上一口，便进入了一个生态循环的大轮盘。在这种大轮盘中，人的生命显得非常质感又非常宏观，非常渺小又非常伟大。

我已与妻子商量好，每年新茶采收季节，应该凭借着我们对普洱茶的鉴识能力，会同其他专家，以最严格的标准选购一些好品种收藏起来。具体目的，当然是到时候自己喝，送朋友们喝。但最大的享受是使人生多了一份惦念。这种惦念牵连着贮存处的那个角落，再由那个角落牵连出南方的连绵群山。这一来，那堆存茶也就成了一种媒介，把我们和自然连在一起了，连得可触可摸、可看可闻、可感可信。说大了，这也就从一个角度，体验了“天人合一”的人格模式和美学模式。

这种人格模式和美学模式，暂时还只属于中国。我在以前的两本书里提到，改变中国近代史的“鸦片战争”，其实是“茶叶战争”。英国人喝中国茶上了瘾，每家每人离不开，由此产生了贸易逆差，只能靠贩毒来抵账。我又说了，他们引进了中国茶却无法引进茶中诗意，滤掉了茶叶间的中国文化和中国美学。但是，这些与炮火沧海连在一起的茶，基本上都不是普洱茶。普洱茶的美学在空间和时间上更遥远、更着地、更深厚。因此，在中国文化开始从“文本美学”转向“生态美学”的今天，它也就成了一种重要的标志。

在我看来，一个地道中国人的寻常日子，应该有茶伴随。尤其是到了晚年，岁月的美好可以有多项证明，其中最可牢牢把持的，就是一杯普洱茶。喝一口，其实是喝下了云南原始森林的无比热闹和无比寂静，同时也喝下了几页无比深奥又无比通俗的宏观美学和微观美学。

我的山河

我生长在一个靠山傍河的小村庄，是地地道道的“山河之子”。不知从哪里来了一群神秘的女教师，和我妈妈一起，把我从家乡的山河拉进了书本。后来，书本又把我推进了城市。在读了很多很多书，经历了很多很多灾难之后，我终于蓦然醒悟，发现一切文化的终极基准，人间是非的最后衡定，还是要看山河大地。说准确一点，要看山河大地所能给予的生存许诺。

根据这个认知，我终于出逃，逃回山河大地。从此，我的脚步再也不会蹈空凌云，我的文笔再也不会高谈阔论，我的思绪再也不会离开苍原苍生。但是，这并不只是“返乡”，而是把广袤无垠的真实空间当作了自己的家乡。

让我高兴的是，广大读者接受了我。而且，顺着我，从书斋文化、官场文化、互捧文化、互斥文化，走向了平静而低调的生态文化。

生态文化！人们走了多少弯路，终于灰头土脸、青头紫脸地重新抱住了它。我有幸领了个头，常被问到，何以有先见之明？也许，真与我这个“山河之子”的生命原点有关。

很多年前我就在一本书中表述过一个观点：真正结束中国“文革”灾难的，是唐山大地震。中国，突然窥得了人类生存的底线。

我从来不相信任何霸权言论，只愿意观察山河大地的脸色和眼神。偶然抬头看天，猜测宇宙是否把地球忘了。忘了就好，一旦记得，可不是玩的。

趁还有点时间，我觉得比较有趣的事情是多走走，探寻各种历史选择的生态理由。探寻不到便猜测，猜测不到便想象。只有走在路上，才能摆脱局限，摆脱执着，让所有的选择、探寻、猜测、想象都生气勃勃。

我对人类前途的展望，是一种宏大而美丽的悲观。只有走在路上，使一切活动起来，我们才会凭借着山河找到大量真实细节，真切感受到在天地间活过一次，也许不错。

走吧。陌生的山河迎面而来，又一一退去。行走中的人有权利把脚下的一切称作“我的山河”。有了“我的山河”，也就大体知道，生存是什么。

再宏大的权力也留不住，只剩下与之相关的无言山河。陆游说：“细雨骑驴入剑门。”剑门是权力地图中的千古雄关，这样的雄关在中国成百上千。但消解它们的，只是雨，只是驴，只是征尘，只是酒痕。

英雄史诗也会变成文字存之于世，顾炎武说：“常将《汉书》挂牛角。”你看，足以包容千般评述、万般赞美的堂堂汉代，也就这么晃荡在牛角上了。那牛，正走在深秋黄昏的山道间。

山河间的实际步履，使一切伟业变成寻常风景，因此也使我们变得轻松。人类本应该把一切放下，放下在山河之间。因此我们也就找到了终点，价值的终点和生命的终点。

这终点，曾被陶渊明准确地表述过：“托体同山阿。”

我发现自己特别想去的地方，总是古代文人留下较深脚印的所在，说明我心底的山水并不完全是自然山水，而是一种“人文山水”。这是中国历史文化对我的长期熏染造成的，要摆脱也摆脱不了。每到一个地方，总有一种沉重的历史气压罩住我的全身，使我无端地感动，无端地喟叹。常常像傻瓜一样木然伫立着，一会儿满脑章句，一会儿满脑空白。

我站在古人一定站过的那些方位上，用与先辈差不多的黑眼珠打量着很少会有变化的自然景观，静听着与千百年前没有丝毫差异的风声鸟声，心想，在我居留的大城市里有很多贮存古籍的图书馆，讲授古文化的大学，而中国文化的真实步履却落在这山重水复、莽莽苍苍的大地上。大地默默无言，只要来一二个有悟性的文人一站立，它封存久远的文化内涵也就能哗的一声奔泻而出，文人本也萎靡柔弱，只要被这种奔泻所裹卷，倒也能吞吐千年。

一位年迈的老祖宗，没有成为挂在墙上的画像，没有成为写在书里的回忆，而是直到今天还在给后代挑水、送饭，这样的奇事你相信吗？一匹千年前的骏马，没有成为泥土间的化石，没有成为古墓里的雕塑，而是直到今天还踯躅在家园四周的高坡上，守护着每一个清晨和夜晚，这样的奇事你相信吗？

当然无法相信。但是，由此出现了极其相似的第三个问题：

一个两千多年前的水利工程，没有成为西风残照下的废墟，没有成为考古学家们的难题，而是直到今天还一直执掌着亿万人的生计，这样的奇事你相信吗？

仍然无法相信，但它真的出现了。

它就是都江堰。

即便是站在海边礁石上，也没有像在这里这样强烈地领受到水的魅力。海水是雍容大度聚汇，聚汇得太多太深，茫茫一片，让人忘记它是切切实实的水、可掬可捧的水。这里的水却不同，要说多也不算太多，但股股叠叠都精神焕发，合在一起比赛着飞奔的力量，踊跃着喧嚣的生命。

这种比赛又极有规矩，奔着奔着，遇到江心的分水堤，唰的一下被裁割为二，直蹿出去，两股水分别撞到了一道坚坝，立即乖乖地转身改向，再在另一道坚坝上撞一下，于是又根据筑坝者的指令来一番调整……

也许水流对自己的驯顺有点儿恼怒了，突然撒起野来，猛地翻卷咆哮，但越是这样越是显现出一种更壮丽的驯顺。已经咆哮到让人心魄俱夺，也没有一滴水溅错了方向。

水在这里，吃够了苦头，也出足了风头，就像一大拨翻越各种障碍的马拉松健儿，把最强悍的生命付之于规整，付之于企盼，付之于众目睽睽。

看云、看雾、看日出各有胜地，要看水，万不可忘了都江堰。

都江堰调理自然力的本事，被近旁的青城山做了哲学总结。

青城山是道教圣地，而道教是唯一在中国土生土长的大宗教。道教吸取了老子和庄子的哲学，把水作为教义的象征。水，看似柔顺无骨，却能变得气势滚滚，波涌浪叠，无比强大；看似无色无味，却能挥洒出茫茫绿野，累累硕果，万紫千红；看似自处低下，却能蒸腾九霄，为云为雨，为虹为霞……

看上去，是人在治水；实际上，却是人领悟了水，顺应了水，听从了水，只有这样，才能天人合一，无我无私，长生不老。

这便是道。

李白时代的诗人，既挚恋着四川的风土文物，又向往着下江的开阔文明，长江于是就成了他们生命的便道，不必下太大的决心就解缆问桨。脚在何处，故乡就在何处；水在哪里，道路就在哪里。他们知道，长江行途的最险处无疑是三峡，但更知道，那里又是最湍急的诗的河床。他们的船太小，不能不时行时歇，一到白帝城，便振一振精神，准备着一次生命对自然的强力冲撞。只能请那些在黄卷青灯间搔首苦吟的人不要写诗了，那模样本不属于诗人。诗人在三峡的小木船上，刚刚告别白帝城。

诗有典雅的面容，但它的内质却是生命力的勃发。无论是诗的个体、诗的群体、诗的时代都是这样。没有生命力的典雅，并不是我们喜欢的诗。因此，诗人用马蹄写诗的旷野，实在可以看作被我们遗落已久的宏大课本。

这便是黄州赤壁。赭红色的陡峭石坡直逼着浩荡东去的大江，坡上有险道可以攀登俯瞰，江面有小船可供荡桨仰望，地方不大，但一俯一仰之间就有了气势，有了伟大与渺小的比照，有了视觉空间的变异和倒错，因此也就有了游观和冥思的价值。客观景物只提供一种审美可能，而不同的游人才使这种可能获得不同程度的实现。苏东坡以自己的精神力量给黄州的自然景物注入了意味，而正是这种意味使无生命的自然形式变美。因此不妨说，苏东坡不仅是黄州自然美的发现者，而且是黄州自然美的确定者和构建者。

但是，事情的复杂性在于，自然美也可倒过来对人进行确定和构建。苏东坡成全了黄州，黄州也成全了苏东坡，这实在是一种相辅相成的有趣关系。苏东坡写于黄州的那些杰作，既宣告着黄州进入了一个新的美学等级，也宣告着苏东坡进入了一个新的人生阶段，两方面一起提升，谁也离不开谁。

茫茫沙漠，滔滔流水，于世无奇。唯有大漠中如此一湾，风沙中如此一静，荒凉中如此一景，高坡后如此一跌，才深得天地之韵律、造化之机巧，让人神醉情驰。以此推衍，人生、世界、历史，莫不如此。给浮嚣以宁静，给躁急以清冽，给高蹈以平实，给粗犷以明丽。唯其这样，人生才见灵动，世界才显精致，历史才有风韵。

山，名为鸣沙山；泉，名为月牙泉。

夕阳下的绵绵沙山是无与伦比的天下美景：光与影以最畅直的线条进行分割，金黄和黛赭都纯净得毫无斑驳，像用一面巨大的筛子筛过了；日夜的风，把风脊、山坡塑成波荡，那是极其款曼平适的波，不含一丝涟纹。

于是，满眼皆是畅快，一天一地都被铺排得大大方方、明明净净。色彩单纯到了圣洁，气韵委和到了崇高。

为什么历代的僧人、信众、艺术家要偏偏选中沙漠、沙山来倾注自己的信仰，建造了莫高窟、榆林窟和其他洞窟？站在这儿，我懂了。我把自身的顶端与山的顶端合在一起，心中鸣起了天乐般的梵呗。

瓜果的清香也在兰州民风中回荡。与想象中的西北神貌略有差异，这儿的风气颇为疏朗和开放。衣着入时，店货新潮，街道大方，书画劲丽，歌舞鼎盛，观众看戏的兴趣也洒脱得正常。京剧、越剧、秦腔都看，即便是演一个外国话剧，票房价值仍然很高。去敦煌必须经兰州，因此在兰州的外国旅游者很多。兰州的一大缺憾，是机场离市区实在太远，极为不便；但兰州机场的女播音员的英语水平，在我听来，在全国机场之上，这又给国际友人带来了一种舒坦。

这便是兰州，对立的风味和谐着，给西北高原带来平抚，给长途旅人带来慰藉。中华民族能在那么遥远的地方挖出一口生命之泉喷涌的深井，可见体力毕竟还算旺盛的。有一个兰州在那里驻节，我们在穿越千年无奈的高原时也会浮起一丝自豪。

杭州的美丽，已经被历代文人倾注了太多的描写词汇。这是世间一切大美必然遇到的悲剧，人们总以为大美也可以被描写，因此总让它们沉陷在一大堆词汇之间。而这些词汇，同样可以描写小美、中美、平庸之美、勉强之美、夸饰之美。这情景，就像一位世界等级的歌唱家被无数嘈杂的歌喉包围。

杭州当然也有密集的文化，但我早就发现，什么文化一到杭州就立即变成了一种景观化、生态化的存在。且不说灵隐寺、六和塔、葛岭、孤山如何把深奥的佛教、道教转化成了山水美景，更让我喜欢的是，连一些民间故事也被杭州铺陈为动人的景观。

最惊人的当然是《白蛇传》里的白娘娘。杭州居然用一池清清亮亮的湖水，用一条宜雨宜雪的断桥，用一座坍而又建的雷峰塔，来侍奉她。

她并不包含太多我们平常所说的那种“文化”。她甚至连人也不是，却愿意认认真真做一个人。她是妖，也是仙，因此什么事情都难不着她。但当她只想做一个人，一个普普通通的人时，那就难了。

这个故事本身就是对中国历史的一种诘难：中国历史，历来“两多一少”。一是多妖，以及与此近似的魔、鬼、奸、逆；二是多仙，以及与此近似的神、圣、忠、贤。这两个群落看似界限森严却时时可以转换。

少的是人，与妖与仙都不同的人。因此，白娘娘要站在人和非人的边缘上郑重告诉世间的人：人是什么，民间故事的这个构想，惊心动魄。

杭州似乎从一开始就知道了这个民间故事的伟大，愿意为它创制一个巨大的实景舞台。这个实景舞台永远不会拆卸，年年月月提醒人们：为什么人间这么值得留恋。与这个实景舞台相比，杭州的其他文化遗迹就都显得不太重要了。

像《白蛇传》的故事一样，杭州的要义是追求人间之美。人间之美的基础，是生态之美，尤其是自然生态之美。

在杭州，如果离开了自然生态之美，什么文化都不成气象。

我到杭州的最大享受之一，是找一个微雨的黄昏，最好是晚春季节，在苏堤上独自行走。堤边既没有碑文、对联，也没有匾额、题跋，也就是没有文字污染，没有文本文化对于自然生态的侵凌和傲慢，只让一个人充分地领略水光山色、阴晴寒暑。这是苏东坡安排下的，筑一条长堤让人们有机会摆脱两岸的一切，走一走朝拜自然生态之路。我觉得杭州的后人大致理解了他的这个意图，一直没有把苏堤做坏。

相比之下，现在中国很多地方有点做坏了。总是在古代文化中寻找自己这个地方可以傲视别的地方的点点滴滴理由，哪里出过一个状元或进士，有过几句行吟诗人留下的句子，便大张旗鼓地筑屋刻石。如果出了一个作家，则干脆把家乡的山水全都当作了他作品的插图。大家全然忘了，不管是状元、进士还是作家，他们作为文化人也只是故乡的儿子。在自然生态面前，他们与所有的乡亲一样谦卑和渺小。

哪有一座城市，繁华在两千多年前而至今依然繁华，中间几乎没有中断？

我想，那个城市在中国，它的名字叫苏州。

不少学者试图提升苏州的自信，把它说成是“东方的威尼斯”。我听到这样的封号总是哑然失笑，因为不说别的，仅仅来比这两个水城的河道：当苏州精致的花岗石码头边船楫如梭的时候，威尼斯还是一片沼泽荒滩。

做了那么长时间的后院，我有时不禁感叹，苏州在中国文化史上的地位是不公平的。京城史官的眼光，很少在苏州停驻。从古代到近代，吴侬软语与玩物丧志同义。

理由是很明白的：苏州缺少帝京王气。

这里没有森然殿阙，只有园林。这里摆不开战场，徒造了几座城门。这里的曲巷通不过堂皇的官轿，这里的民风不崇拜肃杀的禁令。

这里的流水太清，这里的桃花太艳，这里的弹唱有点撩人，这里的小食太甜，这里的女人太俏，这里的茶馆太多，这里的书肆太密，这里的书法过于流丽，这里的绘画不够苍凉遒劲，这里的诗歌缺少易水壮士低哑的喉音。

于是，苏州，面对着种种冷眼，默默地端坐着，迎来送往，安分度日。却也不愿意重整衣冠，去领受那份王气。反正已经老了，去吃那种追随之苦做甚?

静而又静，加上深而又深，这就构成了一种刻意营造的隐蔽，一种由层层高墙围起来的陶渊明和林和靖。隐蔽需要山水，这个园林构建了人造的山水模型，随之，连主人也成了动态模型。

那么，退思园的主人任兰生是一个什么样的模型呢？他是同里人，官做得不小，授资政大夫，赐内阁学士，管理过现今安徽省的很大一块地方。后来遭弹劾而落职回乡，造了这个园林。造园的费用不少，应该都来自安徽任上的吧？但是中国古代官场有一种“潜规则”，不管多少钱财，用于回乡造园了，也就不再追究。因为这证明主人已经无心京城仕途，给了别人一种安全感。或者说，用一种故意营造的退息安全，换取了同僚们的心理安全。因此，江南小镇中的这种园林，也是宫殿官衙的一种附属结构、一种必要补充。

任兰生为了让京城同僚们更加放心，为园林起了一个宣言式的名字：退思。语出《左传》“进思尽忠，退思补过”。但任兰生强调的，只是那个“退”字。

这种官场哲学，借由一种园林美学实现。今天远远看去，任兰生毕生最大的功业，就是这个园林。但是，他是主人，却不是营造者。营造者叫袁龙，我们应该记住他的名字。他是同里本地人，任兰生用他，是“就地取材”。那么多江南小镇，为什么它至今仍然具有很高的游观价值？因为处处都有“袁龙”。他们大多寂寂无名，只把自己的生命，遗留成了小桥流水的美学。那一进进月洞门，正是这部美学的章章节节。

开封背靠一条黄河，脚踏一个宋代，像一位已不显赫的贵族，眉眼间仍然器宇非凡。

省会在郑州，它不是。这是它的幸运。曾经沧海难为水，老态龙钟的旧国都，把忙忙颠颠的现代差事，洒脱地交付给邻居。

陪同我的人说，宋史上记载的旧地名，都在今天开封地底下好几公尺。黄河经常决水，层层淤泥堆积，把宋代繁密的脚印深深潜藏。庞贝古城潜藏得过于轰轰烈烈，中国人温文尔雅，连自然力也入乡随俗，一层层地慢慢来。开封古都，用灾难的刷把，一次次刷新。人们逃了又来了，重新垦殖，重新营建，重新唤醒古都气韵，重新招来街市繁荣。开封最骄傲的繁荣，见之于《清明上河图》。

开封就像我们整个民族，一再地在灾难的大漠上重新站立，立誓恢复淤泥下的昔日繁华。但是，淤泥下的一切属于记忆，记忆像银灰色的梦，不会有其他色彩。于是，开封成了一个褪色的遗址。

六朝金粉足能使南京名垂千古，何况它还有明、清两代的政治大潮，还有近代和现代的殷殷血火。

许多事，本来属于全国，但一到南京，便变得特别奇崛，让人久久不能释怀。历代妓女多得很，哪像明末清初的“秦淮八艳”，那样具有文化素养和政治见识，使整整一段政治文化都染上了艳丽色彩？历代农民起义多得很，哪像葬身紫金山的朱元璋和把南京定都为天京的洪秀全，那样叱咤风云，闹成如此气象？历代古都多得很，哪像南京，直到现代还一会儿被外寇血洗全城，一会儿在炮火中作历史性永诀，一次次搞得地覆天翻？

中华民族就其主干而言，挺身站起于黄河流域。北方是封建王朝的根基所在，一到南京，受到楚风夷习的浸染，情景自然就变得怪异起来。

南京当然也要领受黄河文明，但它又偏偏紧贴长江，这条大河与黄河有不同的性格。南京的怪异，应归因于两条大河的强烈冲撞，应归因于一个庞大民族的异质汇聚。

这种冲撞和聚汇，激浪喧天，声势夺人。因此，南京城的气魄，无与伦比，深深铭刻着南北交战的宏大的悲剧性体验。玄武湖边上的古城墙藤葛拂拂，明故宫的遗址仍可寻访，鸡鸣寺的钟声依稀能闻，明孝陵的石人石马巍然端立，秦淮河的流水未曾枯竭，夫子庙的店铺重又繁密，栖霞山的秋叶年年飘落，紫金山的架势千载不移，去中山陵、灵谷寺的林荫道，永远是那样令人心醉。

别的古都，把历史浓缩到宫殿；而南京，把历史融解于自然。在南京，不存在纯粹的学术性的参观，也不存在可以舍弃历史的游玩。北京是过于铺张的聚集，杭州是过于拥挤的沉淀，南京既不铺张也不拥挤，大大方方地畅开一派山水，让人去解读中国历史的大课题。我多次对南京的朋友说，一个对山水和历史同样寄情的中国文人，恰当的归宿地之一是南京。除了夏天太热，语言不太好听之外，我从不掩饰对南京的喜爱。

有了一个成都做目的地，古代的旅行者可以安心地饱尝入川的千里之苦了。蜀道虽难，有成都在，再难也是风雅，连瘦弱文人都经受得了。

中华文明所有的一切，成都都不缺少。它远离东南，远离大海，很少耗散什么，只知紧紧汇聚，过着浓浓的日子，富足而安逸。那么多山岭卫护着它，它虽然也发生过各种冲撞，却没有卷入过铺盖九州岛的大灾荒，没有充当过赤地千里的大战场。只因它十分安全，就保留着世代不衰的幽默；只因它较少刺激，就永远有着麻辣的癖好；只因它有飞越崇山的渴望，就养育了一大批才思横溢的文学家。

成都是中国历史文化的丰盈偏仓。这里的话题甚多，因此那么多茶馆，健谈的成都人为自己准备了品类繁多的小食，把它们与历史一起细细咀嚼品尝。

成都的名胜古迹，有很大一部分是外来游子的遗迹。成都人挺大方，把它们仔细保存，恭敬瞻仰。比之于重庆，成都的沉淀力强得多。正是这种沉淀力，又构建了它的稳健。重庆略嫌浮嚣。

重庆也有明显的长处，它的朝天门码头，虎虎地朝向长江，遥指大海，通体活气便在这种指向中回荡。沉静的成都市是缺少这种指向的，古代的成都人在望江楼边洒泪揖别，解缆挥桨，不知要经过多少曲折，才能抵达无边的宽广。

成都的千古难题至今犹在：如何从深厚走向宽广？

以某种板正的观念看来，花市和早茶，只是生活的小点缀，社会大事多得很，哪能如此迷醉。种种凌厉的号令远行千里抵达广州，已是声危疏淡，再让它旋入花丛和茶香，更是难以寻见。“广州怎么回事？”有人在吆喝。广州人好像没有听见，嘟哝了一声很难听懂的广东话，转身嗅了嗅花瓣，又端起茶盏。

广州历来远离京城，面对大海。这一方位使它天然地与中国千年封建传统构成了逆反。千里马跑到这里已经疲倦不堪，而远航南洋的海船正时时准备拔锚出发。

当驿马实在搅得人烦不胜烦的时候，这儿兀兀然地站出了康有为、梁启超、黄遵宪、孙中山，面对北方朗声发言。一时火起，还会打点行装，慷慨北上，把事情闹个青红皂白。北伐，北伐，广州始终是北伐的起点。

北上常常失败。那就回来，依然喝早茶、逛花市，悠闲得像没事人一样，过着世俗气息颇重的情感生活。

这些年，广州好像又在向着北方发言了，以它的繁忙，以它的开放，以它的勇敢。不过这次发言与以前不同，它不必暂时舍弃早茶和花市了，浓浓烈烈地，让慷慨言辞伴着和着茶香和花香，直飘远方。

像我这样一个文人，在广州街上有时也会感到寂寞。倒也不是没有朋友，在广州，我的学生和朋友多得很，但他们也有寂寞。我们都在寻找和期待着一种东西，对它的创造，步履不能像街市间的人群那样匆忙，它的功效，也不像早茶和花市，只满足日常性、季节性的消耗。

在中华文明的诸多“老祖宗”中，在形态和气度上最让人震撼的，是西域，包括喀什。

这个说法也许会使别的“老祖宗”侧目，那实在对不起了，但我实在不是随口赞誉。请想一想，天山、昆仑山和塔克拉玛干大沙漠，这几宗真正的天下巨构，只须窥得其中任何一角，就足以让世人凝神屏息。但在这里，却齐齐地排列在一起、交接在一起、呼应在一起，这会是什么景象？

一连串无可超越的绝境，一重重无与伦比的壮美，一系列无法复制的伟大，包围着你，征服着你，粉碎着你，又收纳着你，你失去了，好不容易重新找回，却是另一个你。

在天山、昆仑山面前，其他“老祖宗”所背靠的三山五岳，就有点像盆景了。在塔克拉玛干大沙漠面前，其他“老祖宗”所吟咏的大漠孤烟、长河落日，也有点太孩子气了。

到喀什，不能按照内地休闲的习惯，选择那些人群密集的旅游景点。应该选择的，是乔戈里峰、慕士塔格冰川和奥依塔克冰川、红其拉甫口岸、亚克艾日克烽火台，以及散布处处的千年胡杨林和夕阳下的沙漠。我和妻子则非常着迷莎车的《十二木卡姆》，每次都听得情醉神驰。难怪躲得那么僻远的它，早已被堂皇地列入世界非物质文化遗产名录。它让我联想到，在隋唐年间轰动长安的疏勒乐和龟兹乐。不错，在中国古代最伟大王朝的雄伟和声中，占据极高引领地位的，大多是西域乐舞。

斯文·赫定来了，并从这里出发，发现了千年前的古城丹丹乌里克，又考察了塔里木河和罗布泊的迁徙遗址。斯坦因也来了，顺着斯文·赫定的成果进一步发现了“希腊化的佛教艺术”犍陀罗的遗存，又发现了楼兰遗址……这一系列文物，从不同方向展示了这片土地在古代无与伦比的重要性。

寻找对比坐标

文化以差异并存为美，以消除差异为丑。文化上的差异，绝大多数构不成冲突，我曾多次以个人为例来说明这个问题。例如我这个人，人格结构中的逻辑基础，是欧几里得几何学打下的；作为专业基础的美学，是黑格尔、康德打下的，但我的灵魂深处更沉淀着从孔子到苏东坡、王阳明的文化信息。试想，我心中的欧几里得、黑格尔、康德，遇到我心中的孔子、苏东坡、王阳明，是互相冲突、互相取消，还是互相欣赏、互相补充？肯定是后者。既然小小的灵魂能这样，那么，大大的世界为什么不能这样？

我就从这种自我心理体验出发，不赞成亨廷顿的“文明冲突论”，而赞成南非大主教图图所说的那句话：我们为差异而欣喜。

我曾与一位欧洲艺术家辩论。他说：“中国文化什么都好，就是审美太俗，永远是大红大绿、镶金嵌银。”

我说：“错了。世界上只有一个民族，几千年仅用黑色，勾画它的最高美学曲线。其他色彩，只是附庸。”

以宽容、博大的胸怀把一切对抗化解为对话，化解的现场就在自己的笔端，自己的心底，自己的脚下。化解的动力，是他曾目睹过恶性对抗的无形战场，他深知这样的战场每天都在斫伤着文化的创造力，斫伤着人类的高贵和尊严。于是，他背井离乡，品尝孤独，在地球的另一端的山林里苦苦思索，在遥远的街市间频频询问。他很快领悟到，人类的高贵和尊严实在是现代人一个越来越严重的课题，为此更应该努力对话。文化艺术使对话温馨，世纪之交使对话平等。多少年了，终于等到了一个可以和世界进行平等对话的时刻。因此，就在米丘的匆匆行色间，民族的尊严和人类的尊严汇集到了一起，两种尊严全都化作会心的微笑，笑得那么轻松和健康，那么具有形式感。

在我看来，现代艺术的解放意义，便在这种健康的文化态度里。

一路走来，每一块土地都是有表情的。希伯来文明虔诚而充满忧郁，坚韧而缺少空间。它从一开始就受尽苦难，长期被迫流浪在外，处处渗透又处处受掣，永远处于自卫图存的紧张之中。希伯来文明充满智慧，今天的现实生态在中东的各个族群中首屈一指，但这种紧张仍然挥之不去，散落在那么多人的衣冠间、眼神里。在耶路撒冷街边坐下喝咖啡，就能感受到这种紧张弥漫四周。一种文明处于这种状态是非常值得同情的，但它的气象终究不大，或者说，想大也大不了。

希腊文明遗址，从一开始就展现了人类古代文明的至全至美，几乎到了无可企及的高度。巴特农神庙下，我所熟悉的古希腊悲剧、亚里士多德、维纳斯，再加上远处的奥林匹亚，几乎把人类最健全的生命方式铸造完满。能看到这些踪迹已是万幸，谁知，我又拜见了比这一切更早一千多年的克里特岛上的米诺斯王朝和《荷马史诗》中的迈锡尼！如果说，古希腊悲剧与中国的老子、孔子同龄，那么，克里特和迈锡尼就与炎帝、黄帝、尧、舜、禹的传说时代连在一起了。不同的是，他们的传说有了那么完整的实证。

我重新坐下，久久地抬头仰望着巴特农神庙。

回想二十年前我在中国讲授古希腊戏剧史，不断地提到狄奥尼索斯剧场，到这里才明白，那个剧场建在巴特农神庙的脚下，是“天上”、“人间”的中间部位。戏剧是天人之间的渡桥，而巴特农神庙则是最高主宰。设想那时的雅典，是一个多么神奇而又完满的所在！

怪不得，全世界介绍希腊的图片，如果只有一幅，一定是巴特农；如果有一本，那封面也必定是它。

希腊文明是在它的脚下一步步走出来的，但是，当希腊文明的黄金时代过去之后，它还在。

不能设想，古希腊的雅典没有亚里士多德，文艺复兴时期的伦敦没有莎士比亚，法国大革命时期的巴黎没有雨果。他们是城市的精神主宰，由他们伸发开去，一座城市的行为法则和思维默契井然有序，就像井然有序的城市交通网络和排水系统。

平心而论，像迈锡尼那样的山间城堡，我还能想象，而让我感到匪夷所思的，是克里特岛上的生活。平等、通透、舒适、神奇，处处显得相当“现代”。其中，排水系统、卫浴系统的先进和时尚，使人觉得时间停滞了，我们可以一步跨入。但是，它们居然已经毁灭了几千年。毁灭的过程姑且不论，至少已经表明，它们并不是因为“过时”才毁灭的，既然我们可以一步跨入它们，那么，毁灭也可以一步跨入。

克里特岛是古代地中海的贸易中心，它雄辩地证明了人类早期的交流水平。至今国际间还有不少学者否定它跻身人类几个主要古文明的资格，理由就是它沉淀了很多美索不达米亚文明和埃及文明的元素，算不上一个独立的原创文明。但在我看来，它在本性上与那两大文明有极大的区别，是一种“交流中的原创”。它如果无缘跻身人类主要古文明，只有一个理由，那就是它毁灭得太早又太彻底。

古文明最坚挺的物质遗迹，莫过于埃及的金字塔了。金字塔隐藏着千千万万个令人费解的奥秘，却以最通俗、最简明的造型直逼后代的眼睛。这让我们领悟，一切简单都是艰深的；人类古文明，远比人们想象的复杂。埃及文明所依赖的，是那条被沙漠包围的尼罗河。被沙漠包围，看起来像是坏事，却使它有了辽阔的“绝地屏障”，处境相对比较安全，保障了一个个王朝的政治连续性。这与战火频频的美索不达米亚文明相比，就安定得多了。但长久的安定也使它越来越保守，并因保守而维持极权。

站在金字塔前，我对埃及文化的最大感慨是：我只知道它如何衰落，却不知道它如何构建；我只知道它如何离开，却不知道它如何到来。

就像一个不知从何而来的巨人，默默无声地表演了几个精彩的大动作之后轰然倒地，摸他的口袋，连姓名、籍贯、遗嘱都没有留下，多么教人敬畏。

在伊朗，古代波斯文明的遗留气韵让我大吃一惊。这又一次证明，文本认知和现场认知有天壤之别，尽管这种现场早就在两千五百年前成为废墟。从公元前六世纪到公元前四世纪，波斯帝国先后在居鲁士、大流士的领导下建立了西起爱琴海、东到印度河的超级庞大政权，还曾经与希腊展开过好几次大战。它战胜过很多国家，最后又被战争所灭，灭的时间太早，使它无法成为人类重要的几大古文明之一。它告诉我们，文明的重要，不仅仅在于空间，还在于时间。

印度文明无疑是人类几个最重要的古文明之一，但我对它的感受却非常凌乱。幸好我紧紧地抓住了佛教的缆索，没有全然迷失。五千年前印度河流域的摩亨佐－达罗，地处现在巴基斯坦的信德省境内，我因深夜路过，未及考察，而且我也知道这与我们一般理解的印度文明关系不大，太早了。一般理解的印度文明，恰恰是在摩亨佐－达罗消亡之后由雅里安人入侵开始的，离现在也有三千五百多年了。印度的历史是不断受到外族侵略，又不断分裂的历史。在雅里安人之后，波斯人、希腊人、帕提亚人、西徐亚人、贵霜人、阿拉伯人、蒙古人……相继侵入，其间也出现过一些不错的王朝，但总的说来还是分多合少。印度文明在宗教、天文、数学等方面对全人类做出过巨大贡献，但它的发展历史实在过于变幻莫测，让人难于理出头绪。其实，它自身的传承也正处于这样的状态，似乎隐隐约约都有一些脉络留存，但一次次的阻断、跌碎、混合、异化，使文明散了神。它有过太多的“对手”和“主子”，有过太多的信仰和传统，有过太多的尊荣和屈辱，有过太多的折裂和消散，结果，在文明上混沌一片。

耶路撒冷太大，不可能整个成为一个博物馆，但它的种种遗址、古迹、圣迹，却有必要降低对峙意涵，提升文化意蕴，使人们能够愉快欣赏。这种说法好像很不切实际，但想来想去，没有更好的路。

在这一点上，我突然怀念起佛罗伦萨。在那里，当人们不再痴迷战火，许多宗教题材也就经由一代艺术大师的创造，变成了全人类共享的艺术经典。从此，其他重量不再重要。

把历史消融于艺术，把宗教消融于美学。这种景象，我在罗马、梵蒂冈、巴黎还一再看到。由艺术和美学引路，千年岁月也就化作了人性结构。

人们对文明史的认识，大多停留在文字记载上。这也难怪，因为人们认知各种复杂现象时总会有一种简单化、明确化的欲望，尤其在课堂和课本中更是这样。所以，取消弱势文明、异态文明、隐蔽文明，几乎成了一种普遍的社会心理习惯。这种心理习惯的恶果，就是用几个既定的概念，对古今文明现象定框画线、削足适履，伤害了文明生态的多元性和天然性。

为了追求有序而走向无序，为了规整文明而损伤文明，这是我们常见的恶果。更常见的是，很多人文学科一直在为这种恶果推波助澜。

佩特拉以它惊人的美丽，对此提出了否定。它说，人类有比常识更长的历史、更多的活法、更险恶的遭遇、更寂寞的辉煌。

考察欧洲第一站，居然是面对一场大灾难。我知道，这个行程一定是深刻的，因为人类的历史也是一个从灾难开始的宗教寓言。

所谓"终极思考"，其实有一半也就是"灾难思考"。因此，灾难的废墟，是帮助我们摆脱日常平庸的课堂。

世上发生过一些集体死亡、霎时毁灭的情景，例如地震、海啸和原子弹袭击。这类情景，毁灭得过于彻底，使人难于对毁灭前后进行具体的对比；庞贝的毁灭是由于火山灰的堆积，连火山熔浆都未曾光临，于是千余年后发掘出来，竟然街道、店铺、庭院、雕塑一应俱全。不仅如此，街石间的车辙水沟、面包房里的种种器皿、妓院里的淫荡字画、私宅中的诡异密室，全都表明人们刚刚离开，立即就要回来。

谁知回来的却是我们，简直是仙窟千载、黄粱一梦。

世上有很多美好的用语，可以分配给欧洲各个城市，例如精致、浑朴、繁丽、古典、新锐、宁谧、舒适、神秘、壮观、肃穆……

只有一个词，各个城市都不会争。只让它静静安踞在并不明亮的高位上，留给那座唯一的城市。

伟大是一种隐隐然的气象，从每一扇旧窗溢出，从每一块古砖溢出，从每一道雕纹溢出，从每一束老藤溢出；但是，其他城市也有旧窗，也有古砖，也有雕纹，也有老藤，为什么却乖乖地自认与伟大无缘？

罗马的伟大，在于每一个朝代都有格局完整的遗留，每一项遗留都有意气昂扬的姿态，每一个姿态都经过艺术巨匠的设计，每一个设计都构成了前后左右的和谐，每一种和谐都使时间和空间安详对视，每一回对视都让其他城市自愧弗如，知趣避过。

因此，罗马的伟大是一种永恒的典范。欧洲其他城市的历代设计者，连梦中都有一个影影绰绰的罗马。

但丁回不了心中深爱的城市了，只能在黑夜的睡梦和白天的痴想中怀念。最后，五十六岁客死异乡。佛罗伦萨就这样失去了但丁，但是最终还是没有失去，后世崇拜者总是顺口把这座城市与这位诗人紧紧地连在一起，例如马克思在引用但丁诗句时就不提他的名字，只说“佛罗伦萨大诗人”，全然合成一体，拉也拉不开。

佛罗伦萨终究是佛罗伦萨，它排斥但丁的时间并不长。我在科西莫·美第奇的住所见到过但丁临终时的脸模拓坯，被供奉得如同神灵；科西莫可称之为佛罗伦萨历史上伟大的统治者，那么，他的供奉也代表着整座城市的心意。

最让我感动的是一件小事。但丁最后是在佛罗伦萨东北部的城市拉文纳去世的，于是也就安葬在那里了。佛罗伦萨多么希望把他的墓葬隆重请回，但拉文纳怎么会放？于是两城商定，但丁墓前设一盏长明灯，灯油由佛罗伦萨提供。一盏灯的灯油能有多少呢？但佛罗伦萨执意把这一粒光亮、一丝温暖，永久地供奉在受委屈的游子身旁。

不仅如此，佛罗伦萨圣十字教堂安置着很多本地重要人物的灵柩和灵位，大门口却只有一座塑像压阵，那便是但丁。

但丁塑像为纯白色，一派清瘦忧郁，却又不具体，并非世间所常见，我无法解读凝冻在他表情里的一切，只见每次都有很多鸽子停落在塑像上，两种白色相依相融。很快鸽子振翅飞动，飞向四周各条小巷，像是在把艰难的但丁，稀释化解开去。

那行字母（M-E-D-I-C-I）在意大利的佛罗伦萨，在街边、门墙、地上都有。这是美第奇家族的拼写。

按照中国文化的习惯思维，一个有钱有势的贵族门庭，大多是历史前进的障碍，社会革命的对象。但是，美第奇家族让我们吃惊了。

最简单的事实是：如果没有文艺复兴，世界的现代是不可设想的；如果没有佛罗伦萨，文艺复兴是不可设想的；如果没有美第奇家族，佛罗伦萨和文艺复兴都是不可设想的。

美第奇家族在历史的关键时刻营造了一个新文化的中心，把财富和权力作为汇聚人文主义艺术大师的背景，构成了一个既有挑战性质，又有示范性质的强大存在。历史，就在这种情况下大踏步地走出了中世纪。哐、哐、哐，脚步很重，脚印很深。但丁的面模被供奉在他们家里，米开朗琪罗和达·芬奇的踪迹处处可见，大卫的雕像骄傲地挺立着，人的光辉已开始照亮那一条条坚硬的小方块石子铺成的狭窄巷道。尽管当时的佛罗伦萨还没有产生深刻的近代思想家，但这座城市却为近代欧洲奠定了基石。

全城向旅人开放的几座大教堂中，居然有四座是美第奇家族的家庭礼拜堂；明明说是去参观当年佛罗伦萨共和国的国政厅，看来看去竟看到了什么“族祖”的画像、“夫人”的房间，原来国政厅就是他们的家。

更惊人的是那家闻名世界的乌菲齐美术馆，据一种显然夸张的说法，西方美术史上最重要的画几乎有一半藏在这里。但是，我们一到五楼的陈列室门口却看到了一圈美第奇家族历代祖先的雕像，一问，整个美术馆原本就是他们家族的事务所，那些画也是他们几世纪来尽力收集的，直到美第奇家族的末代传人安娜·玛丽亚，才捐赠给佛罗伦萨市。

在我看来，美第奇家族对文艺复兴的支持，有三方面的条件：一是巨额资金，二是行政权力，三是鉴识能力。三者缺一不可。

美第奇家族从这三方面一使劲，在佛罗伦萨造成了一种民众性的文化崇拜。这对一场思想文化运动声势的形成，极其重要。

由美第奇家族联想到，中国古代的显贵、官僚、豪绅，一涉足艺术文化，常常奢侈在高墙内，毁弃在隔代间，难于积累成实实在在的社会精神财富，让全民共享。

这中间，最关键的是文化资源。美第奇家族在这方面做得特别出色，他们不是把文化创造的权力紧握在自己手上随意布施，而是以最虔诚的态度去寻找真正的创造者。他们对于一代艺术家的发掘、培养、传扬、保护，使新思想变得感性，使新时代变得美丽。

这座城市的市民长期追随美第奇家族，而美第奇家族却在追随艺术大师，这两度追随，就完成了一次关及人类的集体提升。

都柏林的市中心并不热闹，狭窄的街道里却有很多酒吧。年轻人天天晚上挤在一起狂舞畅饮，他们创作和演奏的现代派音乐，在世界各地都有知音。

伙伴们一直疑惑：爱尔兰是一个偏僻岛国，为什么青春生态如此前卫，文化艺术如此新锐？

我想，文化未必取决于经济，精神未必受控于环境，大鹏未必来自高山，明月未必伴随着繁星。当年爱尔兰更加冷落，却走出了堂堂萧伯纳、王尔德和叶芝，后两位很有今日酒吧的波俏风情。更出格的是荒诞派戏剧创始人贝克特和《尤利西斯》的作者乔伊斯，石破天惊，山鸣谷应，一度使全世界的前卫文化，几乎弥漫着爱尔兰口音。

没想到来到布鲁塞尔欧盟的最高总部一看，门口铁栅栏上真的爬着一大群男孩女孩的雕塑。看上去他们都是那样调皮、泼辣，大大咧咧爬到欧盟大门口来了，而且都抬头仰天、说说笑笑，几年都不下来。

我真佩服雕塑家们的设计。成人们最大胆的政治构思，无一不暗合孩子们的幻想；大凡孩子们无法理解的弯弯曲曲，成人们迟早也会摆脱出来。

这些孩子没有一点小绅士或小骑士的老成姿态。头发不理，衣服不整，全然拒绝旧时代对自己的打扮，扭头只顾新世纪。不知是由他们来塑造新世纪，还是让新世纪来塑造他们。

因此，欧盟总部大门口的这些孩子，是雕塑，是装饰，是门卫，更是理念。

对中国文化界来说，知道挪威，首先是因为易卜生。

《玩偶之家》里的那个娜拉，因无法忍受夫权而离家出走，易卜生以她的砰然关门来结束全剧。人们说，正是那声音，关闭了十九世纪。

这声音当年也震动过中国。那时中国的思想者正在呼吁妇女解放，娜拉的出走，既是乐观的信号，又是悲观的信号。鲁迅说，娜拉出走后会到哪里去呢？一是堕落，二是回来，三是饿死，都不好。

鲁迅说，娜拉们的出路，在于经济权的获得，因此要以韧性的奋斗，来改革经济制度。

挪威在二十世纪的社会改革历史，我不太了解。但这么多天看下来我惊异地发现，娜拉的后代已彻底翻身，挪威几乎成了一个“女权国家”。匆匆百年，真可谓天翻地覆。如果易卜生和鲁迅再世，一定瞠目结舌。

欧洲许多城市都患有一种隐疾：它们现在隆重推出一个个已经去世的文化名人，仔细一查，当年它们对这些文化名人都非常冷漠。

对此，斯德哥尔摩可以心地敞亮地莞尔一笑。

它对自己最重要的作家斯特林堡，很够情义。

至少有三个方面，使这座城市对斯特林堡的尊重显得难能可贵：

一、斯德哥尔摩市民并不熟悉斯特林堡的主要创作成就。他的戏剧作品，斯德哥尔摩市民都不容易接受。

二、他们知道他是一位散文大师，但他的散文曾经猛烈批判斯德哥尔摩市民身上保留的种种陈规陋习，而且连续不断。

三、他与斯德哥尔摩不辞而别，浪迹天涯，晚年才回来。

——就凭这三点，斯德哥尔摩有充分的理由给他冷脸。但他怎么也没有想到，在他生日那天，市民们居然举着无数火炬，聚集在他寓所前面向他致敬，还募集了大笔资金供他使用。

他没有获得过诺贝尔文学奖，但人们说，他获得了“另类诺贝尔”。

在奥地利，想起了中国古代的山水哲学。

孔子对于山水，并无厚此薄彼，说过八个字：“智者乐水，仁者乐山。”

这里的“乐”字，古代读“要”，一个已经死了的读音。但是我觉得这八个字很有现代美学价值，应该活下去。

海洋文明和大河文明视野开阔、通达远近、崇尚流变，这一点，早已被历史证明。由这样的文明产生的机敏、应时、锐进、开通等品质也就是所谓“智”；与此相对比，山地文明则会以敦厚淳朴、安然自足、万古不移的形态给我们带来定力，这就是所谓“仁”。

其实，整个人生，也就是平衡于山、水之间。

水边给人喜悦，山地给人安慰。

水边让我们感知世界无常，山地让我们领悟天地恒昌。

水边让我们享受脱离长辈怀抱的远行刺激，山地让我们体验回归祖先居所的悠悠厚味。

水边的哲学是不舍昼夜，山地的哲学是不知日月。

正因为如此，我想，一个人年轻时可以观海弄潮，择流而居；到了老年，则不妨在山地落脚。

罗马也有气势，那是一种诗情苍老的远年陈示；巴黎也有气势，那是一种热烈高雅的文化聚会；伦敦也有气势，那是一种繁忙有序的都市风范。柏林与它们全然不同，它并不年老，到十三世纪中叶还只是一个小小的货商集散地，比罗马建城晚了足足两千年，比伦敦建城晚了一千多年，比巴黎建城也晚了六百多年，但它却显得比谁都老练含蓄，静静地让人捉摸不透。

再看那一片墓地。

我说的是德国柏林费希特、黑格尔的墓地。其实，欧洲可供游观的学人墓地很多，随之还有大量的故居、雕像，让后人领略一个个智者的灵魂。

同样是知识分子，德国的同行在整体上远比中国同行纯粹，并因纯粹而走向宏伟。历代中国文人哪怕是最优秀的，都与权力构架密切相连，即便是逃遁和叛逆，也是一种密切的反向联结。因此，他们的“入世”言行，解构了独立的文化思维；他们的“出世”言行，则表现出一种故意。直到今天，中国文人仍然在政客式的热闹和书蠹式的寂寥间徘徊，都带有自欺欺人的虚假。

德国学者很少有这种情况，即使像歌德这样在魏玛做大官，也不影响《浮士德》的创作。黑格尔庞大的哲学架构和美学体系，更不可能是应时之作。他担任柏林大学校长，算是一个不小的行政职务了，却也坚守大学创始人威廉·洪堡的宗旨，实行充分学术自由，不许官方行政干涉。

比黑格尔的思维更加开阔的是康德，终身静居乡里，思索着宇宙和人类的奥秘。

但是，即便这样，康德也反对知识分子伪装出拒绝社会、摆脱大众的清高模样。他以法国启蒙主义者为例，提出了知识分子的行为标准："勇于在一切公共领域运用理性。"这恰恰是中国知识分子的致命弱点。即便是我们尊敬的前辈知识分子，他们留给"公共领域"的精神财富也少而又少。

因此，中国知识分子的墓地和故居，也总是比较冷落。

滑铁卢战场遗址，自然由当年的胜利者保存和修复。但奇怪的是，几乎所有的游人在心中祭拜的，都是那位骑着白马的失败者。那座纪念山丘，两百多级高高的台阶，连小孩也在那里步步攀登。一队比利时的小学生全部爬到了顶部，一问，他们只知道拿破仑，不知道威灵顿。他们是小孩，而且并不是法国的。因此，当年垒筑这座山丘的意图，已经全部落空。

以往我们习惯于把战争分作正义和非正义两种，说起来很明快，其实事情要复杂得多。像第二次世界大战这样是非分明的战争比较好办，第一次世界大战分起来就有一点麻烦了。如果分不清就说成是"狗咬狗"，那么，多数古战场就成了一片狗吠，很少找得到人的踪影。

滑铁卢的战事成了后代的审美对象；审美一旦开始，双方的人格魅力成为对比的主要坐标，胜败立即退居很次要的地位；即便是匹马夕阳、荒原独吼，也会笼罩着悲剧美。由此，拿破仑就有了超越威灵顿的巨大优势，正好与胜败相反。

审美心理曲线是一条长长的抛物线。人们关注拿破仑由来已久，尤其是他从放逐的小岛上，直奔巴黎抢回皇位的传奇，即使不喜欢他的人也会声声惊叹。滑铁卢，只是那个漂亮生命行程的一个终点。与拿破仑相比，可怜威灵顿，虽然胜利，却只有点而没有线，因此难怪连比利时的小学生也不知道他，反而爬着他的胜利高坡，来怀念他的手下败将。

在冰岛，我去看了辛格韦德利火山岩间的那块巨石，大家叫它“法律石”。

初听，那是北欧海盗们自发地接受法律仲裁的地方，去看看只是出于好奇。但是站在那里，我却想到了中华文明的一大隐脉，这一大隐脉，就是武侠精神。武侠小说和武侠电影至今爆红，证明这一隐脉的潜在力量至今犹存。往往是以家族复仇为起点，各自设定正义理由，行为方式痛快、壮烈，贯串着对“好汉人格”的崇拜。但是，这一隐脉在本性上是无视法律的，因此也造成了中华文明与近代社会的严重阻隔。无数事实证明，“好汉人格”很容易转化成“暴民人格”，荼毒社会。

在冰岛辛格韦德利的“法律石”前，我发现了当年北欧好汉们如何花费几百年时间，痛苦地更换荣誉坐标，改写英雄情怀。

更换和改写的结果，是放下长剑和毒誓，去倾听法律的宣判，以及教堂的钟声；这就与中国好汉们遇到的“招安还是不招安”的问题判然有别了。如果也要用“招安”这个词，那他们是被法律和宗教“招安”了。

巴黎的种种优点，得力于它最根本的一个优点，那就是它的聚合能力。不仅仅是财富的聚合，还是人的聚合，文化的聚合，审美气氛的聚合。

法国人，从政治家、军事家、艺术家到一般市民，多数喜欢热闹，喜欢显示，喜欢交汇，喜欢交汇时神采飞扬的前呼后拥，喜欢交汇后长留记忆的凝固和雕铸。结果，不管在哪儿发达了，出名了，都想到巴黎来展现一下，最好是挤到塞纳河边。

这情景，我觉得是法国贵族沙龙的扩大。当年朗贝尔侯爵夫人和曼恩公爵夫人的沙龙，便是一种雅人高士争相跻入的聚会，既有格调享受，又有名位效应，高层对话。马车铃声一次次响起，一个个连我们都会一见脸就知道名字的文化巨人从凄风苦雨中推门而入。女主人美丽而聪明，轻轻捡起贵族世家的旧柴火，去加添法兰西文明的新温度。

这种沙龙文化，提升了法兰西的集体心理，从人的聚合变成了建筑的聚合、历史遗迹的聚合，热热闹闹地展示在塞纳河畔。圣母院、卢浮宫、协和广场、埃菲尔铁塔都是这个庞大“沙龙”的参加者。

卢浮宫有展品四十万件，个个都是精品杰作，否则进不了这个世界顶级博物馆的高门槛。但是，各国游客中的大多数，到这里主要是看三个女人：维纳斯、蒙娜丽莎、胜利女神。宫内很多路口，也专为她们标明了所在方位，以免万里而来，眼花缭乱，未见主角。

这并不错，却对四十万件其他杰作产生很大的不公平。维纳斯站在一条长廊深处，一排排其他杰作几乎成了她的仪仗。蒙娜丽莎在一个展室里贴壁而笑，有透明罩盖卫护，又站着警卫，室内还有不少大大小小的杰作，也都上得了美术史，此刻也都收编为她的警卫。

像维纳斯、蒙娜丽莎这样的作品确实有一种特殊的光芒，能把周围的一切全然罩住。周围的那些作品，如果单独出现在某个地方，不知有多少人围转沉吟，流连忘返，但挤到了这儿，即便再细心的参观者也只能匆匆投注一个抱歉的目光。

由此我想，这种超大规模的聚会得不偿失。当年世界各地兵荒马乱，由一些大型博物馆来收藏流散的文物也算是一件好事。但这事又与国家的强弱连在一起，例如拿破仑打到意大利后把很多文物搬到了巴黎，引起意大利人的痛苦，这又成了一件坏事。时至今日，很多地方有能力保存自己的文物了，那又何必以高度集中的方式来表达某种早已过时的权力象征？

记得去西班牙、葡萄牙一些不大的古城，为了参观据说是全城最珍贵的文物，我们拐弯抹角地辛苦寻找，最后见到了，才发现是三流作品。为什么不让这些城市重新拥有几件现在被征集到国家博物馆里的真正杰作呢？当那些杰作离开了这些城市，城市失去了灵魂，杰作也失去了空间，两败俱伤。这事在我们中国也值得注意，与其集中收藏不如分散收藏，让中华大地处处都有东西可看，而不是只在某个大型博物馆里看得头昏目眩、腰酸背疼。

文物是如此，别的也是如此。超大规模的高浓度聚集，一般总是弊多利少，不宜轻试。

面对精彩的聚合，巴黎人一边自豪一边挑剔。挑剔是自豪的延伸。

当年埃菲尔铁塔刚刚建造，莫泊桑、大仲马等一批作家带头怒吼，领着市民签名反对，说这个高高的铁家伙是在给巴黎毁容。这相当于沙龙聚会的参加者，受不住新挤进来一个瘦骨伶仃的青甲人。

想想也有道理，聚会讲究格调和谐，当埃菲尔铁塔还没有被巴黎习惯的时候，无论在造型还是在材质上都显得莽撞和陌生。但它偏偏赖着不走，简直有一点中国“青皮”的韧性。一会儿说它是世界博览会的标志，等到世界博览会闭幕后又说要纪念一阵，不能拆；一会儿说是战争需要它发射电波，战争结束后仍然会有战争，还是不能拆。磨来磨去找借口，时间一长竟被巴黎人看顺眼了。

它刚顺眼，又来了新的怪客，蓬皮杜艺术中心。揭幕那天巴黎人全然傻眼，这分明是一座还没有完工的化工厂，就这么露筋裸骨地站着啦？从此哪里还会有巴黎的端庄！

接下来的，是卢浮宫前贝聿铭先生设计的玻璃金字塔。当时竟有那么多报刊断言，如果收留了这个既难看又好笑的怪物，将是卢浮宫的羞辱，巴黎的灾难。

那么多巴黎人，全都自发地成了塞纳河畔这场聚会的遴选委员会成员，其情感强烈程度，甚至超过政党选举。这种情况，在世界其他城市很少看到。

但是他们没有走火入魔，一旦沟通便立即放松。这历来是巴黎人的优点，所以塞纳河畔的聚会越来越密集，也越来越优秀。那些曾经抵拒过埃菲尔铁塔、蓬皮杜艺术中心、贝聿铭金字塔的市民，并没有失去自嘲能力。他们越是不习惯，越是要去多看。终于，在某一天黄昏，他们暗自笑了，开始嘲讽自己。

从哥伦布，我理解了巴塞罗那的另一位大师：高迪。

我以前对高迪知之甚少：让我震动的，是他建造圣家族大教堂的业绩。

他接受这项工程时才三十岁，造了四十四年，才造成一个外立面。在外立面完工庆典前两个星期，他因车祸去世，终年七十四岁。

到今天，正好又过了七十四年，他的学生在继续造，还没有造好。对此，巴塞罗那的市民着急了，向市政当局请愿，希望自己有生之年能参加这个教堂的落成典礼。于是市政当局决定加快步伐，估计二十年后能够完成。

那么，这个教堂建造至今，已历时一百四十八年，再过二十年是一百六十八年。

这种怪异而又宏伟的行为方式，使我想起流浪者的本性：不问脚下，只问前方。

我到那个教堂的工程现场整整看了一天。高迪的杰作如灵峰，如怪树，如仙窟，累累叠叠、淋淋漓漓地结体成庄严。后续工程至今密布着脚手架，延续着高迪饱满的创作醉态又背离了他，以挺展的线条、干净的变形构建成一种新的伟大。

由此也深深地佩服巴塞罗那市民，他们竟然在一百四十几年之后才产生焦急，这是多大的宽容和耐心。今天的焦急不是抱怨高迪和他的学生，而是抱怨自己有限的生命。

斯洛伐克与捷克分家后，首都设在布拉迪斯拉发，一个在我们嘴上还没有读顺溜的地名。

沿途景象表明，这里还相当贫困。

两位同伴上街后回来说："快去看看，人家毕竟是欧洲！"

欧洲是什么？我在街上寻找。是灰墙巴洛克？是阳伞咖啡座？是尖顶老教堂？

突然我肃然停步。路边一个真实的地下井口的铁盖已经打开，正有一个修理工人慢悠悠地伸头爬出来，而这一切其实是一尊街头雕塑。

初见它的行人都会微微一惊，在辨别真假的过程中发现幽默，然后愉快地轻步绕过。

这种幽默陈之于街市，与前后左右的咖啡座达成默契。这种默契订立已久，因此浇铸它的不是闪亮的钢铁而是古旧的黄铜。

其实即使不是街头雕塑，欧洲处处可见这种阻碍人们快速行走的调侃和从容。

于是我可以找到词句来概括欧洲了。所谓欧洲，就是用古旧黄铜雕铸于街市的闲散和幽默。

斯洛伐克长久以来生存状态不佳，而居然能保留住这种深层风度，我看有一半应归功于艺术家。

艺术家奉献了这样的雕塑，而他们自己就像雕塑中的修理工人一样一直默默地钻在地下，疏通着欧洲文明的管脉。

在欧洲，可以佩服的人很多，其中包括一大批我不知道名字的城市设计者。

本来，现代和古典，是一对难以协调的矛盾。但是，欧洲很多城市却把两者协调得非常妥帖，甚至在两方面都逼近了极致，为人类的聚居方式建立了典范。

然而，聪明的欧洲设计者知道，真正要让一座城市与众不同，更重要的是处理城市和自然的关系，这比现代和古典的关系更加难办。

城市的出现，本来是对自然状态的摆脱。但是，当它们发展到一定程度，必然走向“否定之否定”，把自然之美看作城市美学的最前沿。

这事早就开始努力，因此很多城市有山有河，有湖有林。可惜的是，时间一长，这些山河湖林也渐渐城市化，像威尼斯的那些河道，巴黎的塞纳河，都是如此。美则美矣，却承担太重，装扮太累，已不成其为自然。

这总于心不甘。有没有可能来一个倒置：让城市百物作为背景，作为陪衬，只让自然力量成为主题，把握局面？

闻名遐迩的“维也纳森林”很棒，可惜只围在郊外。柏林就不同了，活生生把森林的灵魂和气息引进市中心，连车流楼群也压不过它。

更叫我满意的便是瑞士首都伯尔尼，那条穿越它的阿勒河不仅没有被城市同化，而且还独行特立，无所顾忌，简直是在牵着城市的鼻子走，颐指气使，手到擒来。

追寻天籁

往常我们比较华夏文明和西方文明的差异时总会把目光投注到西方文明的摇篮希腊，想到傍海而居的希腊人如何在无数次升帆降帆、入海出海中铸就了一种开放人格，一种悲剧意识，一种把此岸世界和彼岸世界进行对峙性思考的哲学观念，而这一切，恰恰正是以大平原为生息据点的中国人所缺少的。云门舞集的《薪传》以艺术方式对此提出了反证：我们的祖先在走投无路的时候，血管中曾奔涌过突破空间、投向大海的冲动，当他们把这种冲动付诸实施的时候，悲哀立即上升到悲壮，无奈立即上升到伟大，而中国台湾，正是他们气吞四海的生命行为的一个停泊站。

云门在艺术上特别令人振奋的处所是大踏步跨过层层叠叠的古典风格的传统程式，用质朴、强烈的现代方式交付给祖先真切的形体和鲜活的灵魂。这是一次艺术上的“渡海”，彼岸就是贯通古今的最真实的“人”。云门拒绝对祖先的外层模仿，相信只有舞者活生生的生命才能体验和复原祖先的生命。云门更不屑借祖先之口来述说现代观念，相信在艺术上搭建哪怕是最新锐的观念也是一种琐碎的作为。云门所表现出来的，是一种在古代话题下的生命释放，一种把祖先和我们浑成一体的舞台力度，一种文化人类学意义上的自由激情，一种由台湾而通达一切中国人，又由一切中国人而通达人本内核的恢宏气象。

侗族长期以来没有文字，因此也没有那些需要日夜攻读的诗文。他们的诗文全都变成了“不著一字”的歌唱。这初一看似乎很不文明，但是我们记得，连汉族最高水准的学者都承认，“不著一字”极有可能是至高境界。我这样说当然不是否定文字在文明演进过程中的重要作用，只是对自己作一个提醒：从最宏观的意义上看，在文明演进的惯常模式之外，也会有精彩的特例。

不错，文字能够把人们引向一个辽阔而深刻的精神世界，但在这个过程中要承担非常繁重的训练、校正、纷争、一统的磨炼，而磨炼的结果也未必合乎人性。请看世间多少麻烦事，因文字而生？精熟文字的鲁迅叹一声“文章误我”，便有此意。如果有一些地方，不稀罕那么辽阔和深刻，只愿意用简洁和直捷的方式在小空间里浅浅地过日子，过得轻松而愉快，那又有何不可？

我在这里还看到了文字崇拜的另一种缺陷，那就是汉族的饱学书生几乎都不善于歌舞，更无法体验其中的快乐。太重的学理封住了他们的歌喉，太多的斯文捆住了他们的舞步。生命的本性原来是载歌载舞的，在他们身上却被褊狭的智能剥夺了大半。

欧洲的文艺复兴，其实是对于人类的健全和俊美的重新确认，从奥林匹亚到佛罗伦萨，从维纳斯到大卫，文字都悄悄地让了位。相比之下，中国的书生作了相反的让位。只有在边远的少数民族地区，才会重新展现生命的更本质方面。

歌声成了民族的默契、村寨的共识、世代的叮咛。但是，这种叮咛从来不是疾言厉色，而是天天用多声部自然和声完成。这里所说的“多声部自然和声”已不仅仅是一个音乐概念，还是不同年龄间的一种共同呼应、集体承认。这里的课本那么欢乐，这里的课程那么简明，这里的教室那么敞亮，这里的考试那么动人。

侗族大歌为什么让大家着迷？因为它是这个地方生活的一个组成部分，因为它带着它的整体背景走出去了。侗族大歌，国际间对其评价很高，很多音乐学家都在研究它。它是多声部的原始和声的结构，在缺少和声的中国民族音乐中非常突出。这个还只是在说它的呈现状态，最关键的是这种歌在他们的生活中起什么作用。

村民尽管有村寨公民社会来调节管理功能和生态功能，但精神还需要满足。在精神的需求上，歌起到了很大的作用，舞蹈也同时起到了重要的作用。用当地的一句话说，就是“饭养身，歌养心”，完全与饮食起居起着同等的作用，但这是精神上的存在，心比身还重要，心就是靠歌来养。

在这里，没有人轻视歌，绝大多数人歌唱得非常好，只有少数人不会唱歌。歌曲的作用有很多，几乎是他们的第二生命。父母亲要为孩子找对象时，首先要听对方唱歌，在听的过程中做出选择。这个人的喜怒哀乐，与外部世界的和谐程度，从歌中都可以表达出来，因此，家长能从歌声里大体知道这是一个什么样的后生。

歌的功能是无限的，不仅有谈情说爱的歌，还有婚丧嫁娶、节庆祭祀、劝解议事的歌。村寨里的很多问题都会在歌声里消融掉。其他地方的纠纷，需要通过打架和上法院来解决，在这里只要通过歌就可以解决。这说明了艺术的目标，形成了起点性与终点性的拱形结构。

剑拔弩张的社会矛盾能够在这里被歌声解决。这是一个理想社会，原来以为这些只能是美学家的一种期盼，其实在肇兴就得到了体现。

天才是个人奇迹，天籁是天生自然。天才并不常见，天籁则与人人有关。

今天中国文化艺术界失落很多东西，其中最重要的就是天籁。

在古代汉语中，籁，最早是指一种竹制的乐器。天籁，则把自然当作乐器了，是指自然之声。其实人也是自然的一部分，在他们还没有被阻塞、被蒙蔽、被扭曲的时候，最能感受自然生态，并且畅快地吐露出来。这样的人，常常被称为未失天籁、未失天真、未失天性之人。但是，这样的人是越来越少了，大多只能从儿童中、从边远地区的荒漠间寻找。

这样的人，说得好听一点，是未受污染之人，说得难听一点，是未受教化之人。但是，他们是那么可爱、那么纯净、那么无拘无束、那么合乎艺术本性，不能不使我们一次次回过头来，对现代文明的所谓“教化”投去怀疑的目光。

现代文明当然也有很多好处，但显然严重地吞噬了人们的自然天性。密集的教学、训导、观摩，大多是在狠命地把自然天性硬套到一个个既成模式中去。自然天性一旦进入既成模式，很少有活着出来的。只有极少数人在临近窒息之时找到一条小缝逃了出来，成了艺术上的稀世奇侠，或其他领域的神秘天才。当然，也可能在逃出来之后不知所措，终老于混混沌沌的自然状态。但即使这样，也活得真实，躲过了模式化的虚假。

令人惆怅的是，凭着我们的呼吁，天籁还能在我们的生活和艺术中占据多大的分量?

几个朋友对此非常悲观，认为现代文明的推土机很难抵挡。推土机一过，一切都可想而知。因此，谁也不愿和它作对了，现在的很多文化艺术，都已经成了推土机的伴奏音响。

我对此稍有乐观。不是乐观于推土机的终将停止——这是不可能的——而是乐观于不少人的心底可能还有文化良知存活。这些存活的因素只是点点滴滴，却是人间真文化千年传承的活命小道。推土机永远会一步步推进。但我们还有骏马，还有不同年龄的骑手可以扬鞭纵缰，去追回那些重要的东西。

修　行

为人生减负，让精神自如

什么叫修行？

下定义是容易的，做起来却很难。

修行的关键，不在于吸取，而在于排除；不在于追随，而在于看破。

排除什么？排除大大小小的“惑”。

看破什么？看破大大小小的“惑”。

先说“小惑”。那就是我们平常不断遇到的疑惑、困惑。一个个具体的问题，一段段实际的障碍，等待我们一一解答，一一通过。

再说“大惑”。那像是一种看不到、指不出的诡异云气，天天笼罩于头顶，盘缠于心间。简单说来，“大惑”，是指对人生的误解，对世界的错觉。

修行，就是排除这些误解，看破这些错觉，建立正见、正觉。

修行之要，就是“破惑”。破了一个又一个，最后达到“不惑”。

每破一个“惑”，抬起头来，就会觉得惠风和畅、秋高气爽。一连破几个“惑”，放眼望去，顿时会领略海阔天空，烟波浩渺。如果能够抵达“不惑”的境界，那么，人生就会真正抵达自在的境界。

不管生命等级的高下，“破惑”是每个人都会遇到的生命难题，而且还会伴随终生。因此大家无须遮遮掩掩，不妨敞亮地回顾和讨论。年长者更应该把自己的经验告诉后辈，因为“破惑”的经验，也就是为人生减负、让精神自如的秘方，理应早一点传递给刚刚上路的生命。试想，人们如果在年轻时总是迷惘蹒跚，到了老年才开始觉悟，那是多大的生命缺憾？

我这一生，破除的“惑”比较多。

不少看起来似乎很难破除的“惑”，也都被我一一破除了，使周围的朋友非常吃惊。

但是，取得如此成绩，并不全是个人的努力。仔细回想，在早期，有两个强大的客观因素起了重要作用：一是干净的童年，二是肮脏的灾难。

我有一个切身体会：一个人，如果在穷乡僻壤度过童年，很可能是一种幸运，因为这会让他从起点上领略最朴素的真实，为正觉留下种子。所谓正觉，就是未染虚诳的简明直觉。

因此，这些正觉的种子，正是我毕生破“惑”的深层原因，也是我后来接受大艺术、大哲学的基点。

童年时期的正觉，就像那个看穿“皇帝新衣”的孩子的目光。整个街道都陷入了“惑”，并在“惑”中互相欺骗，只有这个孩子无“惑”，大声喊了出来。

他的喊声很孤单，却惊世骇俗；很纯净，却振聋发聩。

看穿和勇气之间还有不少距离。

那个看穿“皇帝新衣”的孩子的叫喊，其实只是诚实，而不是勇敢。若想上升为勇敢，他还要继续努力。

据我本身的经验，对于被自己看穿的一切，不要轻易放过，而是要继续看下去，并且让自己的目光渐渐发生变化。

先由“畏视”变成“平视”，然后再由“平视”变成“逼视”和“透视”。终于，抵达了“轻视”和“俯视”。

对气势汹汹的对象能够“平视”，那是从最初的惊吓中找回了自己。“逼视”和“透视”则让自己成为一个严峻的观察者和思考者。观察和思考的结果，是发现它们的本质，以及本质背后的虚弱，那就可以“轻视”和“俯视”了。

我想，世人对于一切不良外力，都不妨完成这一番目光转变，只有这样，才能真正走向无惧。

看穿，有可能陷入颓唐，也有可能提升勇气。我选择的是后者，因为耳边时时响起那个看穿“皇帝新衣”的孩子的喊叫声。

一旦看穿，我的“初元正觉”也就上升到了“破灾正觉”。至此，就应该有所行动了。

只有行动，才能加持正觉，不使萎谢。

正觉来之不易，存之不易，我既然有幸与它相遇，与它长守，就没有权利独占它、独享它，而应该让它成为社会正义、人间正气。

要让个人的正觉成为社会正义、人间正气，那就必须行动。

灾难，毕竟只是一种特殊的遭遇。灾难中的修行尽管重要，却缺少普遍参照意义。

最有普遍参照意义的修行，一定出现在常态之中。

常态，就是世上多数人都会遇到的一般生态。

我原来以为，走出灾难之后的步履必然轻盈矫健、从容自如，阅尽风雨的双眼必然无忧无惧、无荫无翳。但是，情况完全不是如此。

一种看似极为正常的图像出现在前面，好像与自己有关，又好像与自己无关，却有一点吸引力，让你关注，让你趋近，让你贴合，然后又让你烦恼，让你犹豫，让你迷醉。这，就是诱惑。

诱惑，一个接一个，组成了人生美丽的套环。但是，正是它们，把人生“套”住了，使人生变得既风生水起，又伤痕斑斑。

此生就是来解谜的，人生的吸引力主要由悬念构成。

我这个人，对于想明白了的事情，绝不违心敷衍。我在灾难时期的全部经历，早已证明了这一点。我知道生命如何无聊，又如何闪光；我知道心灵如何蒙蔽，又如何明亮；我知道自由如何被冻，又如何融化；我知道独立如何遗失，又如何找到。于是，我的选择也就不言而喻了，那就是义无反顾地辞职。

我在这种困惑中站起身来，离开案头，换上一身远行的装束，推开了书房的门。走惯了远路的三毛唱道：“远方有多远？请你告诉我！”没有人能告诉我，我悄悄出发了。

先是穿过一片荒原到了唐朝，久久流连，不愿出来。于是，我心中早已萎缩的文思全盘复活，可以与李白、杜甫、王维畅快对话了。更重要的是，我对今后未知的每一天都充满悬念，充满好奇，充满惊喜，终于让生命拔离了天天都在重复的行政规程。

结果，就在这看似平常的伫立瞬间，人、历史、自然混沌地交融在一起了，于是有了写文章的冲动。我已经料到，写出来的会是一些风格和体裁都不同的奇怪篇什。没有料到的是，我本为追回自身的青春活力而出游，而一落笔却比过去写的任何文章都苍老。

其实这是不奇怪的。“多情应笑我，早生华发”，对历史的多情总会加重人生的负载，由历史沧桑感引发出人生沧桑感。也许正是这个原因，我在山水历史间插入了不少人生回忆。

但是，历史终究会以自己的漫长来比照出人生的短促，以自己的开阔来显现出人生的局限。培根说历史使人明智，也就是历史能告诉我们种种不可能，给每个人在时空坐标中点出那让人清醒又令人沮丧的一点。

我就这样边走边想，边想边走，走得又黑又瘦，让唐朝的烟尘、宋朝的风洗去了最后一点少年英气，疲惫地伏在远方旅舍的小桌子上涂涂抹抹，然后向路人打听邮筒的所在，把刚刚写下的那点东西寄走。走一程寄一篇，这便成了《收获》上的那个专栏。记得专栏结束时我曾向读者道歉，麻烦他们陪我走了好一程不太愉快的路。

当然事情也有较为乐观的一面。真正走得远、看得多了，也会产生一些超拔的想头，就像我们在高处看蚂蚁搬家总能发现它们在择路上的诸多可议论处。文化和人生的种种定位毕竟还有很多可以重新选择的余地，也许，正是对这种弹性的容忍幅度，最终决定着一种文化、一种人生的心理年龄和更新可能。

名，是中国古代对名誉、名声、名望、名节的简称。但是，这个字，把千百年间无数高雅君子的脊梁压歪了。因此，也把中国历史压歪了。

只要稍稍回顾一下中国历史就能发现，历代最优秀的灵魂几乎都在“名”字下挣扎。继承名，固守名，保护名，扩充名，争取名，铺排名，挽救名，拼接名，打捞名……多少强健的躯体为名而衰残，多少衰残的躯体为名而奋起。

仍然以我自己为例。一度被彻底毁名，站在一片废墟之上。以前，这里曾经展现过一丛丛名声的鲜花，现在什么也没有了，只剩下满地瓦砾。对此我曾慌张，但仔细一想，瓦砾固然不能代表我，但以前那些鲜花能代表我吗？

由此可见，再煊赫的名声也只是糊在竹竿上的一面面纸幡。上面写着学识、官阶、战功、封号、奖励、清誉、时评……颇为壮观，但是，只要风雨一来，这些纸幡立即便破碎污湿，不可收拾。若去粘补，则越补越糟，比原先没有纸幡的竹竿更加难看。

财富和金钱，确实与官位和名声很不一样，可以由清晰的定量指标来计算，也可以直接兑换成物质产品。只要获取途径合法，在和平时代很难被剥夺。而且，获取基本财富这件事，由于与家家户户的食、衣、住、行紧紧相连，具有起点意义上的必要性。

但是，请注意，我说的是“起点意义”。

在起点之后，事情就渐渐发生异化。

甚至，异化成一种人生悖论和社会灾难。人的实际需要就像一条半径，画出了积聚财富的原始理由。原始理由也就是第一理由，无论如何都不应该失去。

这个道理，可以由美学提醒我们。在至高等级的艺术中，美，总是与最朴素、最简约、最袒裸、最起点的形态相连。“暮归”的原始图像是小舟蓑笠，“冬居”的原始图像是木屋柴门，“行旅”的原始图像是峡谷竹桥。这一切，很难被巨轮、高楼、豪车完全替代。

但是，很多人的财富之路只想尽快离开最朴素的生命需求，离得越远越好，不想回头。

天道之行，首尾相衔。万事万物的起点，常常就是终点。因此，起点虽远，却能在默默间保持着潜在的控制力和导向性。我曾见过不少年迈而又疲惫的大企业家突然尝到童年故乡小食时的激动，以及激动后的凝思。凝思中，应有初愿复归。

我发现，财富之路如果走顺，一般都会经历以上这几个步骤。这几个步骤，一个更比一个背离财富的本意，渐成社会之害。

一个健康的社会应该让民众明白：世上最珍贵的东西，都无法定价，也无法购买。

当金轮马车离开巨大宅第的时候，路边的老树与天上的残月正在默默对话，而树下的花朵和野果则按照着季节静静地开放和谢落。在富豪、马车、巨宅都一一陨灭之后，老树和残月的对话还在继续，花朵和野果的开谢还在继续。这才是更真实、更恒久的世界。

对那些贪官来说，一生被贫困所恐吓；对我来说，一生被贫困所滋养。

对贫困的早期体验，使我到今天还过着节俭的生活。我的节俭，并不是为了贮蓄，更不是为了美誉，而是从生命深处早就确认：只有俭朴形态的享受才是最高享受。我永远地着迷于走了一段远路之后吃到的第一口米饭、第一筷青菜，觉得那种滋味远远超过一切宴会。这就像，冬天早晨第一道照到床头的阳光我觉得最为灿烂，跋涉荒漠时喝到的第一口泉水我觉得最为甘甜。

对贫困的早期体验，让我懂得了生命的内核和筋骨，建立了一种稳定的格局，发射到人生的各个方面。例如，在文学上，我只倾心于那种干净如洗、明白如话的质朴文笔，彻底厌恶现今流行的那种充满大话、空言、绮语、腻词、形容、排比的文章和演讲。在舞台艺术上，尤其欣赏格洛托夫斯基倡导的“贫困戏剧”及其延伸。在音乐、舞蹈、绘画、建筑上，也本能地拒绝一切虚张声势、繁丽雕琢的铺排。可见，我把早年的贫困体验，通过重重转化和提升，凝结成了生活美学和人生哲学。

正因为是“外行”，才具有那个看穿皇帝新衣的小孩子的优势，保持着质朴、简易的正觉。

因此，凡是我遇到复杂、艰深、庞大的问题，总是强迫自己从精神上回归。回归起点，回归童年，回归贫困，那儿，一定有最好的解读密码。

这就是我的“归零哲学”，这就是我的“贫困戏剧”。

对贫困的早期体验，还给我留下了一个很好的精神成果，那就是以最质朴的心态敏感别人的贫困，并予以高度同情。

这些记忆告诉我们：河水洋洋，无人注意，但只要取其一瓢，浇在焦渴禾苗的根部，就会显得珍贵无比。也许我们永远也无法拥有大河，但我们愿意成为及时赶到的浇水人，哪怕只用自己的汗滴。

当年饥饿的人，把求助对象的眼神当作天堂，或者地狱。那么，今天我们如有可能，为什么不让自己成为他人的天堂，哪怕只是瞬间？

与我们关系亲密的星云大师一再告诉我们："金钱有毒。佛光山只要有了钱，就想方设法让它变穷，那就是办学。办学，是弃富还贫的方便法门。"我们记住了，"弃富还贫"是"法门"。

我和马兰，没有子女，因此将不会留存任何财物形态的遗产。我们会将自己的作品和相关财富，全部捐献。

我们的父母，都曾经遭受过几乎活不下去的灾难。我们自己，也都承受过常人无法想象的心酸。我们只想离群跋涉，两相扶持，默默地求大善大美。追求到了，轻轻一笑，又奉还给世间。

来自山野，归于长天。若要寻找，踪影缥缈。

在地位、名声、财富的诱惑之后，人生还会遇到一个大诱惑，那就是潮流。

到了今天，此惑尤甚，常常赶过了前面几惑。

潮流之惑，也可以延伸为时尚之惑、趋势之惑、信息之惑、传媒之惑。一看便知，此惑大矣，此惑盛矣，此惑难逃矣。

为什么会有那么多聪明人，都避不开这样严重的生命浪费？从浅里看，是出于日新月异的技术诱惑；往深里看，是出于人类在本性上的"软肋"。

人类在本性上有一种很不自信的“大雁心理”。怕脱群，怕掉队，怕看不到同类的翅膀。怕一旦独自栖息后不知道明天飞翔的方向。

因此，他们不能不天天追赶。时间一长，对追赶这件事产生了依赖，对于追赶之外的一切，已经不再思考。

当然，新闻、信息、传媒、网络在当代社会，具有不少正面意义。但是，它们变成了一股强大的气旋，把太多的东西旋转进去了。旋转进去草木泥石倒也罢了，问题是，旋转进去的是无数有独立智慧、独立品格、独立创造力的生命，让他们天天在极快的滚动中同质化、异己化、平庸化，直到衰老。

无数美若秋水的眼波，在阅读着一则则充满套话的低劣报道；千万冰雪聪明的头脑，在面对着一则则故弄玄虚的愚蠢笑话……我们天天以极度的珍贵，兑换着极度的无聊。

当大家身处无聊而不感到无聊，这场极不公平的兑换已经完成。

经常有青年学生问我：“如果远离潮流和传媒，怎么可能接触和创造当代的好作品呢？”

“当代的好作品”？好到什么程度？我在《中国文脉》一书的开头就阐明，凡是关及“文脉”的作品，大多都不是“民间流行”和“官方流行”。随潮而行者，只是鱼虾而已。

人生在世，在剥除官位、名声、财富、潮流、恩仇的层层价值诱惑之后，还会留住一个安身立命之本，那就是文明。难道，连它也靠不住？

我从来没有怀疑过文明本身，但现在，不得不怀疑了。

美国历史学家斯塔夫里阿诺斯在讲完人类古典文明之后作了结，这个总结以一个问题作标题——

“文明：是诅咒还是福音？”

我因为走了几万公里，不认为他的这个标题是危言耸听。

这也就是说，文明对人，具有开创意义。人类如果否定文明，那就是否定自身。人类如果背离文明的底线，那就与丛林中的禽兽虫豸无异。

正因为文明如此重要，它就具有了让人服从和仰望的理由。在遥远的古代社会，它就变成了一种权力。当时的人们还不知道权力需要控制，更不知道如何控制，因此开始出现问题。而且，是很大的问题。

当文明的力量汲取了太多的血泪教训，也会主动出击，开始是想以野蛮的手段阻挡野蛮，久而久之远距离征战渐渐成了某些文明的癖好。它们一时变得强健而雄壮，但历史最终记下了一个结论：任何军事远征，都是一种文化自杀。因为各个文化都有自己的体量定位，没有边界的文化就像没有皮肤的肌体，岂能生存？这一点，不仅埃及、波斯有过教训，连“泛希腊化”的远征也没有对希腊文化带来好处。

征战一旦胜利一定伴随着文化奴役，这对被奴役的文化是一种毁灭性的摧残，这样的摧残我们在埃及、耶路撒冷、巴比伦、伊朗、印度都看到了。但是，胜利者的文化也未必胜利，因为它突然成了奴役别人的武器和工具，必须加注大量非文明的内容，到头来只能是两败俱伤。

世界各国的文明人都喜欢来尼泊尔，不是来寻访古迹，而是来沉浸自然。这里的自然，无论是喜马拉雅山还是原始森林，都比任何一种人类要早得多，没想到人类苦苦折腾了几千年，最喜欢的并不是自己的创造物。

外来旅行者也喜欢这里的生活气氛，纯真、忠厚、慢节奏，村落稀疏、房舍土朴、环境洁净，更不待说空气新鲜、饮水清澈了。其实说来说去，这一切也就是更贴近自然，一种未被太多污染的自然。

这里就出现了一个深刻的悖论。本来，人类是为了摆脱粗粝的自然而走向文明的，文明的对立面是荒昧和野蛮，那时的自然似乎与荒昧和野蛮紧紧相连。但是渐渐发现，事情发生了倒转，拥挤的闹市可能更加荒昧，密集的人群可能更加野蛮。现代派艺术写尽了这种倒转，人们终于承认，宁肯接受荒昧和野蛮的自然，也要逃避荒昧化、野蛮化的所谓文明世界。如果愿意给文明以新的定位，那么它已经靠向自然一边。

现在我们已经不可能抹去或改写人类文明史，但有权利总结教训。重要的教训是：人类不可以对同类太嚣张，更不可以对自然太嚣张。这种嚣张也包括文明的创造在内，如果这种创造没有与自然保持和谐。你看世界上一切文明浓度高的地方都已不适合居住，说明问题的严重性已达到何等程度。文明，已经出现非人性化的危险。

文明的非人性化有多种表现。繁衍过度、消费过度、排放过度、竞争过度、占据空间过度、繁文缛节过度、知识炫示过度、雕虫小技过度、心理曲折过度、口舌是非过度、文字垃圾过度、无效构建过度……对这一切灾难的爆发式反抗，就是回归自然。

与我刚刚经历过的那些文明故地相比，尼泊尔也算是“白丁”。但正是在这里，山清水秀，天籁无邪，让我静静地深思。

我拨弄一下火炉，又移动了一下蜡烛，立即想起，早在家乡老屋，我还不太会走路的时候，就有这样的火炉，这样的蜡烛。绕了一大圈又回来了，虽然不是家乡，却是家乡的光，家乡的暖。在两重炉火烛光间，中间的许多名目，可以删掉吧？

那夜想多了，疲倦地入睡。第二天一早，凉风满屋，光华满目，不知身在何处。立即起床，在窗口就能发现，被朝阳照得熠熠生辉的，便是喜马拉雅山。

我连忙出门，久久仰望。这才是伟大的山，真实的山，把地球压稳的山，让人类安心的山。它没有语言，没有表情，没有喧闹，岿然不动，雄伟俊俏。对比那些横亘在世人心中的一座座错觉之山，例如前面排列过的权位之山、名声之山、财富之山、潮流之山、恩仇之山，以及昨天晚上刚刚在我心中矮下去了的文明之山，什么都清楚了。

阅读：摆脱平庸

中华民族作为世界上最早进入文明的人种之一，让人惊叹地创造了独特而美丽的象形文字，创造了简帛，然后又顺理成章地创造了纸和印刷术。这一切，本该迅速地催发出一个书籍的海洋，把壮阔的华夏文明播扬翻腾。但是，野蛮的战火几乎不间断地在焚烧着脆薄的纸页，无边的愚昧更是在时时吞食着易碎的智慧。一个为写书、印书创造好了一切条件的民族竟不能堂而皇之地拥有和保存很多书，书籍在这块土地上始终是一种珍罕而又陌生的怪物，于是，这个民族的精神天地长期处于散乱状态和自发状态，它常常不知自己从哪里来，到哪里去，自己究竟是谁，要干什么。

只要是智者，就会为这个民族产生一种对书的企盼。他们懂得，只有书籍，才能让这么悠远的历史连成缆索，才能让这么庞大的人种产生凝聚，才能让这么广阔的土地长存文明的火种。

阅读的最大理由是想摆脱平庸。一个人如果在青年时期就开始平庸，那么今后要摆脱平庸就十分困难。

何谓平庸？平庸是一种被动而又功利的谋生态度。平庸者什么也不缺少，只是无感于外部世界的精彩，人类历史的厚重，终极道义的神圣，生命含义的丰富。而他们失去的这一切，光凭一个人有限的人生经历是无法获得的，因此平庸的队伍总是相当庞大。黄山谷说过：“人胸中久不用古今浇灌，则尘俗生其间，照镜觉面目可憎，对人亦语言无味。”这就是平庸的写照。黄山谷认为要摆脱平庸，就要“用古今浇灌”。

只有书籍，能把辽阔的空间和漫长的时间浇灌给你，能把一切高贵生命早已飘散的信号传递给你，能把无数的智慧和美好对比着愚昧和丑陋一起呈现给你。区区五尺之躯，短短几十年光阴，居然能驰骋古今、经天纬地，这种奇迹的产生，至少有一半要归功于阅读。

如此好事，如果等到成年后再来匆匆弥补就有点可惜了，最好在青年时就进入。早一天，就多一份人生的精彩；迟一天，就多一天平庸的困扰。

但是总的说来，阅读是个人的事，字字句句都要由自己的心灵去默默感应，很多最重要的感受无法诉诸言表，阅读的程序主要由自己的生命线索来缩接，而细若游丝的生命线索是要小心翼翼地抽理和维护的。这一切，都有可能被热闹所毁损。

阅读是对外部世界的开发，也是对自己生命的开发。开发生命并不是重塑生命，我们的生命并不太坏，没有必要打碎了重塑。任何开发都应该顺应着地理地脉，开发生命也是同样，硬撬硬凿会伤筋动骨。

不要在信息里浪费时间，更多地读一些被时间和空间证明它高贵和美的东西，让它们和你的生命连在一起。

只要你接触的东西是高贵的、美丽的，你也一定会高贵美丽，生命有一个秘密叫传染性，非常重要的传染性，每天和高贵、美丽连在一起，你这个人非高贵和美丽不可，如果成天在做不好的事情，那么你接触的人都是不好的，你这个人要高贵也很难。所以要为自己制造一个很好的气场，这就是品质生活一个非常重要的点，这样阅读和品质生活就连在一起了。

在信息爆炸的现代，“开卷有益”的说法十分危险。事实上，当你占有了一本书，这本书也占有了你。你占有书，是一种不知内容等级的冒险；书占有你，却是实实在在消耗了你不可重复的一个生命过程。这种消耗，是一种表面温柔实则残忍的生命剥夺。

我有一个遗憾，就是和朋友们一起出去的时候，看到艺术文学的东西，朋友们往往比较漠然，或者我们讲到了一些非常重要的作品、非常重要的一些作家，他们不知道。我认为这个“不知道”会严重影响你的生活品质，理由很简单，不是为了显摆，而是我的生命和人类历史上最高贵的生命是有关的。

大家想，我们的身体会吃饭、睡觉，会用一些仪器，这个生命一点都不重要，重要的是这个生命积累了一些美丽和高贵的遗产，这个遗产居然能够被后面的生命接受，这是人类高贵之处。

书卷气已经不是书卷本身，而是被书卷熏陶出来的一种气质。大致表现为：衣貌整洁，声音温厚，用语干净，逻辑清晰。偶尔在合适的时机引用文化知识和名人名言，反倒是匆匆带过，就像是自家门口的小溪，自然流出。若是引用古语，必须大体能懂，再作一些解释，绝不以硬块示人，以学问炫人。

书卷气容易被误置为中国古代的冬烘气、塾师气、文牍气，必须高度警惕，予以防范。目前在一些“伪文化圈”中开始复活的“近代文言”、“民国文言”绝不可用，因为那是一种很低级的“孔乙己腔调”。古文，盛于汉唐，止于明末；现代，美文尽在白话，而且是一种洗去了骈俪污渍的质朴白话。近代的落第秀才、账房先生学不会这种白话，才会有那种不伦不类的文言，恰恰与“书卷气”背道而驰。

此外，现代的书卷气没有国界，不分行业，表现为一种来回穿插、往返参照的思维自由。自由度越高，参照系越多，书卷气也就越浓。

美国一位早期政治家曾留下这样一段话：我们这辈人骑在马背上征战，为的是我们儿子一代能够从事科学和哲学，为的是我们孙子一代能够从事音乐和舞蹈。

他的传代概念当然是一种比拟，传达出他内心的人性目标。

这一点我要反复地提醒年轻朋友，你们的生命比你们每天接到的信息要珍贵得多，你千万不要让它玷污了你可爱的生命，不要让它冲走了你的生命，不要让它消耗了你的生命，你让你的生命给人类历史所验证过那些大善大美更多的结合，那你的生活品质就会大大地提高。

寻找精神图谱

问道，总会先去踏访自己最心仪的那个高台。

我一直喜欢魏晋时代。

魏晋名士的行止风范和艺术成就我已写过不少，这儿就不重复了。我只想说说他们在精神文化和人生哲学上的突破性贡献。这有点深，有点玄，却是他们心灵深处的巨大悸动。这种悸动，也带动了整部中国文化史。

魏晋的精神光辉，源自秦汉的精神黯昧。秦汉时代有如此显赫的政治、军事功业，难道精神是黯昧的？不错，外在的显赫和内在的黯昧，常常互为表里。秦汉的金戈铁马把春秋战国时期的百家深思，撞击得支离破碎。

他们太不容易，因为他们看到的一切实在触目惊心。宏大的功业，宏大的残忍，宏大的胜利，宏大的失败，宏大的仁德，宏大的阴谋，他们全部已一一翻阅。围绕着这些宏大所发出的各种高论，他们也都已一一倾听。他们似乎生活在一个高度浓缩的历史结晶体中，凡是人类能够想象的极端性状态，都爆炸式地呈现殆尽。因此，他们不可能再有什么企盼、梦想、担忧、防范，因为这一切都显得那么幼稚、苍白、无聊、无稽：剩下的，只有看透一切的超然。

中国民众最感到陌生的，是游戏反叛型的文化人格。

魏晋名士对于三国群雄，是一种反叛性的脱离。这种脱离，并不是敌对。敌对看似势不两立，其实大多发生在同一个语法系统之内，就像同一盘棋中的黑白两方。魏晋名士则完全离开了棋盘，他们虽然离三国故事的时间很近，但对那里的血火情仇已经毫无兴趣。开始，他们是迫于当时司马氏残酷的专制极权采取“佯谬”的方式来自保，但是这种“佯谬”一旦开始就进入了自己的逻辑，不再去问社会功利，不再去问世俗目光，不再去问礼教规范，不再去问文坛褒贬。如此几度不问，等于几度隔离，他们在宁静和孤独中发现了独立精神活动的快感。

从此开始，他们在玄谈和奇行中，连向民众作解释的过程也舍弃了；只求幽虚飘逸，不怕惊世骇俗，沉浮于一种自享自足的游戏状态。这种思维方式，很像二十世纪德国布莱希特提倡的“间离效果”，或曰“陌生化效果”。在布莱希特看来，人们对社会事态和世俗心态的过度关注，是深思的障碍、哲学的坟墓。因此，必须追求故意的间离、阻断和陌生化。

我发觉即使是今天的文化学术界，对于魏晋名士的评价也往往包含着很大的误解。例如，肯定他们的，大多着眼于他们“对严酷社会环境的侧面反抗”。其实，他们注重的是精神主体，对社会环境真的不太在意，更不会用权谋思维来选择正面反抗还是侧面反抗。否定他们的，总是说他们“清谈误国”。其实，精神文化领域的最高标准永远不应该是实用主义，这些文人的谈论虽然无助于具体社会问题的解决，却把中国文化的形而上部位打通了，就像打通了仙窟云路。一种大文化，不能永远匍匐在“立竿见影”的泥土上。

为什么这个时代、这批人物、这些绝响，老是让我们割舍不下？我想，这些在生命的边界线上艰难跋涉的人物，似乎为整部中国文化史做了某种悲剧性的人格奠基。他们追慕宁静而浑身焦灼，他们力求圆通而处处分裂，他们以昂贵的生命代价第一次标志出一种自觉的文化人格。在他们的血统系列上，未必有直接的传代者，但中国的审美文化从他们的精神酷刑中开始屹然自立。

在嵇康、阮籍去世之后的百年间，书法家王羲之、画家顾恺之、诗人陶渊明相继出现；二百年后，文论家刘勰、钟嵘也相继诞生。如果把视野拓宽一点，这期间，化学家葛洪、天文学家兼数学家祖冲之、地理学家郦道元等大科学家也一一涌现。这些人在各自的领域几乎都称得上是开天辟地的巨匠。魏晋名士们的焦灼挣扎，开拓了中国知识分子自在而又自为的一方心灵秘土，文明的成果就是从这方心灵秘土中蓬勃地生长出来的，以后各个门类的千年传代也都与此有关。但是，当文明的成果逐代繁衍之后，当年精神开拓者的奇异形象却难以复见。嵇康、阮籍他们在后代眼中越来越显得陌生和乖戾，陌生得像非人，乖戾得像神怪。

有过他们，是中国文化的幸运；失落他们，是中国文化的遗憾。

我花了那么多篇幅来讲魏晋名士，是想说明，中国智者曾经有过一个集体彻悟的时代。彻悟的重要标志，是投入对宇宙、对天地、对生命的宏观思考、本源思考。

我每次去欧洲，看到从古希腊到米开朗琪罗、罗丹对历代思想家、哲学家的精彩雕像，在敬仰之余总会产生一丝对比性的悲凉。这些被花岗石凝冻的鬈发、长袍、高鼻梁、深眼窝，不管蒙受多少浮尘和苔藓，不管熏染多少战火和劫灰，都依然屹立在民众的头顶。欧洲，也因他们而心气高扬。中国有没有这种可以镌刻的思想家和哲学家？似乎图像模糊，其实一点儿不差。你看即便同代人形容嵇康，也已经往雕塑的路上走了。

魏晋时代的思想家和哲学家，至少在外形上绝不会输于希腊同行们。但是，中国的思想长廊里很少有这些雕塑，有的多是峨冠博带、表情刻板、大同小异的官吏画像。即使有孔子的木版画像，那也实在太粗陋了。幸好，当代出现了写意派雕塑家，开始用灵动的青铜之诗来再现先哲神貌。

失去了魏晋时代的“型男”雕塑长廊，中国思想史就删略了一个极为关键的大思考平台。明明醒过，却又睡眼惺忪了，惺忪得那么懒散又那么烦躁。

我有幸早早地碰到了魏晋。我被深深地震撼了，明白了在巨大的灾难中如何看穿世态、解脱身心。我当时就觉得，魏晋名士离我很远，又很近。有了他们在前面，我就回不到那个壅塞、嘈杂的山谷中去了。后来，那个山谷中总有一双双手试图把我拉拽回去，我心中只要一念叨“魏晋”，像是神咒作法，我便定住了。

对于以陶渊明为代表的安然自立型的文化人格，中国民众不像对魏晋名士那样陌生，也不像对三国群雄那样热络，处在一种似远似近、若即若离的状态之中。

从漫长的古代史到三国群雄，中国的文化人格基本上是与军事人格和政治人格密不可分的；魏晋名士用极端的方式把它解救出来，让它回归个体，悲壮而奇丽地当众燃烧；陶渊明则更进一步，不要悲壮，不要奇丽，更不要当众，也未必燃烧，只在都邑的视线之外过自己的生活。

安静，是一种哲学。在陶渊明看来，魏晋名士的独立如果达不到安静，也就无法长时间保持，要么凄凄然当众而死，要么惶惶然重返仕途。中国历史上出现过大量立誓找回自我并确实做出了奋斗的人物，但他们没有为找回来的自我安排合适的去处，因此，找回不久又走失了，或者被绑架了。陶渊明说了，这个合适的去处只有一个，那就是安静。

在陶渊明之前，屈原和司马迁也得到过被迫的安静，但他们的全部心态已与朝廷兴衰割舍不开，因此即使身在安静处也无时无刻不惦念着那些不安静的所在。陶渊明正好相反，虽然在三四十岁之间也外出断断续续做点小官，但所见所闻使他越来越殷切地惦念着田园。回去吧，再不回去，田园荒芜了。他天天自催。

照理，这样一个陶渊明，应该更使民众感到陌生。尽管他的言辞非常通俗，绝无魏晋名士的艰涩，但民众的接受从来不在乎通俗，而在乎轰动，而陶渊明恰恰拒绝轰动。民众还在乎故事，而陶渊明又恰恰没有故事。

因此，陶渊明理所当然地处于民众的关注之外。同时，他也处于文坛的关注之外，因为几乎所有的文人都学不了他的安静，他们不敢正眼看他。他们的很多诗文其实已经受了他的影响，却还是很少提他。

到了唐代，陶渊明还是没有产生应有的反响。好评有一些，比较零碎。直到宋代，尤其是苏东坡，才真正发现陶渊明的光彩。苏东坡是热闹中人，由他来激赞一种远年的安静，容易让人信任。细细一读，果然是好。于是，陶渊明成了热门。

由此可见，文化上真正的高峰是可能被云雾遮盖数百年之久的，这种云雾主要是朦胧在民众心间。大家只喜欢在一座座土坡前爬上爬下、狂呼乱喊，却完全没有注意那一抹与天相连的隐隐青褐色，很可能是一座惊世高峰。

陶渊明这座高峰，以自然为魂魄。他信仰自然，追慕自然，投身自然，耕作自然，再以最自然的文笔描写自然。

“魏晋”二字在后代中国的实际影响并不太大。为此，我写的那篇《遥远的绝响》，重点在“绝响”。

这事，既要怪中国历史，也要怪魏晋名士。他们确确实实存在一个巨大的缺憾。

那就是，他们太局囿、太自我、太排他、太小圈。他们的思想经天纬地，但他们的身影却躲进了竹林。他们追求个性自由，却又过于自以为是。他们轻视礼教，却忽视了儒家所承担的社会责任。他们从容赴死，但周围的民众却不知他们为何而死。他们啸傲山野，却不知离他不远处那些炊烟茅屋下的世俗人心。

那么，如何来弥补他们的这种缺憾呢？

其实，一种宏大的精神力量已经在他们身边出现，那就是佛教的兴起。

在玄学的清谈、醉饮、琴声中，黄昏的竹林，人迹已稀。但在竹林的不远处，佛教的僧侣们却在辛勤跋涉。说起来，佛教在精神上也是超凡脱俗、重在内心的，那么，他们为什么还要在人世间不倦地传播佛理、翻译经卷、兴建寺庙、聚集信众呢？

讲到这里，我显然已经绕不开美学问题。远行的僧人们不管是以开阔战胜闭塞，还是以关爱战胜孤独，其结果都是一个宏大的精神境界，这个境界不仅善，而且美。世间的大美总离不开人类的精神性追求，没有这种追求，浩瀚的沙漠和雄奇的群山只是一种无生无明的存在，至少只是一种未被开发、未被唤醒、未被点化的美，因此也就无所谓美。由此可知，远行的僧人们的脚步和记述，正是在对沉睡了亿万年的大地进行着开发、唤醒和点化。

不仅如此，僧侣们还会以最美、最艺术的方式弘法。我无法想象，如果删除了佛教艺术，中国的雕塑史、绘画史、建筑史将如何书写。僧侣们以惊人的智慧选择了一种最有效也最高妙的弘法方式，他们深知佛教是众生的宗教，大量的信徒无法读懂理义高深的经典，于是决心把经典深义化作直觉造型。

这种将理义付诸直觉的高明方法，是美学的至境，却正是由僧侣们营造出来的。我认为佛教对于中国美学的贡献，无论在普遍性还是在高深度上都是无与伦比的。因此，我们日常所见的风尘仆仆的行脚僧侣，他们心中大多埋藏着一个美丽的天国，而他们又善于把这个天国与自然美景和艺术创造连在一起，使美丽的天国走向了人间。

这许许多多的“无”，加在一起，也就是“无常”。所谓“无常”，大致是指无常规、无常态，一切都无法预计，一切都无法依靠。

初一听，“无常”让人感到有点心慌。因为世上一切限制、障碍和围栏，都是按照常规、常态设置的，即便令人厌烦，却也可以被依靠。一旦撤除，很容易变得手足无措。

但是，佛教还是要我们撤除。因为在“无常”的洪流中，抱住岸边的几根小围栏反而更加危险。所以，不要指望那些“不可靠的依靠”。

尤其是对未来，人们总是依据常态估算，去争夺未来的拥有。其实这种争夺都应该放弃。

未来的一切都靠不住，“无常”是唯一的结论。

乐于接受“无常”，这是一种最健康、最积极的人生状态。来什么就接受什么，该怎么着就怎么着，一切都能对付，无事不可处理，而且是在未曾预计的情况下来对付和处理。即使突然冒出来令人惊悚的情况，也只把它看作是自然的安排。这种人生状态，是多么令人神往。

乐于接受“无常”，人生的气度也就会无限开阔。

我们喜欢用“气吞万汇”来描写最辽阔的海口。这样的海口永远不会拒绝逆流、浒藻、暗潮、狂波、浊涛。什么都可以进入，一切都可以吞吐，百般都可以来去。来了，不惊惧，不希冀；去了，不悔恨，不抱怨。

这种气吞万汇的风范和魅力，正是来自“缘起性空”和“无常”。

顿悟，本来不应该成为一个奇罕的概念，因为人生中很多重大转折和飞跃，都起自思想的陡然贯通。如瞬间云开，如蓦然瀑泻，如猛然冰裂。但是，世上按部就班的教育传统，使我们习惯于一个台阶、一个台阶地亦步亦趋，反而对顿悟产生疑虑。世俗民众也许更容易接受神秀“时时勤拂拭”的“渐修”方式，却不知道这样是找不到天性、本性的。

已经告诉你了，你要的东西就在你身上，却为什么要绕那么大的圈子到别处寻觅？阻挡本性的那些披披挂挂，也在你身上，你一把拉下丢弃就是了，为什么还要说那么多话，磕那么多头，费那么多手脚？

一把拉下丢弃，霎时发现自己赤裸的本性竟然那么洁净，能够无牵无挂、无欲无私地融入宇宙天地，那就是顿悟时的心境。

这种顿悟，也就是发现自己一无所有，一无所得，一无所求，因此不再有任何困厄，一步走向心灵的彻底自由，彻底解放。

这种顿悟，是一种看似没有任何成果的最大成果。

对于机锋，人们最感兴趣的是难于理解的部分。因为容易理解的部分只是用了反问句式和比兴手法，虽然巧妙却并不惊人。难于理解的部分就厉害了，那是对一般逻辑的故意击碎，引领人们挣脱习惯的思维套路。

大家都认为，这是一种高超的思维谋略和话语谋略。但是，我作为一个曾经深潜西方现代艺术的研究者却另有判断：主要不是谋略。

那些禅师在做出怪诞回答的时候，以迅捷为胜。一问刚到，一答便出，不容片刻思索。他们再灵敏，也不存在动用谋略的时间。因此，我相信，那些答语，以及答语里的图像和词句，是确确实实迸现于禅师们头脑中的。这种情景，很像西方现代派文艺中的“间离效果”、“意识流”和“荒诞派”；而那些图像，则让人联想到印象派和毕加索。我这样对比，已经在进行一种跨时空的比较研究，以后有机会再细加论述，今天只能匆匆带过了。

把禅师们的怪诞答案与西方现代派艺术一联结，人们就会明白其间蕴藏着突破常规后的大哲和大美。不错，打破的是小哲，获得的是大哲；打破的是小美，获得的是大美。

我在一座山、一座山地拜访佛门时，已经心生不安。那么多智慧在山头间闪耀，山路上问道者络绎不绝，那么，山脚下呢？山脚下存在着大量儒家书生，他们毕生都在为国家伦常而传道、授业。他们偶尔抬头仰望山林，心情会是如何？

儒家学者中那些善于学习的人渐渐明白，佛教的盛行，正好暴露了儒学的短板。儒学张扬的是社会秩序，佛教探究的是人心本性。社会秩序是统治者的课本，人心本性是一切人的疑问。社会秩序的课本，必定掺杂大量权势的意愿；人心本性的疑问，却会启发天下众生的觉悟。

既然如此，一直占据着统治地位的儒学能不能改变一下自己的身段，从外部获得更多教益呢？但是，要儒学获得教益是一件麻烦事，因为它历史长、背景阔、资源多，很难大幅度转型。如果不是大幅度转型，它获得的教益总是有限。

幸好，儒家学者中毕竟还有杰出的明白人，而且不止一个两个。于是，从唐代开始，尤其是在宋、明两代，儒学发生了重大转型，产生了“新儒学”。如果说，旧儒学的重点在于弘扬伦常秩序，那么，“新儒学”的重点在于探掘人心本性。毫无疑问，这是受到了佛教，特别是禅宗的重大影响。

出于对魏晋名士的长久缅怀，对艺术美学的彻心投入，我对于接受儒学之外的思想，比别的中国学者少了一点障碍。特别是禅宗，简直与我迷醉毕生的艺术天性难分彼此。我经由艺术，可以顺畅地通达它；而经由它，又可以快速地进入艺术的最深层面。由此明白，我的天性，更接近于禅。

巍峨，并非仅指一山。在道家的山峰中，最高的一座离得很远，已与天际相融，云雾缥缈。这就是中国第一位大哲学家老子，边上还有一座高峰，是庄子。但是，在这两座高峰的另一边，却横亘着连绵的群峰，那就是道教系列了。由于道教把老子追认为教主，把他的《道德经》奉为主要经典，所以道教群峰也把老子当作主峰，连在一起了。

这么多山峰，风景迥异，因此我们在仰望的时候，也要分两条路线。

第一条路线，非常安静，任何人进去，都要把步子放轻。这条路线上有老子之峰和庄子之峰，沿途疏疏朗朗，偶尔有鲲鹏的翅膀从山头掠过，却也没有声音。低头看到一些溪流，一些蝴蝶，也都没有声音。这里的一切像混沌初开，天籁方醒，处处渗透出一种神圣的气氛。这条路线，就叫“老庄路线”。

第二条路线，非常热闹，任何人进去，都会兴高采烈。一座座炼丹炉在熊熊燃烧，一个个似人似仙的方士在排算着阴阳五行。这儿有几场谶纬仪式正在同时进行，那儿有几位道家神医正要上山采药……这条路线上颇多大大小小的山头和驿站，有张道陵的、魏伯阳的、葛洪的、寇谦之的、陆修静的、陶弘景的、丘处机的……山头上还刻有石碑，标示着各个道教宗派，例如上清派、灵宝派、全真道、净明道、正一道……琳琅满目。这条路线，就叫“道教路线”。

两条路线，两番风光，两种生态，加在一起，就合称为道家。本来老、庄在诸子百家中也叫道家，但我们现在这么叫，就把道教包括在里边了，可称为广义的道家。

中国文化有关人生修行的种种倡导，并不具有明确的断代性。人生修行，是一个跨越时间和空间的互渗过程，而且也不在门派上排他。你看那么端正的“醇儒”曾国藩，也在法家、道家间游刃有余。

在曾国藩之后，重新完整地体理这种人格风范的，有张之洞和张謇。他们都不保守，而是以中华文明继承者的身份，实实在在地把中国向现代推进。

人们看到，儒、道、佛这三种完全不同的审美境界出现在中华文化之中。一种是温柔敦厚，载道言志；一种是逍遥自由，直觉天籁；还有一种是拈花一笑，妙语真如。中国文化人最熟悉的是第一种，但如果从更高的精神层面和审美等级上来看，真正不可缺少的是后面两种。在后面两种中，又以第三种即佛的境界更为难得。

我们逃离了那么多错觉之山，叩问了那么多正觉之门，最终，应该在何处安顿心灵？

你看，不管是道家、儒家、佛家，每家里边有那么多门派，每个门派都足以留驻长久。但是，在它们近旁，还有很多别致的庭苑。更让大家心旌摇曳的是，既然来自印度的佛教如此深厚，那么，同样滋生在域外的大量精神丛林，又会怎么样呢？巴比伦文明、埃及文明、波斯文明、希腊文明、希伯来文明，尤其是欧洲自文艺复兴之后产生的近代文明……

每一处都可以安顿，但安顿的时间一长又会想念别处；如果转移到别处，又有另外的信号吸引目光。这就证明，任何一处都难以对自己产生全方位的笼罩。

而且，那些门派产生的时间、地点、背景，确实与此时此地有极大的差别，硬行笼罩必生虚假。有了虚假，又怎么能让心灵安顿呢？

是否安顿了，只有自己知道。只要还有一些隐隐约约的异光杂色，就很难安顿；只要还有一些浓浓淡淡的陈霉气息，就很难安顿；只要还有一些边边角角的夹生和夸张，就很难安顿；只要还有一些丝丝缕缕的缠绕和纠结，就很难安顿。

安顿，不能全靠已有经典，而必须由自己出场。一遍又一遍，再叩山门，再访庭苑，反复比勘、选择、重组，最终，寻找到一种最自在、最简约的精神图谱，这就是心灵安驻的地方。

这就像一个成熟学者终身不离的私人藏书室，看来只是对世间已有图书的选取，但选取就是营造，营造自己的精神栖息地。

这就出现了精神修行的完整程序——

我们破惑，

我们问道，

我们营造，

我们栖息，

我们安顿。

天地大道的归结

我本人在毕生的修行过程中，也希望找到一种与很多经典密切相关，又不完全相同的精神图谱。然而总是显得过于庞大，一直在努力精简。

精简是一件大难事，但又有点迫切，因为很多学生总想让老师用精简的方式告诉他们人生的秘密，他们拒绝庞大。

一般说来，人一上了年纪，就不太愿意再谈“人生哲理”了，因为他们看到了人生的极其复杂、诡异、多变，简直无理可讲。因此，凡是还在谈的，一定还比较年轻。但是，这种阴差阳错，实在是人世间最荒唐的“话语颠倒”。那就是把一个最艰深问题的话语权，交给了最不应该具备这种话语权的人，而真正有可能具备话语权的人群，却在沉默。

我想改变这种状态。

岁月确实像一道道厚墙，堵着我的嘴，但我相信真正有力的话语一定能把这些厚墙穿越。我修行大半辈子，破了那么多惑，问了那么多道，理应留下一些成果，否则就对不起那些惑，对不起那些道了。

试想，如果换一个人，也像我这样从头来一遍，吃那么多苦，走那么多路，读那么多书，看那么多人，经那么多事，终于熬到了我这样的年岁，却只扯别的，拒讲人生，那是多么浪费！

我想了多次，决定反对浪费。

既然经历如此丰厚，那么，我要写出来的句子，一定与那些年轻人的文笔有很大不同。简单说来，由于年龄和经历，我的人生感悟都带有某种终极意义。

终极意义是什么样子的？在形态上很容易产生一个误会，以为那是几组复杂的公式、一堆深奥的结论。其实，在我看来，只要一涉终极，便有梵呗圣乐响起。天地大道的归结处，必是空寂诗境。

人类的生存底线，不会照顾我们的期盼。

人类的生存期限，不会安慰我们的祈愿。

——这是我投入宏观思考的起点。我的身后，站着一大批古生物学家、古地质学家。远处，还站着不少以“末日”、“大劫”、“灭绝”、“洪水”为话题的宗教人士。

人类是一个密集的群体，极易因惊吓而敏感，因敏感而传染，爆发群体性的心理灾难。因此，一切智者为了避免人们被“瞬息之间，归于洪荒”的事实所惊吓，都心照不宣，实施适度的群体性隐瞒和转移。

这就像对一个朝不保夕的病人，不让他看太准确的病情报告，而把他的注意力引向窗外的白云，云下的远山，山间的寒林，林下的人影。

这是人类无奈而又机智的自我保护，合情合理，无可厚非。世间的种种蓝图、纲领、宣讲、竞争、游戏、赌博，皆由此而生。

让人们在忙碌中忘记太空劫难，在奋斗中转移天文恐惧，在欢乐中淡化悲剧认知，在比赛中分散毁灭预感……

不管宇宙多么浩瀚，生物多么繁茂，迄今为止，可以断言人类具备一系列其他物种所没有的独特优势。

其他物种所没有的首项优势，是人类具有善良的天性。

人们有时也会描摹其他物种的“善良”，其实都是“拟人化”的想象和移情。“拟”的是人，只有人才会产生发自内心的善良。

其他物种所没有的另项优势，是人类具有自塑天性。

人类的自塑是一种主动行为。先是由环境的变化而推动，被动地改变自身，然后就渐渐主动，发明工具，施行教学，锻铸品格，崇尚优秀，把人类群体自塑得日新月异。相比之下，其他物种虽然也有进化，却迟缓得多。

其他物种所没有的又一项优势，是人类具有审美天性。

人类是迄今唯一懂美、爱美、创美的生物群体。而且，美的标准同中有异，异中有同，全人类组成了美的默契、美的凝聚。这使人类生活产生了一种着魔般的吸附力量。

更重要的是，人类本身就集中了美的最高形态，从男性到女性，从形体到表情，从内在到外在，互相辉映，构成了无与伦比的美的交响乐。

——正是这几大优势，使人类成了宇宙间的珍贵精灵，值得自爱、自重、自卫、自保。

但是，即使具有如此优势，人类还是难于自保，还会遇到一系列劫难。

劫难中，有的是天文劫难，有的是人文劫难。天文劫难来自宇宙，人文劫难来自自身。

这中间，值得我们警惕的是人文劫难。它在天文劫难尚未抵达之时已经使人类狼狈不堪，而如果天文劫难真的光临，它更会乱中添乱，使人类的句号画得非常难看。

这会让我们心有不甘，因为如此优秀的人类即使面临结束，也应该享受一种辉煌的终点。而在终点之前，还应该铺就一条敞亮的大道。

如果这一切都没有了，那么，人类的生存基点就会变得十分黯淡。

因此，我们修行的重要目标，是减少和排解人文劫难。

对于来自宇宙的天文灾难，我们无能为力；对于人类自酿的人文劫难，我们应该做点什么。

其实，人文劫难，主要起自人文安慰。

人类为了阻挡集体恐慌，允许心理转移。为此，不得不建立种种不真实的坐标和相状。

尤其是，明明迟早要面对“一无所有”，却要大谈“拥有”和“占有”，让人们在精致的私有屏障前心满意足，不再恐慌。

但是，恰恰是这种“拥有”和“占有”，启动了眼下就会遭祸的按钮。大家都要“拥有”，人人争着“占有”，无数的社会纠纷形成了。纠纷自然会激化，那就指向了人文劫难。

人们凭着聪明的头脑，把最原始的欲望和冲动精致化、规则化、理论化了。这一切很容易被看成是人类进步的证据，其实，那是以复杂的方式回归荒蛮。

歌德说过这样一句话：人类凭着聪明划出了种种界线，最后凭着爱，把它们全都推倒。

在这方面，比歌德做得更出色的，是中国的禅宗。禅宗大师种种让人难以理解的作为，全是为了推倒那些界线，包括那些概念、那些逻辑、那些学理。

全都推倒了，那就是“空”。

如果有了“空”的心胸，我们书架里的书籍，就会减少大半；我们学校里的课程，就会减少大半；我们在历史荒原上的冲撞、呐喊、拼耗，就会减少大半。如果能够这样，那么，焦头烂额的人类，是否会过得从容、自在一点？我们几十年的生命，是否会过得更有诗意一点？

因空而大，也是艺术的至高境界。

品味中国古代艺术一久，就会深深地向往一个难以企及的等级——空境。

浅处理解，空境是留出空白，呼唤“空山不见人”的诗意。一切赘笔都是笨拙，一切添饰都是多余，一切繁华都是低俗。疏疏枯墨，幽幽弦鸣，让人屏息凝神，心志如洗。

深处理解，空境是释放生命，释放到一个没有界限的空间尽情腾跃。那就像一名素练女子的大幅度舞蹈，而黑色背景也就是宇宙背景。她的身段姿态来自天籁又牵动天籁，描述天籁又划破天籁。正是空，让她完成了一切。

推衍开去，也正是空，让人类完成了纯美的一切。生命的最高骄傲和最后线条，只能在空境中成型，又在空境中消融。

在庞贝古城的遗址，我看到千年颓墙边绿草如茵、鲜花灿烂，非常感动。突然降临的灾难是暂时的，这片土地的生命秩序还顽强地潜藏了千年。当初也有无数绿草、鲜花一并掩埋在火山灰下，但只要生命秩序还在，那么，迟早还会光鲜展现。连色彩、体形，也忠贞如初。被掩埋的生命秩序，远比那些火山灰长寿。

在庞贝古城的遗址，我看到了“大能量”和“大秩序”的比拼。一度，在那个昏天黑地的日子里，似乎“大能量”压过了“大秩序”，但时间一长终于发现，情况未必如此。经由时间加持，“大秩序”还是控制住了“大能量”。除了那些绿草鲜花之外，就连现代人的勘探、发掘、复原、研究、参观、传扬，也都是“大秩序”的作为。于是，庞贝的能量辐射全世界，进入无数的教科书，而且在千年之后。于是，比拼的结果出来了：只有两者相加，互融互依，才有不溃的生命，才有“天地元气”的长驻。

就个体生命而言，对“天地元气”的认知，使我们变得更加卑微和谦恭，又使我们变得更加宏大和厚实。

我们是天地指令的倾听者、服从者、执行者，因此也成了天地指令的人格化身。即便我们受挫、蒙冤、遭灾，也知道是天地的自然安排，这就使我们不拗执、不争夺、不悲伤、不自恋，而总是显得敬畏、随顺、积极、自在，而且还有某种神秘感。

由于我们确认自己是天地之子，于是也就成了得气之人。得气之人不存在个人成败，他们的命运，也就是世间大运的一部分。

大运之行，山鸣谷应；大运之伴，日月星辰。

一体难分的关怀

只要稍知宇宙天体，任何人都能明白人类的极度渺小和极度短暂。

既然如此渺小和短暂，如果还不视为一体，那就什么也不是了。

视为一体，并不仅仅是体量的增加。说实话，把很多渺小加在一起，仍然是渺小；把很多短暂加在一起，仍然是短暂。

视为一体，是人类自身的精神加持，是生而为人的互相确认，是对“活着”这件事的意义证明。

视为一体，并不仅仅是一种视角，而且有着强大的事实基础，那就是：我们本为一体。

我们有千千万万条证据，证明人类的共性。且不说与那些至今尚未谋面的外星生灵相比了，仅说地球上，与那么多不同种类的动物、植物相比，人类实在说得上是最坚实、最准确的“一体”。硬行分割，反而极不自然。

“同体大悲”——由于同为一体，必然悲欢与共。

合在一起也可以这样理解：“无缘无故的大爱，一体难分的关怀。”

显然，这是大乘佛教让人感动的宏伟情怀。对我个人来说，也是精神安顿所在。

在这里，我特别要说说“同体大悲”中的“悲”字。

在中文佛教用语中，“慈悲”两字常常连在一起使用，来表达一种广阔的爱心。但细加分析，这两个字各有不同的重心。“慈”，大致是指爱护众生，普施喜乐；“悲”大致是指怜悯众生，减少苦难。

“同体大悲”让大家感受到人类在悲剧精神下所进行的一体化努力。

为什么我们能感受到屈原自沉汨罗前的习习江风？为什么我们能听得到李白漫游山水时的匆促脚步？为什么我们能看得到苏东坡每次流放时的愁颜笑容？因为，我们与他们也本为一体。

“本为一体”的思想一旦建立，我们投向世界的目光就会立即变得柔和，迎向世人的表情就会顷刻变得亲切。

不仅如此，一切陌生的话题都变成了耳边细语，一切艰涩的历史都变成了窗下风景。即便是世上那些令人憎恶的污浊，也变成了自家院落里尚未扫除的垃圾。但是，正因为这些污浊将会祸及四周，祸及整体，心里也就更加着急，只想赶紧清理。

“本为一体”的思想一旦建立，我们的世界观就会发生整体改变。看淡对抗思维，看轻孤立主义，看破本位保护，看穿自诩第一，说来说去都是人类一家的事，即便是再远的地方出现了不祥的信号，也会切切关心。这样一来，我们就有了当家人的心态，守家人的使命，治家人的责任。

而且，这个家很大，是世界的家，人类的家。

因此，“读万卷书，行万里路”，其实就是在一页页、一步步地确认“古代的自己”和“远方的自己”。

现在，人类奇迹般地迎来了互联网时代。这就从传输技术上迅速跨进了“本为一体”的时代。互联网上也有大量分裂、对阵、冲突、战争、威胁的信息，但从整体来说，“本为一体”已成了这个时代的第一话语。

正因为有性别差异，人间才有生死爱情；正因为有代际差异，人间才有冥思泪痕；正因为有文化差异，人间才有琅琅书声；正因为有城乡差异，人间才有不同风景；正因为有日夜差异，人间才有朝阳繁星……

人们喜欢高山峻岭，因此也“宽容”了前面的茫茫沙漠。但茫茫沙漠哪里要谁“宽容”？它的宏伟苍凉正是大地的本义。

人们喜欢碧水海滩，因此也“宽容”了夜间的惊涛骇浪。但惊涛骇浪哪里要谁“宽容”？它的豪迈声势正是大海的真相。

总之，我们没有资格在各种差别间挑剔、批判，而需要对不同生命欣赏和疼爱。

善良天性的一个基本特点，就是由衷地欣赏和赞美一切生命。不管这个生命处于什么状态，是稚嫩还是衰老，是粗粝还是精致，是偏侧还是端正。欣赏和赞美，并不是指包容和宽待。

包容和宽待，出于居高临下的气度；欣赏和赞美，出于没有隔阂的真爱。

我们已经明白，人类本为一体，应该关爱众生。接下来的问题是：在人性底部，是否藏有关爱的潜能？

问题很大，直接指向“人是什么”。因此，不可随口一答，掉以轻心。

脆弱的人类之所以还值得自重、自保，第一理由是具有其他物种所不具备的优势：善良天性。

请注意，我说的是“天性”，也就是与生俱来，而不是情势所需，环境所迫，不得不然。

如果人类确实具有与生俱来的善良天性，那么，关爱众生也就成了一种发乎本能的自觉行为。倘若如此，人类也就太高尚、太可爱了，我们身为其中一员而深感骄傲。倘若如此，我们来到世间做一次人，哪怕时间不长，也值了。

德国哲学家康德曾多次表示，对于人类最终的善良原则和道德原则，不可讨论，也不必讨论。它们像星座一样高耀头顶，毋庸置疑，必须绝对服从。

雨果又补充一句：

善良是精神世界的太阳。

当然，不管是星座还是太阳，并不能取代一切。文化的天地辽阔而多变，接受善良的光照会有很多不同的层面和方式。例如，思索人生过程，寻找审美形式，表达震惊、恐惧、怜悯、软弱、无奈，都是以珍惜生命为起点，因此也在善良的坐标之内。呐喊、诅咒、谴责、揭露，也都与此有关。即便是纯粹描写山水，创造美的形态，也都是对人类感觉的肯定，对居息星球的探询，皆属大爱范畴。

因此，以爱和善良为终极目标，并不会缩小文化的体量。

我很喜欢“大爱”的说法，这个“大”，就是无边无际、无缘无故、无穷无尽。

我们应该相信，自己有大爱的无限动力，千万不要用重重叠叠的井盖、绳索、围栏，把这种与生俱来的无限动力堵死了。

在这点上，我们必须以人类的名义拯救自己，以天性的名义释放自己。

大家不妨静下心来细细回想一下，我们从小到大，曾经对多少不同的生命形态倾泻过欣喜、怜惜和同情？这就是我们善良天性的证据。何不一一捡拾起来，细细拼合，重建自己对善良的自信？

对善良的自信，也是对生命品质的自信，对人生价值的自信。

人就是需要这样的精神信仰：生命对于生命无偿的帮助，也就是我们说的大爱和至善。我们每个人活在世界上，就是一个积累至善与大爱的过程，也正是历史上无数点点滴滴、没有留下痕迹的大爱和至善，才成就了今天的我们，我们当然也要为后世百代，为全人类积累善与爱。

是什么东西把善良天性封闭住了？孟子已经提供了井口的答案。他肯定那个伸手救小孩的人完全处于“无缘无故”的本能状态，所以才是真正的人；相反，那些被各种“缘故”、“理由”、“逻辑”支撑着的感情和动作，却背离了人的天性，不值得看重。不管在哪里救人，施救者都不应注意被救者的身份、血缘、亲情。一旦注意，就降低了救援的等级。在中国现代鼓吹“阶级斗争”的年代，做任何好事都要查询对方的“阶级出身”，那就是对善良天性的撕裂，根本说不上真正的好事了。

只要停止撕裂，我们就能发现，所谓善良天性，就是潜藏在心底的“无缘无故的爱”。

而在自己的心底，善良的教师不是别人，而是自己。

如果我们能对不同的生命欣赏和疼爱，那么，生命与生命之间的天性也就会积聚在一起，熔炼成一体，锻铸为一种强大的“集体念力”，无事不成。

这也就是以善良为契口的“正能量叠加”，足以创造世间奇迹。

我至今仍然不太相信那种拟人化的超世神力，一直期待着更多可靠的证据。但是，对于以善良为契口的“正能量叠加”所创造的世间奇迹，却深信不疑。有些佛庙、道观很灵验，我觉得秘密不在于那些塑像，而在于千年朝拜者的意念凝结。那么长时间、那么多信众所奉献的虔诚，已经构成了一个力学气场，所产生的结果让人惊叹。

我们未必有机缘参与救苦救难的壮举，平日可做的，也就是把点点滴滴的善念、善行积贮起来，投入正能量的溪流。而且，不让这溪流阻塞和污染，而是干干净净地去寻找别处同样的溪流。

找到了，汇合了，最后是否能汇集成长江大河，润泽大地？那就只能祝祈了。祝祈也是一种念力，因此也是一种投入。

总之，相信善良，秉持天性，点点滴滴，日积月累，这是人生最美的出路。

世间人生的最高境界

一个健全的人，先要找到“我”，然后放逐“我”。先得“我”，再弃“我”。

得“我”，体验个体生命；弃“我”，融入天地宇宙。

“我”在这里，是一口井，直通深处的地脉。井口虽小，而地脉极广。

因为“我”是可体验、可信任的个体，比较容易引起其他个体的共鸣，所以，以“我”为入口，来否定庞大的“理念欺诳”，是一种有效的选择。

在这一层面上，无论是哲学还是美学，都会肯定。“我”推崇“我”；有“我”，也就是指有个性，有生命，有体温，有深度，有灵魂。

但是这个“我”，真是我们心灵安顿的终极所在吗？

诚如佛教所言，“我”是一种没有自性的空相。

“我”像一个井口。但是，由“我”入口，井底却没有“我”。

没有“我”的井底，比“我”宏大，比“我”重要，因此，“我”被放空了。

只有人类，才能进入这种“自我否定”的涅槃境界。这不是“我”的悲剧，而是人类的圣洁。

于是，一些高层智者进入了一个更峻峭的精神高地：无我。

“我”，曾经那么精彩，而到头来却自我消解。这就像一脉水流负载过轻叶，负载过重木，负载过竹筏，负载过船楫，而到了江河宽阔处水流融入了大海，不见了。

这是精神的一大解放，心灵的一大解脱。

“无我的空境”，是世间人生的最高境界。

无我，让自己由世俗之人变成了天地之人，腾身界外，气度悠悠。

无我，让自己放逐了年龄，放逐了履历，放逐了身份，成了一个不会衰老，不怕搜索，没有上级，没有下级的全然通脱之人。

无我，让自己没有亲信，没有闺密，没有同党，没有帮派，成了一个“四海之内皆兄弟”、“九域之外无仇怨”的彻底开放之人。

无我，让自己无避损失，无避病痛，无避死亡，成了一个能够面对一切祸害而不会奔逃的大勇大健之人。

无我，让自己看淡专业，看淡地域，看淡血缘，看淡国别，成了一个翱翔天极而不觉陌生的融合万方之人。

“无我空境”，清清朗朗地成了天地元气的流荡之境。这就像未被雾霾污染的天宇，看似不着一物，却让万物舒畅。

觉悟者的日常心态

经过终极思考，还要回到日常生活。

起点和终点“首尾相衔”，构成了具有神奇生命的八卦涡旋。如果起点和终点分列两端，永不见面，那就成了一条寒碜的单线，时时有可能断裂。

一个人经历了修行的长途，日常心态与以前会有什么变化呢？

我们经常看到一些修行者，明明活在今天，却在大城市里穿着芒鞋，披着麻袍，捋着长须，说着他们想象中的那种半通不通的文言文，拒绝理发，拒绝洗澡，拒绝与一般人谈笑。这样，他们就把修行当作了一种拔高日常生活的显摆，在基点上就搞错了。

既然修行了，确实需要有所脱离，有所放弃，有所断灭。也就是说，应该产生常人所不易获得的“断见”。在“断见”和“常见”之间取一个“中道”，那是公元三世纪印度佛教哲学家龙树的意思，也是公元前四世纪希腊大学者亚里士多德的意思，更是公元前六世纪中国孔子的意思。那些在现代城市里讲文言、不洗澡的修行者，走了“偏道”。那么多梵文、希腊文、甲骨文、竹简文都在劝他们，但他们听不懂。

可见，修行者未必是觉悟者。

那么，觉悟者在日常生活中有哪些心态？

觉悟者的日常心态之一：留心茶炊。

世俗生活正是天地万物的一部分，处处体现了真如天性。因此，真正的觉悟者大多回归到最家常的生活，亲自烹茶煮菜，而且颇为专注。写诗作文，也不再空论大势，而喜欢描摹起居。

觉悟者留心茶炊，是因为看穿了世人对种种高论伟业的盲目追赶，觉得必须从一座座空中阁楼落到实地，寻找日常生活的底线结构。底线结构，是衡量万象的质朴准绳。因此，他们端起了茶壶，点起了火炉。

但是，即使如此，他们也不会真的把茶炊当作人生的全部重点，因为这又会陷入另一种执着。从高扬的理念，到家常的生态，这个转变非常重要。麻烦的是，理念的宣传连篇累牍，而家常的生态没有理念，怎么能够取而代之？按照一般的学术习惯，一种理念不行了，就会由其他理念来替代。但觉悟者明白，其他理念也大同小异。不如走出理念的迷魂阵，回归成一个最本真的自然人，轻轻松松地喝点什么，吃点什么。

觉悟者的日常心态之二：脚下无界。

很多人对“觉悟”有一种误解，以为那是突然明白了自己在各方面的定位。

其实，这只是被动认知，而不是主动觉悟。

被动认知，使自己谨小慎微；主动觉悟，使自己跨疆越界。

生命的精彩恰恰在于跨疆越界。

你如果年轻，可以选择一切志愿，进入各种领域。一个领域走不通了，又可以腾身而出，进入陌生的天地。即使退休了，还可以弥补在职时的种种遗憾，把世界地图的任何一角当作下次抵达的地点。至于孩子们的去向，那就更加自由了。无数经验证明，凡是早早地为自己、为孩子划出“定位”的，大多会陷入平庸的人生套路而难于拔擢。

可见，不管哪个时代，只要是觉悟者，就不会在出门前先到窗口窥探外面有多少竹篱、石栏、荆墙，然后缩手缩脚，而是用双手推开大门，遥望一下长天大地，毅然迈步。

他们心间无阻，脚下无界。

觉悟者的日常心态之三：不问拳脚。

觉悟者心中没有竞争的对手，更没有永久的敌手。

在觉悟者看来，除了“反人类”的特殊例外，人类内部的各种对立大多被夸张了、描浓了、滞胀了，需要从根本上清除。

只要是觉悟者，就不会轻易动用“恶魔”、“世仇”、“死敌”这样的概念，也不会轻易抛出“不共戴天”、“有仇必报”、“有你无我”这样的狠话。他们也会生气和愤怒，但在本性上，都是彻底的和平主义者。他们也会明快地判断世间的各种善恶是非，但判断的最后标准，是求得天下太平。在精神领域，他们不藏兵器，不使棍棒，不问拳脚。

觉悟者的日常心态之四：百事无避。

无论是气候变化、地质灾害，还是国际形势、亲友病情，都在不断告诉我们，世事难料。

无常，是必然；有常，是偶然。

顺着这个思路，大家对于种种“人生规划”，也不可依赖。

因为，一切都不可预测，一切都超乎想象，一切都难于部署，一切都猝不及防。某些看似可预测、可部署的部分都只是浮皮表象的连接。

我们不期待好事，也不拒绝坏事。

“我知道你会来，早在这里等着，看你是什么模样，用什么手段，我都准备了。”

“不管你是一个人，还是一堆事，不管是要伤害我、提防我，还是结交我，我都准备了。”

——这是觉悟者的心声。

这样的觉悟者看起来并不强大，却百事无避，无所畏惧。

恐惧，是人类最常见的心理魔障。它因为担忧生命脆弱而使生命更加脆弱，它因为躲避凶恶逼近而使凶恶提前逼近。它所悬挂着的，是尚未到来的可能。由于尚未到来，心中的悬挂就更加沉重。觉悟者摘下这种悬挂，平静地准备与尚未到来的一切厮磨。不猜测，不臆想，不逃避。火来水浇，水来土挡，照单全收，悉数认账，得失利钝，不在话下——有了这种心态，任何恐惧都会烟消云散。

觉悟者的日常心态之五：一路好奇。

危难来时，他们佑护生命；危难过后，他们欣赏生命。

他们所欣赏的美好生命都未经事先安排，是一种纯“自在”状态。觉悟者由寻找到观察，就成了佛经中所说的“观自在”。由“观”而“悟”，便成了“观自在菩萨”，《心经》的第一尊称。

觉悟者，就是这样的“观自在菩萨”。

一切美好的生命，都处于创造之中。

创造的主要动力是好奇。好奇，是对不同生命形态的惊讶和探询，并由此产生一种悬念之力，把已有的不同推向新的不同。新的不同又产生进一步的惊讶和探询，于是美好的生命过程就在寻找和参与中蓬勃向前。寻找者的自身生命，也因之而生机倍增。

觉悟者一路好奇，一路寻找，一路观赏，一路欣喜，都不以占有为目的。喜欢的东西占有了，很快就失去了“好奇”，失去继续前行的动力。

这让人想起童年的田野。满眼都是无际的鲜花，孩子们追逐游戏，翻滚跳跃，已经与田野和鲜花融成一体。这时，如果有一个孩子要采一把鲜花握在自己手掌里，那就坏了，花茎很韧，采掇时会在手上划一道口子。采多了，两手一握，就无法像刚才那样欢快奔跑了，远远落在小伙伴的后面，不知道他们为什么惊呼，为什么大笑。再看自己手上，花都蔫了。

这就是说，整个草地，全部鲜花，只属于两手空空的人。只有两手空空，才能欣赏无数，接纳无数。而且，只有两手空空，才能轻松一路，好奇一路。

这又回到了我所倾心的空境美学。

一路好奇的人，永远像个孩子。

图书在版编目（CIP）数据

大美可追：余秋雨的文化美学 / 余秋雨著；江学恭编 . —北京：北京联合出版公司，2020.5

ISBN 978-7-5596-4014-7

Ⅰ . ①大… Ⅱ . ①余… ②江… Ⅲ . ①散文集 – 中国 – 当代 Ⅳ . ① I267

中国版本图书馆 CIP 数据核字（2020）第 033968 号

大美可追：余秋雨的文化美学

作　　者：余秋雨 著　江学恭 编

责任编辑：龚　将　夏应鹏

北京联合出版公司出版

（北京市西城区德外大街 83 号楼 9 层　100088）

河北鹏润印刷有限公司印刷　新华书店经销

字数 274 千字　　660 毫米 ×960 毫米　1/16　21.25 印张

2020 年 5 月第 1 版　2020 年 5 月第 1 次印刷

ISBN 978-7-5596-4014-7

定价：56.00 元